# 問學

# 海外读书记

程章灿　著

浙江古籍出版社

**图书在版编目（CIP）数据**

海外读书记 / 程章灿著 .-- 杭州：浙江古籍出版社，2022.11

（问学）

ISBN 978-7-5540-2317-4

Ⅰ .①海… Ⅱ .①程… Ⅲ .①散文集－中国－当代 Ⅳ .① I267

中国版本图书馆 CIP 数据核字（2022）第 124102 号

问　学

# 海外读书记

程章灿　著

**出版发行**　浙江古籍出版社
（杭州体育场路 347 号　电话：0571-85068292）
**网　　址**　https://zjgj.zjcbcm.com
**责任编辑**　沈宗宇
**封面设计**　吴思璐
**责任校对**　安梦玥
**责任印务**　楼浩凯
**照　　排**　浙江时代出版服务有限公司
**印　　刷**　浙江海虹彩色印务有限公司
**开　　本**　787mm × 1092mm　1/32
**印　　张**　10.375
**字　　数**　205 千字
**版　　次**　2022 年 11 月第 1 版
**印　　次**　2022 年 11 月第 1 次印刷
**书　　号**　ISBN 978-7-5540-2317-4
**定　　价**　60.00 元

# 前言

问学之道，就是学问之道。对人文学科而言，问学之道，除了讲论切磋，阅读大概算是最为重要的了。

20世纪90年代开始，我有机会去海外交流，先后到过美国、英国、日本等一些国家，也到过中国台湾、香港等地，或者访学，或者讲学，或者担任客座，虽然角色身份有所不同，居住的空间环境与文化环境也颇不一样，但个人生活的中心一直是读书，从未有变。最多的时间是花在图书馆里，我如果不是在图书馆阅览室中，就是在图书馆的书库里。在书库的一排排书架间浏览，好比徜徉在大森林之中，常令我有心旷神怡之感。自觉呆在海外的时间有限，有些资料比较珍贵，回国之后恐怕不易寻找，不便使用，因此，我将有限的时间都花在寻找与搜集材料，复印、扫描和阅读材料上。阅读中产生一些感想，往往匆忙地做一些标志，或简单地做些记录，写下梗概要点，最多草成一篇短文，很少集中一大段时间写长文章。20岁那年，我读到德国诗人埃尔文·斯特里马特的一首散文诗：“草地上开满了鲜花，可牛群来到这里所发现的却只是饲料。”印象深刻，至今记忆犹新。在海外访学的日子里，我就像这牛群中的一头牛，面对偌大一片绿草地，贪得无厌，总想多吃下一些草料，却常常忽略了鲜花，甚至连能否很好消化都顾不上，心想只要吃进肚子里，以后有的是时间“反刍消化”。

去年，浙江古籍出版社要编辑一套“问学丛书”，征稿于我，给了我一个“反刍消化”的机会，非常感谢。这番“反刍消化”的成果，就是这本《海外读书记》。所谓“海外读书记”，其实就是海外读书笔记的整理汇集。历年所积读书笔记当然不止于此，这次整理的也只是其中一小部分，丛残细碎，难称著述，然“贤者识其大者，不贤者识其小者”，莫不有问学之道焉。

我的整理工作主要包括两个方面。一方面是对旧日反刍消化成果的整理，即对16篇旧稿做了修订，其中10篇曾刊于2009年在重庆出版社出版的随笔集《纸上尘——历史的表里》下编，此书早已绝版；另外6篇是为翻译薛爱华、宇文所安的汉学著作而写的序跋评论。各篇修订幅度大小不等。另一方面则是对旧日“草料”的重新“反刍消化”。有一阵子，我把自己的新浪博客“廿年远在帝王州”当成一个笔记本，往上面堆放一些读书笔记，其中有一个系列叫作“海外汉学”。这次整理，有几篇题目原出“海外汉学”，但增订较多，旧貌换了新颜；第三辑后7篇则是全新的写作。

事实上，本书也可以看作一本以海外汉学为主题的读书笔记，或者学术随笔集，文章大多篇幅不长，不加脚注。全书共收文章32篇，编为四辑：第一辑围绕所读各书展开讨论；第二辑围绕译书，涉及翻译与中外文化交流的话题；第三辑围绕所读的海外汉学家，以人为中心；第四辑是个人海外行迹及心情的记录，其中《海外集》计收各体诗歌73首。总之，四辑都围绕阅读展开，不管是读书、读人，还是读不同的城市山川，阅读都是我问学的主要途径之一。

程章灿

2021年11月6日于金陵仙霞庐

# 目录

CONTENTS

# 第一辑

## 《汉字西译》与法兰西汉学200年

1814 年，以清代纪元来说，是清仁宗嘉庆十九年，好像是平平淡淡、无关紧要的一年。

但是，在法兰西汉学研究史上，它却是一个有意义的年份。这一年的 12 月，在法国东方学家希尔维斯特·德·沙西（Silvestre de Sacy，1758—1838）的大力鼓吹与支持下，法兰西学院正式设立了汉学讲座，其完整名称为“汉族和鞑靼—满族语言与文学讲座”。这标志着职业化的欧洲汉学研究的登场，由此揭开了持续一个多世纪的辉煌的法兰西汉学史的序幕。在制度的层面上，此举确认了汉学学科在欧洲大陆学术体系中的位置。

1814 年之值得铭记，还因为同样在这一年的 7 月，在沙西的关注和支持下，汇集耶稣会人士汉学著作大全、多达 17 卷、早在 1776 年就开始出版发行的《中国杂纂》终于出完了最后一卷。用中国的成语来讲，这是一项“旷日持久”的浩大工程。如果说，法兰西学院汉学讲座的设立，是从制度层面上确认汉学学科的存在；那么，这部皇皇 17 卷的巨著，则从基本文献角度，为汉学研究奠定了重要的基础。

历史事件的发生往往不是偶然的。1814 年能够成为这样一个历史性的节点，与此前数百年、数十年、数年的积累都有密切的关系。数百年、数十年太久，一言难尽，暂时不去说它。这里只说 1814 年的前一年，亦即 1813 年。这一年的法国学术界也发生了很多事，只说与汉学史直接相关的两件。一件是 25 岁的雷慕萨（Abel Remusat，1788—1832）在这一年通过了他的以中医为主题的博士论文，次年，这位年方 26 岁的新博士，就顺利地坐上了新设立的汉学讲座席位。另一件是在一代枭雄拿破仑的支持下，法国巴黎皇家印务局出版了一部厚达 1112 页的汉、拉丁、法大词典———《汉字西译》（*Dictionnaire Chinois*，*Francais et Latin*，1813，Paris）。正如杨慧玲指出的，“《汉字西译》是汉学史和汉外双语词典史上划时代的一部著作”，这部书的出版，“也是欧洲汉学史上的一件大事”（杨慧玲《〈汉字西译〉考述》，《中国典籍与文化》，2011 年第 2 期）。

《汉字西译》的蓝本，应该是明代梅膺祚的《字汇》，或者说是《康熙字典》，因为《康熙字典》就是以《字汇》为蓝本的。《康熙字典》比较常见，现在姑且先以《康熙字典》来做对照。《康熙字典》将汉字部首分为 214 部，并按笔画多少排列，从一画直到十七画。《汉字西译》不仅部首数量与《康熙字典》完全相同，而且所有部首的排列顺序，乃至于部首名称的读音、每一部首下所收汉字出现的顺序，都与《康熙字典》一致。当然，《康熙字典》全书收录47043字，而《汉字西译》全书收录13316字，只能说是《康熙字典》的缩略版。这13000多字以外，基本上是生僻字，一般的中国读书人也认不全，暂时不收不译，自无大碍。

释义方面，《汉字西译》也比较简单。比如“丼”字，按照《康熙字典》，此字有三个义项。第一个义项就是“水井”的“井”。我记得流沙河先生在一篇文章中说过，井中的那一点，就是人们对着井水看时照见的自己的脸，但《康熙字典》似乎认为此点代表汲水器，周边四画代表井栏。第二个义项是姓，读dǎn，这个姓氏真的很罕见。第三个义项就是个象声词，是“投物井中”的声音。不知道在什么时候，这个字漂洋过海到了日本，不仅改变了读音，也改变了意义。据说，在日语汉字中，这个字读作donburi，指用有盖的瓷碗来盛装米饭的料理，在碗中盛入三分之二的饭，再铺上些菜。假设菜是牛肉，便称“牛丼”，“丼”又省读为don。为什么用这个字呢？是因为姓“丼”的某户人家发明了这种料理呢，还是用它来指代牛肉下到汤里的声音呢？事实上，这种料理类似于盖浇饭，是没有汤的，也就不可能有牛肉下到汤里的声音。

扯得太远了，收回来再说《汉字西译》，在此书中，“丼”只有“井”这一个义项，也省却了书证，简洁明了，便于外国人学习。收录13000多字，每个字的解释若不尽量简洁一些，翻译成法文、拉丁文的话，篇幅还要成倍地增加。

对于西方人，尤其是19世纪初的西方人，汉语难学，汉字难写，是公认的事实。汉语难学，是因为有四个声调；汉字难写，是因为部首多，比26个字母多多了。汉语字典大多数是按部首排列的，如果不清楚一个字归属于哪个部首，现成的一部字典摆在那里，你都不知道怎么找到。一个字好多笔画，先写哪一笔，后写哪一画，中国人的讲究可多了，每个初学写字的小学生都要诵念口诀“先横后竖，先撇后捺，先上后下，先左后右，先中间后两边”，先知后行，积久成习，习惯成自然。对于1813年的外国人，这也是一个大难题。《汉字西译》前言中，不仅讲了一些关于上平声、下平声、上声、去声、入声的“高大上”知识，也讲了笔顺之类的“小儿科”知识，后者居然还有讲错的。看来，笔顺问题需要从娃娃抓起，在这方面缺少“童子功”的外国人，一时半会儿掌握不好，也很正常。今天很多老外写汉字，碰上笔顺复杂的，仍然不免手忙脚乱，甚至写得七零八落，这不奇怪。君不见，国人玩惯了电脑的，都不免提笔忘字，写字时笔顺颠倒，缺胳膊少腿。19世纪的外国人写字，就知道要讲究笔顺，入门守正，难能可贵。

汉字中量词很多，有时用这个，有时用那个，简直没有道理好讲，挺让人头疼。受福州方言的影响，我直到今天还习惯说“一块碗”，而不太习惯于规范的说法“一只碗”。外国人碰上量词用法，就更加头大了。《汉字西译》中专门列了一项翻译汉字中的量词，很有指导意义。具体问题具体分析，特殊问题特殊解决，还可以举一个例子，就是《汉字西译》中“打”字开头的词语。除了“把”

字，“打”字可算汉字中最不好捉摸的了，以它开头的词语居然列了好几页，一条条都有翻译。

中国台湾台南有一座有名的古城，叫作“亿载金城”，到台南旅游的大陆游客大多数到过那里，看到过由晚清福建船政大臣沈葆桢书写的这四个大字。“亿载”极言时间之长久。在一般人的观念中，“亿”就算最大的数词了，无以复加，其实，比“亿”更大的数词，汉字中还多得是，“载”就算一个。《汉字西译》中也对此做了专项列举，“兆”“京”“秭”“补”“壤”“沟”“涧”“止”“载”等等，比比皆是。我专门查考今人的解释，才知道一“沟”等于10的32次方，一“涧”等于10的64次方，这样换算起来，“涧”就等于“沟”的平方。以后要极言数量之多，建议不要说“满坑满谷”，直接说“满沟满涧”就行了。

《汉字西译》为法兰西汉学以及欧洲汉学奠定了小学（语言文字）的基础。1814这个年份，之所以能够在法兰西汉学史上横空出世，平地起高楼，仅仅从这部词典的编纂与出版中，也能寻出蛛丝马迹来。

2014年

# 卫三畏廉士甫与《汉英韵府》

近年来，美国汉学家卫三畏（Samuel Wells Williams，1812—1884）的名字，在中国学术界，至少是在研究中美关系的圈子里，渐渐为越来越多的人所知道了。他的巨著《中国总论》（*The Middle Kingdom*）已有中译本（陈俱译，陈绛校，上海古籍出版社，2005 年）；由其子卫斐列（Frederick Wells Williams）编撰的《卫三畏生平及书信》（*The Life and Letters of Samuel Wells Williams*）也已译为中文（顾钧、江莉译，广西师范大学出版社，2004 年）。这两部著作在汉语世界的翻译与出版，引起了汉语读者多方面的兴趣。

从 1996 年开始，我便对《中国丛报》（*The Chinese Repository*）产生了兴趣，作为《中国丛报》主要编者和撰稿人的卫三畏，自然也引起了我的注意。可惜，当时有关卫三畏的中文资料少得可怜，只能找英文的资料。1998 年，我作为宾夕法尼亚大学（University of Pennsylvania）的访问学者，到费城访学。这次访学最好的条件，是可以利用宾夕法尼亚大学图书馆和费城图书馆公司（The Library Company of Philadelphia）的藏书。这两个图书馆不仅馆藏丰富，而且富有特色，有关早期美国历史研究的文献典藏特别突出。宾夕法尼亚大学图书馆典藏的一部 1847 年版的《中国总论》，也允许我借回住处阅览。

从《中国总论》来看，卫三畏堪称 19 世纪的“中国通”。《中国总论》有一个副标题“中华帝国的地理、政府、教育、社会生活、艺术、宗教及其居民概观”，虽然显得冗长，却也透露出作者希望将本书写成一部“中华帝国”百科全书的企图。《中国总论》的封面上画着一座牌坊，牌坊两边各写一行汉字，都是八个字，右边的是“仁者爱人由亲及疏”，左边的是“西方之人有圣者也”。从外形上看，这类似一副对联，但从格律形式来看，并不符合对联的规范。牌坊中间的门额之上，从右往左写着四个汉字“中国总论”，那就是中文的书名，也像是对联的横批。卫三畏在中国生活了几十年，一定看过很多中国的牌坊和对联，《中国总论》封面的设计，大概来自这种生活经验的启发。这个设计也体现了传教士出身的卫三畏对中国文化的立场和观点。

“中国通”卫三畏另一个杰出的表现，就是编撰了一部《汉英韵府》。如果说，《中国总论》体现了卫三畏对中国各方面的综合了解，那么，《汉英韵府》则体现了他对中国语言文字的专精理解。《汉英韵府》有很多版本，初版中文书名页印有“同治甲戌年镌，卫三畏廉士甫编译，汉英韵府，沪邑美华书院铜版梓行”。同治甲戌年即 1874 年。“沪邑美华书院”，即英文书名页所谓“Shanghai：American Presbyterian Mission Press”。再版中文书名页印有“同治甲戌年原镌，光绪丙午年再镌，美卫三畏廉士甫编译，华北公理会委办重订，汉英韵府，北通州协和书院梓行”。光绪丙午年即 1906 年。美国西雅图华盛顿大学图书馆藏有此书的再版本——2006 年我去借阅时，正巧送出去修补了，要到次年开春才能送回来。架上还有一本是 1909 年的印本，我就借来翻阅。屈指算来，此本距今也有一百馀年了。再版本与初版本一样，都有中文、英文两个封面。中文封面全用中文，文字

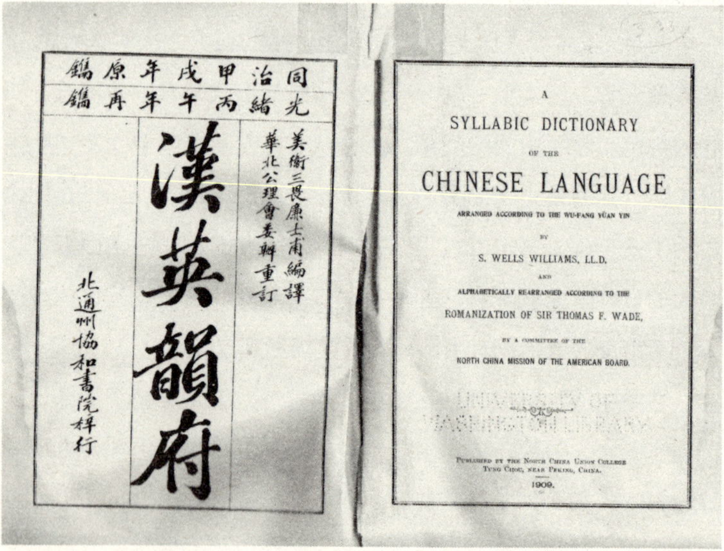

同治甲戌年原鐫
光緒丙午年再鐫
美衛三畏廉士甫編譯
華北公理會委辦重訂
漢英韻府
北通州協和書院梓行

A
SYLLABIC DICTIONARY
OF THE
CHINESE LANGUAGE
ARRANGED ACCORDING TO THE WU-FANG YÜAN YIN
BY
S. WELLS WILLIAMS, LL.D.
AND
ALPHABETICALLY REARRANGED ACCORDING TO THE
ROMANIZATION OF SIR THOMAS F. WADE,
BY A COMMITTEE OF THE
NORTH CHINA MISSION OF THE AMERICAN BOARD.
PUBLISHED BY THE NORTH CHINA UNION COLLEGE
TUNG CHOU, NEAR PEKING, CHINA.
1909.

（美）卫三畏编译《汉英韵府》，北通州协和书院光绪丙午年（1906）再镌

竖排；英文封面全用英文，横排。编印者有意通过这种设计，突出两种文化形式的并列与比较。

最有意思的是编者署名。初版和再版都署“卫三畏廉士甫编译”，只不过再版多了一个“美”字，以说明编者的国籍身份。说实话，“卫三畏”这个汉名起得不错。“卫”对应英文姓氏Williams，“三畏”对应英文的first name与middle name，不仅与Samuel Wells二词读音贴近，而且二音合成一词，组成了一个有中国经典背景的词语。孔夫子说过：“君子有三畏，畏天命，畏大人，畏圣人之言。”音义协和，看似天成偶得，恐怕当日也颇费了一些心思。不知道这是卫三畏本人的主意，还是别人的建议，总之，在我看来，这个汉名将英语读音与汉语意义完美配合，典雅而有意味。

在19世纪中美文化交流史上，卫三畏是不可忽略的一个重要人物，因此，他的名字被收入《辞海》（1999年版）。《辞海》（1999年版）对他的介绍中，称“卫三畏（Samuel Wells Williams，1812—1884），一译卫廉士”，似乎卫廉士就是卫三畏名字的另一种译法。从《汉英韵府》的中文书名页署名来看，《辞海》这个说法不够准确。卫三畏原姓Williams，可以音译为“威（卫）廉士”，既然其中的第一音节已经被用为姓，其“闲置”的后半部分，就顺手拿来做了字，有“三畏”的君子，自然是“廉洁之士”。古人的表字，第二字常用“甫”或“父”字，所以，请教别人的表字之时，也常说“请教台甫”。明清以来，士人以字自称，往往在表字之后再添加“甫”字。卫三畏字廉士，而自称“廉士甫”，就是遵从中国传统的名字题署习惯。斯人而有斯姓，有斯名，有斯字，跟中国士人交接起来，就可以拉近距离，减少隔碍。

《汉英韵府》第二版由华北公理会委办重订，是经过卫三畏授权的。对比初版和再版，可以看出再版有不少的修订。如果不是封面上标明了中文，真不知道 North China Mission of the American Board，就是华北公理会。同样，The North China Union College, Tung Chou, Near Peking, China，也很不容易确定其为“北通州协和书院”的英文名。在早期中西交通史，尤其是早期汉学史上，一些西方人名、书名、机构名，原本都有专用的汉名译法，仓促之间，有时很难找到原来的汉名。

19 世纪的汉学家，多半对汉语做过专门研究，不少人编过影响甚大的词典和语言读本之类的书，比如雷暮萨，比如马礼逊，比如裨治文。还有人编方言词典和方言读本，如麦都思（W.H. Medhurst）《福建土话词典》（*Hok-keen Dictionary*），裨治文和卫三畏合编《广州方言中文文选》（*Chinese Chrestomathy in the Canton Dialect*）等。在《汉英韵府》之前，卫三畏早于 1844 年就出版了《英华韵府历阶》（*Ying Hwa Yun-fu Lih-kial*），“这是一部‘官话的英汉字典’，八开本，582 页，携带方便”（卫斐列撰，顾钧、江莉译《卫三畏生平及书信》，广西师范大学出版社，2004 年，第 65 页）。三十年后，卫三畏又在上述诸家中英双语词典的基础上更上层楼，编成《汉英韵府》。从初版、再版都在中国出版这一点来看，这本书的主要服务对象是在华英美商人、传教士、外交使节等。从《英华韵府历阶》和《汉英韵府》两个书名中，我们可以看出，卫三畏对“韵府”二字可谓情有独钟。中国古籍中以“韵府”命名者，最有名的自是《佩文韵府》一书。在 19 世纪西方汉学家眼里，《佩文韵府》也是一部字典，和《康熙字典》一样有名。

虽然取名“韵府”，这本字典实际上并不是按中国传统韵部排列，而是按字母顺序排列的。这一点，英文封面已做说明，书名 *A Syllabic Dictionary of the Chinese Language*，亦可为证。从封面及前言说明可知，这部字典的语音是根据 *The Wu-Fang Yuan Yin*，即明清之际樊腾凤所编的《五方元音》，此书在清末似乎颇为流行。初版本与再版本相比，主要在两方面做了修订：其一，初版本中，在每个汉字之下标注了北京、上海、厦门、广州等地的方音，1909 年的再版本中没有了。其二，再版本对汉语拼音的标注，改用威妥玛拼法，所以，再版封面上多了这样一行标注：“alphabetically rearranged according to the Romanization of Sir Thomas F. Wade.”这是初版本没有的。为了说明官话与北京、汉口、上海、宁波、福州、厦门、汕头、广州八地方言发音与语法的不同，初版本以《圣谕广训》第一条“敦孝弟以重人伦”第一节（从“夫孝者天之经”至“皆孝子分内之事也”）为例，列了两个表。第一个表格标注这段文字中每个字在官话及八种方言中的读音，第二个表格列录这一节《圣谕广训》在京、汉、沪、宁、福、汕、广七种方言中的白话文文本。修订版删除了八种方言读音对照表，而保留了《圣谕广训》的七种方言白话文本。《圣谕广训》能够进入中英双语词典，并成为方言语音以及文白对照的样本，足见其在当时流传之广、影响之大。《汉英韵府》所保留的19世纪八个地方的方言读音，对于方言语音史的研究有重要价值。

《汉英韵府》还有一点引起了我的兴趣，那就是书中一些字条之下，收有别体字或俗体字。例如“拯”字下，有俗体“抍”；“赤”字下，有俗体字“灰”，这个字也可以写作“夫”，也是俗体；“钱”字下面，有俗体字，像行书的“不”字少了上面一横。又如“集”字之下附列一字形，写作“亼”。我刚上高中的时候，正好第三批简化汉字方案出来，其中就有这个“亼”字，当时觉得此字的简化很巧妙，也很果敢，以为是当代人的创新，根本没有想到，这个字形其实蛮有来历的。同学少年，精力过剩，又闲得无事，于是比赛强记，争先恐后，未料这一批简化字因为迈的步子太大，没过多久便被叫停了。大多数简化字我都已经遗忘，唯独这个“亼”字至今还记得，可见它的别致、可爱，颇有一点“深得我心”之意，也说明这种写法的出现和承传，是颇有一些社会基础的。这一类例子，词典中还有不少。从某种意义上说，这部字典也可以当成一部查考俗字流通的工具书来使用。

严格地说，这部字典应该称为“词典”，因为每字之下收有词条，与翟理斯的《英华词典》一样，有一些还是挺有意思的。

看它收了哪些词，收了哪些俗语，可以回窥当时哪些词语正在使用或流行。比如，《汉英韵府》“海”字条下收了“四海”一词，举了如下的词例：

**出去逛逛就四海了：**if we take a ramble，we shall be refreshed greatly.

**人很四海的：**a clever，pleasant and good-looking man.

我孤陋寡闻，第一次看到这两个例句，不明所以，再对照其英文解释，仍然莫名其妙。才过了一百年，语言就发生了这么大的变化，不能不让我讶异不已。《汉英韵府》中诸如此类充满历史感的字词还有不少，很值得我们细读和发掘。

原载《中华读书报》2021 年 12 月 8 日第 13 版

# 朱淑真与莎士比亚

朱淑真（1135—1180）与莎士比亚（1564—1616），这两个人一个生于东方，一个长在西洋；一个女生，一个男士；一个生活于 12 世纪的中国杭州，一个生活在 16、17 世纪的英国，一早一晚，相差四五百年。本来八竿子打不着，只因为英国汉学家翟理斯（H. A. Giles）的“生花妙笔”，花为媒，春为介，居然发生了联系。

1922 年，翟理斯出版了他的又一种中国文学选译本《古诗选珍》[ *Gems of Chinese Literature*（*Verse*）]，其中译有一篇朱淑真（原书作“朱淑贞”）的诗，题目居然是莎士比亚十四行诗第 18 首中的一句：“Rough winds do shake the darling buds of May.”翟理斯只是加上了前后引号，未做其他说明，一句注释也不肯多下。这部诗歌选本主要面向英语读者，有兴趣阅读英译汉诗的人，难道还会不知道这是莎翁的名句？翟理斯大概是这么想的。

早期欧美汉学家翻译中国古诗，在处理诗题之时，往往不是逐字照译，而是取其主旨，别创新题。从译题的选择上，可以看出译者对所译诗的理解与接受，也为比较文学史研究提供了视角和材料。不过，如果译者不附原文，要还原中文原作，有时颇费气力。幸好笔者早年读过几篇莎翁十四行诗，碰巧 *Shall I compare thee to a summer's day?* 这一首还约略记得，要不，就看不出翟理斯的小把戏了。在翟理斯，这大概算是灵机一动，“逢场作戏”，或者临时发挥；在我，却觉得有如看穿了舞台戏法，不免少见多怪，手之舞之，足之蹈之。

翟理斯所译朱淑真诗究竟是哪一首，等一下再说，先照录莎翁原诗如下：

Shall I compare thee to a summer’s day?
Thou art more lovely and more temperate.
Rough winds do shake the darling buds of May,
And summer’s lease hath all too short a date.

Sometime too hot the eye of heaven shines,
And often is his gold complexion dimm’d,
And every fair from fair sometime declines,
By chance or nature’s changing course untrimm’d;

But thy eternal summer shall not fade,

Nor lose possession of that fair thou owest,
Nor shall Death brag thou wander'st in his shade,
When in eternal lines to time thou growest.

So long as men can breathe, or eyes can see,
So long lives this, and this gives life to thee.

为了便于对照阅读，加深理解，我在下面抄录被我国台湾诗人余光中称为“莎士比亚十四行诗的最佳翻译”，也是我个人比较喜欢的梁宗岱译本（《莎士比亚十四行诗》，华东师范大学出版社，2016）：

我怎么能够把你来比作夏天？
你不独比它可爱也比它温婉。
狂风把五月宠爱的嫩蕊作践，
夏天出赁的期限又未免太短。

天上的眼睛有时照得太酷烈，
它那炳耀的金颜又常遭掩蔽，
被机缘或无常的天道所摧折，
没有芳艳不终于雕残或销毁。

但是你的长夏永远不会雕落，
也不会损失你这皎洁的红芳，
或死神夸口你在他影里漂泊，
当你在不朽的诗里与时同长。

只要一天有人类，或人有眼睛，
这诗将长存，并且赐给你生命。

翟理斯这样翻译朱淑真的诗：

**Rough winds do shake the darling buds of May**

The lattice-like sprays had scarce burst into bloom,
Ere the storm in its envy accomplished their doom.
Ah, would that the Spring-God might ever more reign,
No dotting the sward with these petals again.

朱淑真存世诗作不多，不难检索。翟理斯翻译的这一首题作“惜春”，是一首七绝，《后村千家诗》卷七中已经收录，今收入《朱淑真集注》（中华书局，2008 年，第 29 页）。明人李蓘编《宋艺圃集》卷二十二和清人陈焯编《宋元诗会》卷六十亦录此诗，不过题作“落花”。

连理枝头花正开，妒花风雨苦相催。
愿教青帝长为主，莫遣纷纷落翠苔。

朱淑真之诗究竟在哪些方面引发翟理斯对莎翁诗的联想呢？不能起翟理斯于地下而问之，只好妄自猜测。在网上见到莎翁诗的两种古体译本。一种是不知其真名实姓的“海外逸士”所译的七言古体：

我欲将君比夏昼，君更娇艳更媚柔。
疾风吹摇五月蕾，夏日苦短行矣休。

时或骄阳何炎炎，常见金乌遭遮掩。
美人之美易消逝，偶失天夺亦可怜。

君之长夏永不逝，君之花容能久驻。
阎罗终未拘君去，不朽君因不朽句。

世间有人人能看，我诗长与君并存。

总的来说不错，最后两句要是改一改，先合辙押韵，再有一点警句的样子，就更好了。另一种则是五古，偏重于自由的译写，感觉不及上一首，译者也未详：

美人当青春，婉丽自销魂。焉知东风恶，良辰讵待人？
朝日何杲杲，暮色何昏昏。众芳俱摇落，天意倩谁询？
我有丹青笔，腾挪似有神。为君驻颜色，风霜不可侵。
丹青亦难久，罔若诗与琴？延年歌一曲，万古扬清芬。

把这两种莎士比亚诗的文言译本与朱淑真原诗进行比对，以古体比绝句，以少对多，纵使你未必生出翟理斯那样的读后感，也多少能看到彼此类似的一点意思。莎翁此诗是如此脍炙人口，翟理斯所引用的这句，又确有怜惜落花、怜惜春天之意，借用作朱淑真诗的题目，可谓别出心裁。

《宋艺圃集》和《宋元诗会》二书虽然都被收入《四库全书》，但《四库全书》仅抄录七本，并不是常见的书，我想，翟理斯恐怕无从借阅到《四库全书》。至于《后村千家诗》，后世流传之本大多简称为“千家诗”。这本书其实是托名南宋诗人刘克庄（号后村），我早年曾经写过一篇《所谓〈后村千家诗〉考》（载《中国诗学》第4辑，南京大学出版社，1995年），专门讨论这一问题。《千家诗》坊间多有刊本，翟理斯应该不难看到，而朱淑真《落花》恰好被收入《千家诗》，遂生出与翟理斯的这段缘分。

偶然在网上看到一个说法，在朱淑真最有名的十首诗中，《落花》排名第一。不知此说有何根据，也许是因为此诗被收入《千家诗》而广为流传吧。我猜测，翟理斯就是从《千家诗》中读到朱淑真此诗的。实际上，《千家诗》也将“朱淑真”写作“朱淑贞”，与翟理斯相同。而翟理斯在翻译朱淑真诗的过程中，联想到莎士比亚的相关诗句，于是给朱淑真的诗披上了一件莎士比亚的外衣。

原载《中华读书报》2022 年 11 月 2 日第 13 版

# 中国古诗走出去与莎士比亚走进来

1616年4月23日，伟大的英国诗人和戏剧家莎士比亚（William Shakespeare，1564—1616）在他的家乡埃文河畔的斯特拉夫德（Stratford-upon- Avon）逝世，享年52岁。2016年，恰值莎士比亚逝世400周年，世界各国举办了各种各样的纪念活动，中国各地也组织了丰富多彩的纪念活动。这一年的高考语文试卷（天津卷）中，甚至出了这样一道考题：“2016年是莎士比亚逝世400周年，为纪念这位戏剧大师，某剧院策划了系列演出活动，请为该活动拟写一条宣传语。”所谓某剧院策划演出活动并非全然虚构，当时各地策划的主题纪念演出活动确实不少，这道考题正是这种弥漫全国的热闹氛围的体现。

对中国人来说特别巧合、特别有意义的是，明代著名戏曲家汤显祖（1550—1616）与莎士比亚同年逝世，2016年恰逢汤显祖与莎士比亚两大戏剧家逝世400周年。国家主席习近平访问英国期间，曾专门倡议中英两国共同纪念汤显祖与莎士比亚逝世400

周年，以推动两国人民交流，加深相互理解。很多地方的戏剧界、学术界和媒体界抓住这一具有特殊意味的时间节点，组织各种形式的“汤莎会”，以“汤显祖走出去，莎士比亚走进来”为主题，创意迭出，各显神通。浙江大学人文学院徐永明教授曾到汤显祖任县令的遂昌县挂职锻炼，从2009年起就着手与英国方面联系，促成了遂昌与莎士比亚故里斯特拉夫德以及浙江大学与伦敦大学亚非学院的合作。2016年4月8日至11日，浙江大学与遂昌县等方主办的“汤显祖、莎士比亚文化的当代生命国际高峰学术论坛”在遂昌隆重举行。同年4月26日，遂昌县委书记杜兴林率团赴英国参加莎士比亚与汤显祖逝世400周年纪念活动，媒体多有报道。其中详情，徐永明在其《中国古代戏曲考信与传播研究》（浙江大学出版社，2017年）一书中已有详细记述，这里就不赘述了。

这使我想起了莎士比亚逝世300周年时的一段旧事。

2006年，我在美国西雅图华盛顿大学图书馆读到了英国汉学家翟理斯（H.A.Giles）的 *Gems of Chinese Literature*（*Verse*）（Bernard Quaritch，1923），这是翟理斯编选翻译的中国古诗选本。为了与翟理斯另一部中国文学选本《古文选珍》[*Gems of Chinese Literature*（*Prose*）]相匹配，我将此书书名译为“古诗选珍”。实际上，书名中的“古诗”二字有点名不副实，因为这个选本最突出的特色之一，就是选录当代诗人的作品。其中一首是翻译当代人刘伯端的诗，题为 *Ode to Shakespeare*：

Hearken! Low walls through heaven's vault resound,
And Angels' tears drip, pearl like to the ground,
The day the influence of spring was stilled,
And even now by thee mankind is thrilled.
Master of language, eager to reform,
Showing the heart subcharged with bitter storm,
Three hundred years have passed 'twist then and now,
Yet all the world looks to that mountain's brow.

初次读到此诗译本，感觉刘伯端这个名字似曾见过，一时又想不起来何时何处。回国后，有一次闲翻书柜，看到2003年友人黄坤尧教授赠送的几种香港诗词别集，打开其中一册《番禺刘氏三世诗钞》，刘景堂（字伯端，1887—1963）的《沧海楼诗钞》赫然在目，这才恍然大悟：原来刘伯端就是刘景堂，我确实见过他的名字！

《番禺刘氏三世诗钞》收录番禺刘氏三代四人的诗作，包括刘庸《空桑吟草》、刘景堂《沧海楼诗钞》、刘玑《潜室诗稿》、刘德爵《刘德爵诗稿》。刘庸是刘景堂之叔，刘玑是刘景堂之弟，刘德爵是刘景堂之长子，曾任香港中文大学讲座教授的著名翻译家刘殿爵先生则是刘景堂的幼子，也就是刘德爵之幼弟。刘殿爵教授（D.C.Lau，1921—2010）英译的《论语》《孟子》《道德经》等中国经典早已享誉海外，我曾经拜读过，印象深刻。刘氏三代四人皆有诗集，可见诗学是番禺刘氏的家学，世代传承。

据黄坤尧教授在此书《前言》中所述，番禺刘氏在香港多任公职，刘庸曾任香港副华民政务司，地位显要，刘景堂曾任华文署文案，刘玑曾任教育署视学官，到了刘德爵、刘殿爵兄弟一代，转以读书教学为业。刘德爵自香港大学毕业后，曾任教于湾仔书院，其后隐居终老。刘殿爵曾任英国伦敦大学中文讲座教授、香港中文大学中文系讲座教授、文学院院长，在教学、翻译和研究之馀，也嗜好诗学，20 世纪 60 年代在美国之时，曾与周策纵等好友宴集作诗，兴致极高。

番禺刘氏三代四位诗人，以刘景堂最为突出。相比其诗，刘景堂词名更著，详见黄坤尧编纂的《刘伯端沧海楼集》（香港商务印书馆，2001 年）。刘景堂早年任职于广东学务公所，曾加盟南社，诗名早著，很受丘逢甲器重。丘逢甲曾作《题刘伯端德配范菱碧所画帐额二十四番花信图》《刘郎歌赠伯端》等诗赠之，今存《岭云海日楼诗钞》（上海古籍出版社，1982 年，第 261、314 页）。1911 年黄花岗事起之后，刘景堂赴港定居。黄坤尧《前言》中写到刘景堂与罗忼烈、王韶生等香港文士结社唱酬，推动词学发展的经过，称刘景堂的词“语浅情深，婉约浑成，公认为香港首屈一指的词人，享誉最隆，而诗则罕有知者”。出人意料的是，他的诗却率先“走向世界”。

刘景堂《沧海楼诗钞》今存诗作 111 首，散佚之作甚多，这可能是导致其诗“罕有知者”的原因之一。1916 年，恰值莎士比亚逝世300周年，香港亦召开纪念会，刘景堂作《英国诗人沙士比亚殁后三百载开会纪念》七律一首，自抒景仰之怀。《沧海楼诗钞》中所收此诗，是从《致敬莎士比亚》（*A Book of Homage to Shakespeare*，Oxford University Press，1916，p.548）一书中辑得的。此诗中文本如下：

偶因天籁发长吟，海外流传咳唾音。
当日阳春难属和，只今黄绢费追寻。
语多讽世能移俗，曲妙登场见苦心。
三百年来成绝调，五洲人共仰高岑。

此诗有四处注释，当出自刘景堂之手，现在抄录于此，或有助于对此诗的理解。第二句注云："古人诗：'咳唾落九天，随风生珠玉。'"第三句注云："宋玉对楚襄王言：'歌阳春白雪，国中和者不过数人而已。盖其曲弥高，而和弥寡也。'"第四句注云："蔡中郎《题曹娥碑》谓：'黄绢幼妇，外孙齑臼。'实言'绝妙好辞'也。"第八句注云："《诗经》：'高山仰止。'言仰慕不可及之意。"很显然，翟理斯对此诗的英译，并没有能够传达出这些典故所蕴含的深义，连诗题"英国诗人沙士比亚殁后三百载开会纪念"，他也没有逐字逐句地直译，而是采取意译之法，得其大意而已。

《致敬莎士比亚》一书编成于1916年，这个时间点不仅标志着莎士比亚逝世300周年，还意味着第一次世界大战正在进行之中。在这样的时节纪念莎士比亚，对于英国人、对于世界，都有着特殊的意义。本书收录了100多篇文章、61首诗，其中包括26首从各种语言翻译过来的诗，作者不仅包括英国著名作家哈代（Thomas Hardy）、高尔斯华绥（John Galsworthy），英国著名诗人宾扬（Laurence Binyon），还有印度著名诗人泰戈尔（Rabindranath Tagore），以及来自美国、俄罗斯、南非、亚美尼亚、缅甸、日本、伊朗以及中国香港等地的代表。来自香港的诗人刘伯端（Liu Po Tuan），代表中国人向莎士比亚致敬（Chinese Homage）。《致敬莎士比亚》以书面形式，组织了一场盛大的国际性致敬仪式，这表明莎士比亚不仅属于英国，也属于全世界，即使第一次世界大战的炮火尚未停息，也不能改变这一事实。

从刘景堂此诗的题目即可以看出，为了纪念莎士比亚逝世300周年，香港也组织了一些活动，比如纪念会、诗会等等。因为番禺刘氏与港英政府的密切关系，这些纪念活动以及刘景堂的这首诗作，很容易被英国方面所知悉。因此，当他们编撰《致敬莎士比亚》一书时，刘景堂诗以近水楼台之便，优先得以入选。顺带说一下，《致敬莎士比亚》一书称刘景堂为刘伯端，称其字而不称其名，表达了对诗人的敬意，这是符合中国传统习惯的。几年后，当翟理斯编辑《古诗选珍》之时，他看中此诗与英国文豪莎士比亚的特殊关系，再次将其采撷入编。不过，实事求是地说，诗译得不好，最重要的是，原诗中的用典没有译出来。以当时的翻译水准而言，这一点是可以理解的。

《致敬莎士比亚》出版于1916年，彼时刘殿爵尚未出生；《古诗选珍》初版于1923年，彼时刘殿爵年方两岁。直至这个时候，还没有人会想到，数十年后，刘伯端之幼子刘殿爵会留学英伦，并致力于中国经典的英译事业，将《老子》等中国传统经典译成英文。1960年，刘殿爵赴英国留学，刘伯端赋《踏莎行·送殿儿赴英伦》一首以送别：

> 绝峤分携，危楼独伫。萋萋（刘伯端手迹作“年年”）草绿王孙去。老来别易见应难，临歧忍作伤心语。　病掩孤（刘氏手迹作“秋”）檠，梦回疏（刘氏手迹“邻”）杵。千山万水愁风雨。东西南北总天涯，离魂随汝知何处。

可见他对即将远行的幼子的牵挂。刘殿爵先生后来与翻译结缘，与刘伯端诗被译为英文并列入中国古诗英译选本，冥冥之中，似有一层关联。也没有人会想到，在《致敬莎士比亚》初版100年以后的2016年，牛津大学出版社会重印此书，作为纪念莎士比亚逝世400周年的重要文献。今天重提此事，是希望这段中外文学交流的佳话为更多人所知，也希望从今往后有更多类似的中外文学交流的佳话被创造、被传播。

原载《中华读书报》2022年3月2日第13版

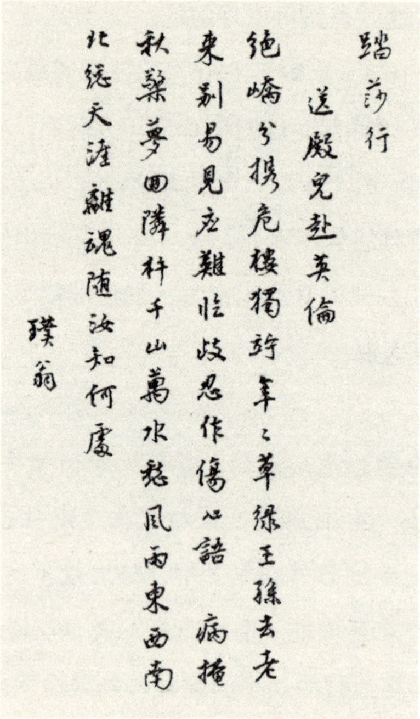
踏莎行
送殿兒赴英倫
絶嶠分携危樓獨竚年々草緑王孫去老
來别易見應難臨歧忽作傷心語 病掩
秋檠夢回隣杵千山萬水愁風雨東西南
北總天涯離魂隨汝知何處
璞翁

刘伯端《踏莎行·送殿儿赴英伦》

# 从《古今诗选》到《古诗选珍》

早就听说耶鲁大学神学院图书馆中有很多早期汉学书籍，很想找机会去看一看。2006年10月，我在美国东岸各校讲学的时候，因为日程临时有变，旅行路线也不得不调整，弯来绕去，短短三个礼拜之内，光是坐火车经过纽约，就有五六次之多。其中，四次途经耶鲁大学所在的新港市（New Haven），可惜日程排得比较满，时间匆促，竟没有机会去访书，只能“过屠门而大嚼”。

到了这年12月底，临回国要清还借书，偶然看到借在手边很久的翟理斯《古今诗选》（*Chinese Poetry in English Verse*, London: Bernard Quaritch, Shanghai: Kelly & Walsh, 1898），原来竟是出自耶鲁大学神学院的，不禁先是一惊，继又一喜，颇有他乡遇故知之感。封面顶部盖了一个章，很清楚的两行字：

Discarded

Yale Divinity School

在印章略下一点，又敲了钢印，也是两行文字：

DAY MISSIONS LIBRARY

NEW HAVEN. CONN.

很显然，这本书是被耶鲁大学神学院图书馆清理掉的。虽然是 19 世纪末的印本，年代比较早，但这个图书馆对于这一类书大概并不稀罕，或者已有复本，所以径自列入处理清单。接下来的问题是，这本书是在什么时候，以什么方式变成了西雅图华盛顿大学的馆藏？“耶鲁神学院”的那个印章右边，有铅笔手写的两个头文字“DW”，不知道指的是什么，熟悉华盛顿大学图书馆馆史的人或许可以说清楚。封面背面印了一行文字，说明此书是在荷兰莱顿（Leiden）的 E. J. Brill 出版社印刷的。我想，这是因为此书后附“诗人引得”中有不少汉字，当时欧洲一般出版社都“搞不掂”，而 E. J. Brill 以出版《通报》驰名汉学界，在专业出版方面算得上一块老牌子。不过，《古今诗选》排出的汉字还是有一些差错。也难为那些荷兰印刷工人，对他们来说，这方块字也太难了。

封面背面右下方，也有铅笔手写的两个头文字“WH”，也不知道指的是什么。华盛顿大学馆藏图书，常在内封某一位置标注书的来历：什么时候买的、什么人捐赠的，甚至用的是什么资金。别看这些信息琐碎，对于书籍史研究还是蛮有用的。这本书的封底贴了一个小标签：

PARAGON
BOOK GALLERY
"The Oriental Bookstore
of America"
140 EAST 59th STREET
NEW YORK 22, N.Y.

这是纽约的一家专营东方书籍的书店，很可能是一家旧书店。看来，《古今诗选》被从耶鲁大学神学院图书馆清出之后，又流到了旧书店，至迟在 1963 年已经入藏华盛顿大学图书馆。这么说的根据是书后贴的华盛顿大学图书馆的借书记录签条，最早的那个还书日期，是 1963 年 3 月 28 日。

《古今诗选》出版于 1898 年。同一年，翟理斯在剑桥大学出版社还出版了另外一本书——《剑桥大学图书馆威妥玛藏汉满书籍书目》（*A Catalogue of the Wade Collection of Chinese and Manchu Books in the Library of the University of Cambridge*, by Herbert A.Giles, Cambridge University Press, 1898）。书中同样有很多汉字，也是由 E.J.Brill 出版社印制的。仔细看一下，就会发现，两本书中的汉字都不免有误植，偏旁错漏等毛病也时或可见。比如《古今诗选》就出现了“陈抟”误作“陈搏”、“韩偓”误作“韩渥”、“萧衍”误作“箫衍”等讹误。

此书按年代编排，选诗范围从《诗经》到卒于1814年的赵翼，共计英译汉诗176篇。其中，《诗经》共选入《郑风·将仲子》《卫风·氓》以及《唐风·蟋蟀》3篇。前两篇是全译，后一篇只译了第一章的八句。丁韪良解释他为什么只翻译《鹏鸟赋》的前面一段时，说后面所表达的无非是前面的铺展和重复，并没有给诗篇增加力量。翟理斯节译《蟋蟀》，大概也是出于这样一种心理。此书译李白诗最多，共21首；杜甫诗紧接李白诗之后，计有11首，

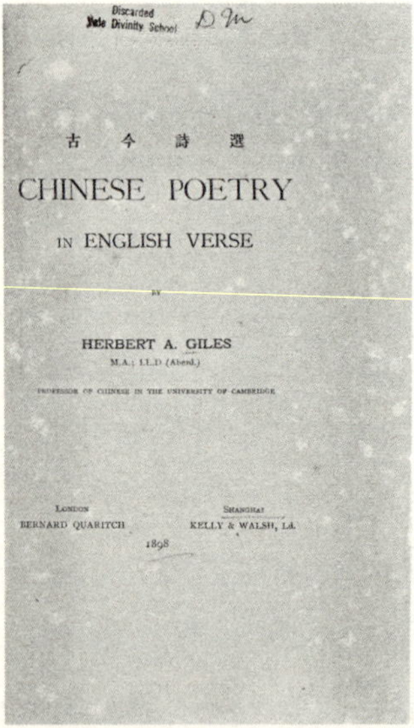


（英）翟理斯选译《古今诗选》，伦敦伯纳夸瑞奇出版社、上海别发书局1898年版

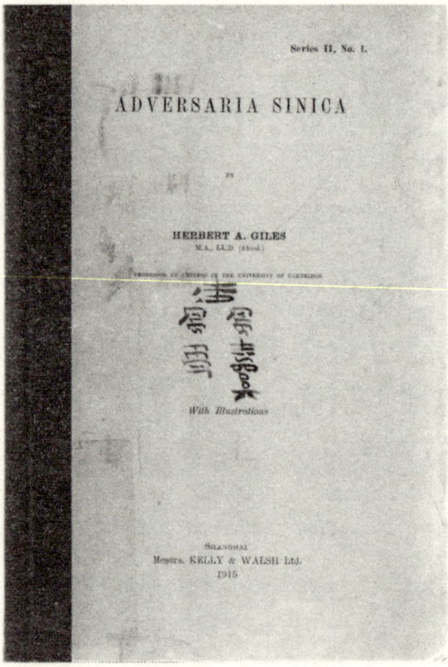


（英）翟理斯选译《古今诗选》，上海别发书局1915年插图本

数量也不少。翟理斯《中国文学史》的出版在此书之后，两相对照，可以看到翟氏汉诗学是如何逐步成型的。

《古今诗选》所收之诗大多数篇幅不长，但有的不是真正的短篇，而是译者截长取短，或者取对联、熟语而译之，难免有名不副实、冒牌充数的嫌疑。翟理斯曾经批评他的同辈汉学家丁韪良在《中国传说与诗歌》（*Chinese Legends and Lyrics*, Shanghai: Kelly & Walsh, 1912）中翻译的中国诗歌有这一类毛病，其实他自己也未能免。比如“万事无如杯在手，百年几见月当头”这两句，原是明代以来在民间流传很广的一副对联，并不是一首完整的诗，最多算是诗中的摘句。据何良俊《四友斋丛说》卷二十六的记载，这副对联出自明代苏州文士朱存理之手。朱存理（1444—1513），字性甫，又字性之，号野航，是明代藏书家、学者、鉴赏家。据何良俊说，这个对句是这样产生的：

> 吴中旧事，其风流有致足乐咏者。朱野航乃葑门一老儒也，颇攻诗，在篠匾王氏教书。王亦吴中旧族。野航与主人晚酌罢，主人入内。适月上，野航得句云：“万事不如杯在手，一年几见月当头。”喜极，发狂大叫。扣扉唤主人起，咏此二句，主人亦大加击节，取酒更酌，至兴尽而罢。明日遍请吴中善诗者赏之，大为张具征戏乐，留连数日。此亦一时盛事也。

这真是一副有故事的对句。对于有故事背景的诗作，翟理斯向来情有独钟。无独有偶，清初孔尚任《桃花扇》第二十五出《选优》的故事发生在熏风殿，殿上悬挂的就是王铎书写的这副对联，可见至迟在清初，此联的流传范围已大大超出了苏州。“不如”或作“无如”，“百年”或作“一年”或作“一生”，都是流传过程中产生的异文，无足轻重。翟理斯《古今诗选》第195页译此二句为：

The cup's in the hand,
    seize the hour ere 'tis fled;
How seldom in life,
    is the moon overhead!

值得注意的是，翟理斯称此为诗，又称其作者为佚名（Anon），至于诗题，则译为“机会”（Opportunity），可见他并不了解这两句的来历。从译题来看，他所理解的此二句之主题是光阴易逝，要抓住机会，与原句及时行乐之意略有偏差。

译诗而改换原诗题目，在《古今诗选》中颇为常见。本来，对于揭示诗歌题旨而言，题目是一个重要的线索，变换题目，往往意味着译者对诗旨有了另一种理解，有意通过新诗题揭示新诗旨。例如，第105页译王昌龄名篇《闺怨》，题目改为 *At the Wars*，就将诗意的重点由闺怨转移到战争。由于改题，一般中国读者读英文译本时，即使遇到耳熟能详的名篇，也有可能一下子反应不过来。例如《古今诗选》翻译的这首无名氏的《农夫谣》（*The Husbandman's Song*, p8）：

Work, work—from the rising sun
Till sunset comes and the day is done.
    I plough the sod
    And harrow the clod,
And meat and drink both come to me,
So what care I for the powers that be?

其实，这就是那首著名的《击壤歌》："日出而作，日入而息。凿井而饮，耕田而食。帝力于我何有哉！"英语译文颇有可读性，但是诗题改了之后，简直让人认不出原貌来了。相对容易辨认的是李白《秋浦歌》中最有名的这一首："白发三千丈，缘愁似个长。不知明镜里，何处得秋霜。"翟理斯译本题为 *In a Mirror* (p.77):

My whitening hair would make a long long rope,
  Yet could not fathom all my depth of woe;
Though how it comes within a mirror's scope
  To sprinkle autumn frosts, I do not know.

这个诗题回译过来，应该是“对镜”，与“秋浦歌”也有比较大的距离。后来英国汉学家魏理（Arthur Waley，1889—1966）英译汉诗也多有改题，其做法与翟理斯如出一辙。

《古今诗选》出版25年后，翟理斯又编撰了一本《古诗选珍》[*Gems of Chinese Literature*（*Verse*），Bernard Quaritch，1923]。两部诗选同出一手，但毕竟相隔四分之一世纪，时移世异，翟理斯本人的汉学修养与日俱进，他对中国古诗的理解也非昔时可比；所以，后书在前书的基础上有明显的修订扩充。

最明显的调整是篇数。前书所录译诗176首，全部收入后书；后书收录译诗239首，较前书多出63首。这多出来的部分应该都是翟理斯在1898年以后陆续译就的。新增篇目中，最引人注目的是白居易的诗。白诗在《古今诗选》中只有1首，而在《古诗选珍》中增加到11首，所占比重提升最为显著。

从篇次也可以看出，《古诗选珍》是以《古今诗选》为蓝本的。两书都按诗人年代先后编排，如果诗作顺序发生了变化，则是因为《古诗选珍》增加了篇目，或者对某些诗人的年代有所调整。一开始，翟理斯显然没有弄清楚一些诗人的年代，后书出版时，就要做一些修订。两书开卷第一篇都是《诗经·郑风·将仲子》，英译本诗题皆为*To a Young Gentleman*，译文也完全相同，如果硬要说有什么不同的话，那就是在《古诗选珍》中翟理斯加了一条注，说这首诗被Cyril Scott和J.A.Carpenter谱成乐曲。这应该是《古今诗选》出版以后的事，因为在1898年版的《古今诗选》中，翟理斯并没有提到这一点，而照一般情理说，他应当是很乐意提到这样的事的。此事也说明翟译中国古诗在英语世界产生了社会影响。

与《古今诗选》相比，《古诗选珍》似乎更重视同时代人的诗作，薛时雨（1818—1885）、秋瑾（1875—1907）及刘伯端（1887—1963）等人皆有诗作入选。最为晚近的作品是刘伯端作于1916年的《英国诗人沙士比亚殁后三百载开会纪念》，翟理斯英译时将诗题改为 *Ode to Shakespeare*。考虑到这三位都是翟理斯的同时代人，书名“古诗选珍”中的“古诗”，也许应该理解为“古体诗歌”而非“古代诗歌”。

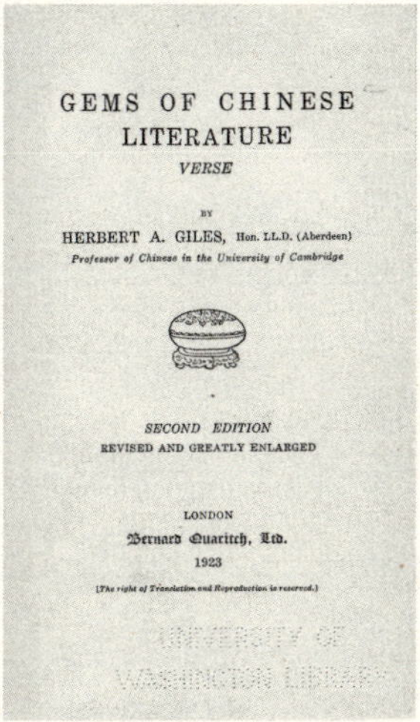
GEMS OF CHINESE
LITERATURE
*VERSE*

BY
HERBERT A. GILES, Hon. LL.D. (Aberdeen)
*Professor of Chinese in the University of Cambridge*

*SECOND EDITION*
REVISED AND GREATLY ENLARGED

LONDON
Bernard Quaritch, Ltd.
1923
[*The right of Translation and Reproduction is reserved.*]



（英）翟理斯选译《古诗选珍》，伦敦伯纳夸瑞奇出版社1923年增订本

《古诗选珍》对《古今诗选》中的译本做了一些修订，主要体现在诗题与诗句翻译两方面。校读这些译作，可以看出翟理斯在这二十多年里对同一首诗理解的变化。陶渊明《拟古》其五："东方有一士，被服常不完。三旬九遇食，十年着一冠。辛苦无此比，常有好容颜。我欲观其人，晨去越河关。青松夹路生，白云宿檐端。知我故来意，取琴为我弹。上弦惊别鹤，下弦操孤鸾。愿留就君住，从今至岁寒。"全诗共16句，在《古今诗选》中，翟理斯将诗题译作*A Recluse*（隐士），全诗分为3段，分别为6句、4句、6句；在《古诗选珍》中，翟理斯将诗题译作*A Portrait*（《自画像》），全诗分为4段，分别为6句、4句、4句、2句。最耐人寻味的是结尾两句"愿留就君住，从今至岁寒"，《古今诗选》译作：

Oh，let me rest with thee until
The winter winds again blow chill!

而《古诗选珍》译作：

Oh, I would live beside my friend——
But not beyond the summer's end.

两种译文使用的韵脚不同，对诗意的理解与表达也明显不同。

我不理解的是，在修订译文的时候，翟理斯为什么要用“but not beyond the summer’s end”来译“从今至岁寒”。诸如此类改译的例子，在《古诗选珍》中并不少见。

1907 年，英国著名传记作家斯特雷奇（Lytton Strachey，1880—1932）在致友人的一封信中说，他正在读一本中国诗选，那是“世界上最可爱的书之一”（one of the most charming in the world），就是指翟理斯此书。第二年夏天，他为这本书写了一篇评论，发表在第二年 10 月号的《新季刊》（*An Anthology*, *New Quarterly*, 1）杂志上。这段书林轶事，见于荷尔罗伊（Michael Holroyd）所著《斯特雷奇传》（*Lytton Strachey*, London: Chatto & Windus, 1994）。这说明，翟理斯的书对当时英国知识界是产生了影响的。

2006 年初稿，2021 年定稿

# 乌鸦与鹏鸟

2006年9月9日，是一个晴朗的周末。秋天午后的西雅图，显得格外高爽宜人。

在图书馆里读了一个礼拜的书，下午，我决定骑车出去，活动筋骨，在大自然中舒展身心。自行车循着古林湖（Green Lake），沿80街转85街一路向西，到32NW道，就进入了山路。沿着林荫浓郁的蜿蜒山路滑行，便到Golden Garden Park，视野开阔的西雅图普吉海湾（Puget Sound）映入眼帘。正在60街拐点处看海赏景，披襟当风，心旷神怡之时，耳机里响起一段熟悉的词句。原来，收音机中正在播放美国诗人爱伦·坡（Edgar Allan Poe, 1809—1849）的《乌鸦》（*The Raven*）。前一天下午刚在图书馆中查找有关这首诗的中英文材料，记忆犹新，没想到今天就听到这段声情并茂的朗诵，冥冥之中，若有神助。

吴宓曾经说过，如果要把拜伦（George Gordon Byron，1788—1824）比作李白，把弥尔顿（John Milton，1608—1674）

比作杜甫，把华兹华斯（William Wordsworth，1770—1850）比作陶渊明和白居易，那么，爱伦·坡便可以比作李贺，因为“坡氏之文与诗，具有仙才，亦多鬼气”。显然，吴宓做这种比较是有他的理由的，一方面是根据吴宓对爱伦·坡生平的理解，另一方面是根据吴宓阅读爱伦·坡和李贺诗歌的感受。爱伦·坡的性格高度敏感，一生坎坷，他的诗歌画面阴郁，乃至他最终不幸早逝，凡此种种，与像彗星一样划过中唐诗坛天空的李贺都有可比性。不过，如果我们换一个角度看，爱伦·坡跟其他中国作家也有可比性，比如汉代作家贾谊。

（美）詹姆斯·A. 哈里森编《埃德加·爱伦·坡全集》，纽约：弗莱德·德·福出版公司1902年版

不可否认，《乌鸦》是爱伦·坡的代表作，这篇诗歌史上的名作在美国几乎算得上家喻户晓。作者在诗中假设，当主人公正在为失去至爱亲人莲娜（Lenore）悲伤抑郁之时，一只乌鸦飞来造访，主客相对，展开一段心灵的对话和对人生哀乐的探究。吴宓曾经借用中国传统诗学术语，称这首诗是一篇“悼亡诗”。严格说来，在中国传统诗学术语中，“悼亡诗”特指丈夫对亡妻的悼念之诗，至于悼念其他亲友的诗作，一般不包括在“悼亡诗”之内。查考爱伦·坡的生平，作诗之时，他并未遭遇丧偶之痛，因此，吴宓所谓“悼亡诗”的说法是不准确的。爱伦·坡在其名作《文章原理》（*The Philosophy of Composition*）中，曾自述此诗的创作缘起和构撰过程。由此可知，他这首诗中所写的情景人事，都出于虚构，借用中国古典文论术语来说，这首诗是“为文而造情”，而不是“为情而造文”。另一方面，它在结构上使用的“假设问对”的手法，是中国文学传统中赋家的惯用之伎。这就难怪后人将其与西汉作家贾谊的《鹏鸟赋》相提并论、比量齐观了。

事情源起于1901年。美国传教士，曾任北京同文馆总教习，后来担任京师大学堂总教习的丁韪良（W.A.P.Martin，1827—1916）偶然读到贾谊的《鹏鸟赋》，发现其与《乌鸦》一诗有颇多相似之处，就写了一篇文章，发在《北华评论》（*North China Review for 1901*，p.857）上。显然，他对贾谊这篇赋很感兴趣，不仅把它翻译成英语，多年以后，还做了一些修订，收入他的《中国传说与诗歌》（*Chinese Legends and Lyrics*，Shanghai: Kelly & Walsh，1912，pp.63–69）一书中。根据他的对比，这两篇作品的类似之处共有如下7条：

1. 作者抑郁而濒于绝望的心境。
2. 求助于书籍以自我排遣。
3. 鸟来做客而姿态傲慢。
4. 鸟的到来被认为是凶兆。
5. 向鸟诉说以求对人生之谜的解答。
6. 鸟的回答忧郁感伤。
7. 作者结合自家身世以理解鸟的回答。

西汉初年，贾谊仕途失意，被贬为长沙王太傅，任职三年，有鹏鸟飞入其屋，他自感不祥，遂作《鹏鸟赋》以寄意抒怀。这篇赋不仅是贾谊赋的代表作，也是汉代骚体赋的典范作品。此赋篇幅较长，这里抄录开头一段，权当尝鼎一脔：

单阏之岁兮，四月孟夏。庚子日斜兮，鹏集余舍。止于坐隅兮，貌甚闲暇。异物来萃兮，私怪其故。发书占之兮，谶言其度。曰野鸟入室兮，主人将去。请问于鹏兮，余去何之？吉乎告我，凶言其灾。淹速之度兮，语余其期。

鹏乃叹息，举首奋翼。口不能言，请对以臆。曰万物变化兮，固无休息。斡流而迁兮，或推而还。形气转续兮，变化而嬗。沕穆无穷兮，胡可胜言。祸兮福所倚，福兮祸所伏。忧喜聚门兮，吉凶同域。

……

《乌鸦》和《鹏鸟赋》，一个产生于美国，一个产生于中国，一篇是英语，一篇是汉语，相隔两千年，却有如此多的巧合，这让丁韪良感到十分意外。他甚至说，如果贾谊活在19世纪，或者爱伦·坡能够阅读中文，那么，人们简直可以怀疑，两篇作品之间存在着某种“抄袭”关系。在理论上，这种假设是成立的，但在现实中，这种可能是不存在的。鉴于其类同（analogy）关系，丁韪良在其文章标题中干脆把《鹏鸟赋》称作“中文版的《乌鸦》”（*A Chinese Raven*：*The Fu-Niao*，*Or Bird of Fate*）。显而易见，丁韪良这么比拟，透露了他的美国文学本位的立场。丁韪良活到了20世纪，年寿比爱伦·坡长得多，但从出生年份来看，他其实只比爱伦·坡小18岁，在一定程度上，他可以说是爱伦·坡的同时代人。从这个角度来理解，他把《鹏鸟赋》称为“中文版的《乌鸦》”，语气之中似乎不乏一种亲切。

就是丁韪良这篇文章发表的那一年，英国著名汉学家、剑桥大学教授翟理斯（H.A.Giles，1845—1935）刚刚出版被他自己称为“世界上第一部”的《中国文学史》（*A History of Chinese Literature*, London：D.Apleton &Company，1901）。在这种情境中，丁韪良的文章不能不引起他的注意和重视。翟理斯的《文学史》中只有两处（页 54、页 97）提到贾谊，并没有具体涉及贾谊任何一篇作品，页 97 提到贾谊的生卒年，又错定其生年为 BC.199 而不是 BC.200；丁韪良在其文章中，则准确标注了贾谊的生年。丁韪良翻译的《鹏鸟赋》虽然只有序和开头一段，但毕竟涉及具体文本的翻译与理解，与翟理斯文学史仅提供有限的关于贾谊的文学知识相比，丁韪良无疑推进了一步。不过，较真起来，且不说以今天的标准，即使以 20 世纪初的标准来衡量，丁韪良的翻译也显得很不严谨。将译文与原文简单对照，就会发现其问题，译文误解原意，甚至“增字解经”，擅自加入原文所没有的文句，诸如此类的瑕疵不在少数。

这引起了翟理斯的不满和批评。他在 1915 年出版的《汉学杂录》（又称《耀山笔记》，*Adversaria Sinica*，Seris II，No.1，Shanghai: Kelly & Walsh，1915）中，专门写了一篇文章《中文版的爱伦坡〈乌鸦〉》（*Poe's Raven in China*），针对丁说提出不同看法，也顺带更正了自己旧作中对贾谊生年的错误认定。翟理斯写作此文的主要目的有二：一是批评丁韪良翻译之疏误；二是指出这两篇作品其实并不像丁氏所说，有那么多的相似之处。事实上，这两点又是密切联系在一起的。

为了证明这两篇作品的类同，丁韪良除了列举上述 7 条证据，还别出心裁，在翻译中特意采用了近于《乌鸦》的诗体。凡是读过爱伦·坡这篇名作的人，都会对诗的形式特点印象深刻。这首诗一共 18 节，每节 6 行，每节末所押韵字，皆以 more 结尾，包括 ever more，nothing more，never more，其中乌鸦发言的 6 节，更是统一以 never more 收结。为了强化声韵效果，作者不仅一韵到底，还在行间或节间运用词句的复沓重叠，收到音韵谐美的效果。这种形式上的整齐划一，体现了作者独到的匠心。下面抄录前 5 节以见一斑：

Once upon a midnight dreary, while I pondered, weak and weary,
Over many a quaint and curious volume of forgotten lore——
While I nodded, nearly napping, suddenly there came a tapping,
As of some one gently rapping, rapping at my chamber door.
" 'Tis some visitor," I muttered, "tapping at my chamber door——
Only this and nothing more."

Ah, distinctly I remember it was in the bleak December;
And each separate dying ember wrought its ghost upon the floor.
Eagerly I wished the morrow;——vainly I had sought to borrow
From my books surcease of sorrow——sorrow for the lost Lenore——
For the rare and radiant maiden whom the angels name Lenore——
Nameless here for evermore.

And the silken, sad, uncertain rustling of each purple curtain

Thrilled me——filled me with fantastic terrors never felt before;
So that now, to still the beating of my heart, I stood repeating
" 'Tis some visitor entreating entrance at my chamber door——
Some late visitor entreating entrance at my chamber door; ——
This it is and nothing more."

Presently my soul grew stronger; hesitating then no longer,
"Sir," said I, "or Madam, truly your forgiveness I implore;
But the fact is I was napping, and so gently you came rapping,
And so faintly you came tapping, tapping at my chamber door,
That I scarce was sure I heard you" ——here I opened wide the door;——
Darkness there and nothing more.

Deep into that darkness peering, long I stood there wondering, fearing,
Doubting, dreaming dreams no mortal ever dared to dream before;
But the silence was unbroken, and the stillness gave no token,
And the only word there spoken was the whispered word: "Lenore?"
This I whispered, and an echo murmured back the word: "Lenore!"——
Merely this and nothing more.

……

丁韪良所翻译的《鹏鸟赋》片段，一共分为 8 节，每节 5 行，每节末所押韵字，皆以 ay 结尾，而鹏鸟两次叹息，都以“Well-a-day”作结。与此同时，他还尽量利用密集的韵脚，强化音韵的谐和。现抄录前三节和最后一节译文如下：

'T was in the month of chill November,
As I can very well remember——
In dismal, gloomy, crumbling halls,
Betwixt moss-covered, reeking walls,
An exiles poet lay——

On his bed of straw reclining,
Half despairing, half repining;
When athwart the window sill
Flew in a bird of omen ill,
And seemed inclined to stay.

To my book of occult learning,
Suddenly I thought of returning,
All the mystery to know,
Of that shameless owl to crow,
That would not go away.

……
"Fortune's wheel is ever turning,
To human eye there's no discerning
Weal or woe in any state;
Wisdom is to bide your fate;"
This is what it seemed to say
By that simple "Well-a-day."

读过《鹏鸟赋》的人应该知道，贾谊赋并没有这样的分节，更没有如此的韵式，英译本的这种形式特点完全是丁韪良创造出来的，或者说是强加上去的，是他为了进一步突出两篇作品的类同而"削足适履"地制造出来的。这就难怪翟理斯批评丁韪良译文与原作相去太远。

抛开这些外形特征不讲，对比局部细节，也可以发现两篇作品的诸多不同。比如，贾谊是感叹自家身世，而爱伦·坡则是因悼念亡者而"行自念也"；鹏鸟是飞集于舍，"止于坐隅"，而乌鸦则是始以叩门，继而飞近窗扉，终而止于门楣；爱伦·坡是在鸟到来之前读书，贾谊则是在鸟飞到之后翻书；乌鸦能言，而鹏鸟不语等等。原文为"鹏乃叹息，举首奋翼；口不能言，请对以臆"，丁韪良译文则将其叹息落实为"Well-a-day"；赋中明言其时是在"四月孟夏"，而丁韪良却译为"寒冷的十一月"（chill November）。凡此都是丁氏自我作古之例。翟理斯强调，实际上，这两篇作品的类同性相当有限，只有开篇部分的一个不幸的人和一只不祥的飞鸟，仅此而已。如果有心发掘，那么，中西诗歌中这一类的例子多得是，不足为奇。

这里需要特别提出的是，除了这8节诗体的译文，丁韪良也附录了中文原文的片段，还同时提供了散体译本。散体译文虽然也存在多处删略和理解不够准确的毛病，但明显较诗体译文更为接近原意。值得注意的是，无论对于丁韪良还是对于翟理斯，散体译本似乎都不是他们关注的重点，因而被不约而同地忽略了。这两个西方人不约而同的另一点是，他们都称贾谊的赋为“中文版的《乌鸦》”，换句话说，他们是站在英语文学的立场上，来重新“命名”贾谊的这篇名作。而若干年后，当一个中国人开始翻译《乌鸦》之时，他则以汉语文学为基点，来重新“命名”爱伦·坡的这篇名作。这恰好形成一个有趣的对照：站在本国文学的立场上，在异国文学中发现与本国作品的类同。

1925年9月，《学衡》杂志第45期上发表了顾谦吉对爱伦·坡《乌鸦》的汉译，题为“阿伦波《鹏鸟吟》”。顾谦吉是江苏无锡人，毕业于清华大学，是农林畜牧专家，却对诗歌翻译怀有浓厚的兴趣。除了这篇《鹏鸟吟》，顾谦吉还翻译过赫里克（Robert Herrick，1591—1674）、华兹华斯、丁尼生（Alfred Tennyson，1809—1892）、阿诺德（Matthew Arnold，1822—1888）等人的诗作。《学衡》编者吴宓为这篇译诗写了一段编者识语，识语中包括了本文开篇所引述的那一段将爱伦·坡与李贺作比的文字。不管顾谦吉在翻译此诗前是否读过丁韪良和翟理斯的文章，他将《乌鸦》译作《鹏鸟吟》，已经表明他确认爱伦·坡和贾谊作品的类同关系。丁韪良和翟理斯的文章虽然是在中国出版的，但这一类出版物所面向的主要读者对象是在华的欧美人。吴宓在编者识语中认同顾氏译题所暗含的类比，并没有提到丁、翟二人的这一桩公案，说明他和顾谦吉一样对此事可能并不知情。换句话说，美国人丁韪良（英国人翟理斯在这一点上是有保留的）和中国人顾谦吉，先后注意到这两篇作品的类同，这既是中外偶然巧合，也是英雄所见略同。

顾谦吉的译文一共 18 节，每节 6 句，基本上与原诗对应，只有第 1 节例外，大概因为句数相同的汉语无法容纳原文的意思，故而拉长为 8 句。大多数句子是六言或七言，句中皆以“兮”字绾接，是相当纯粹的骚体赋格式。译作保留了原诗形式整齐的特点，能够较多体现原诗音韵谐美的优长。然而，爱伦·坡写的毕竟是诗，不是赋，于是，译者特意在译题中用“吟”而不用“赋”字，寓有文体别裁之微意。赋之为体，本来就介于诗、文之间，骚赋之体又较一般赋更近于诗。汉代以后的骚赋作品，大多数固然仍以赋命名，但也有一些以“吟”“引”“操”等名篇。要之，顾译在形貌上具有明显的骚赋特点，使得《鹏鸟吟》在视觉上和听觉上都更逼肖《鹏鸟赋》。下面抄录顾译前 5 节，可与上文所录爱伦·坡原文相对照：

悲长夜兮凄切，耿不寐兮愁结。
溯往事兮如焚，方思乱兮神灭。
忽闻声兮轻微，似有人兮弹扉。
亦过客之偶然，苟舍此兮何希。

忆当日兮严寒，炉炭黯兮烬残。
空执卷以自遣，何东方之漫漫。
中心有思兮念伦娜，美人永别兮摧肺肝。

罗帏舒卷兮自开，忧惧交并兮增悲。
魂荡漾兮不可抑，聊重言兮以自慰。
而过客兮欲启扉，何舍此兮而嫌猜。

止喘息兮神旺，叩远客兮不遑。
夜方半兮倚枕，胡轻弹而忽藏。
急推户以四望，奈墨墨而无光。

终伫立兮迷惑，梦转急兮不测。
忧郁结兮无声，寂静深而难极。
轻呜咽兮呼卿名，空房应兮更沉恻。
……

中国文学传统历来认为，赋是“古诗之流”，因此，赋可以说是诗之一体。《乌鸦》诗假设问对，铺陈幽怀，其题即译作“鹏鸟赋”亦无不可。顾译形式古雅，文辞优美，古意盎然。几十年过去了，现在坊间流行的爱伦·坡此诗，似乎是曹明伦的白话文译本（安徽文艺出版社，1999 年），而早年的这个文言译本已经少有人提起了。

在文学和文化交流的过程中，人们固然注意追寻对方的异，以获取新奇的刺激，但同时也热衷于求同，以获得相互印证和认同。在求同的大势之下，某些具有类同特征的文化资源及文学文本，更容易引起另一方的注意和共鸣。《鹏鸟赋》和《乌鸦》就是一例。《鹏鸟赋》可能是最早被英美汉学家注意并译为英文的赋作之一，而其中的重要机缘，正是它与《乌鸦》的类同，不管这种类同是何种程度，是表面的状貌还是内在的诗心，是虚幻的还是真实的，人们总是乐意投注自身的关注和热情。1959 年，哈佛大学教授海陶玮( James Hightower )发表论文《贾谊〈鹏鸟赋〉》，对这篇作品做了比较深入的探讨（*Chia Yi's 'Owl Fu'*, Asia Major 8，December 1959, pp125-130）。1971 年，哥伦比亚大学教授华滋生（Bruton Waston）在其翻译的《汉魏六朝赋选》（*Chinese Rhyme-Prose; Poems in the Fu Form from the Han and Six Dynasties Periods*. New York：Columbia University Press, 1971）中翻译了这篇《鹏鸟赋》。其后，专精汉魏六朝赋学研究的西雅图华盛顿大学教授康达维（David Knechtges）在其《文选》英译的巨著中，也翻译了贾谊这篇赋作。他们在一定程度上也是延续了丁韪良、翟理斯所开创的这个汉学研究传统，续写这一段中外文学交流的史话。

原载《中华读书报》2006年10月25日，2021年10月修订

# 读《中国情人歌》

有一个很少被人（至少是中国人）提起的外国诗人，生活于19世纪和20世纪之交，用英语同时也用法语写作，生于美国但似乎更爱法国，熟悉西方文学传统而似乎也对中国诗歌传统颇有兴趣。我说的是Stuart Merrill（1863—1915），他的大名直译过来就是斯图尔特·梅里尔。有点夹生，是吧？让我们把它汉化一下——梅诗徒——感觉好多了吧？

实际上，梅诗徒先生在他的美国老家，也不经常被人提起。他虽然出生于美国，却是在法国成长的；虽然对英语和法语两种语言文学都娴熟掌握，却似乎对法语文学更有感情。他经常跑到欧洲，跟巴黎的那一班诗人、学者打成一片，混得溜熟。在巴黎，诗人魏尔伦（Paul Verlaine）、作家雅里（Alfred Jarry）、诗人阿波利奈尔（Guillaume Apollinaire）等人，都是他的座上宾。而他本人，则定期出现在著名诗人马拉美（Stephane Mallarme）的周二晚间沙龙之上，场场不落。马拉美与他之间的通信，成为后人研究二人关系的重要文献。因此，他的文学创作，尤其是诗歌创作，也很明显地受到当时法国诗坛象征主义诗风的影响。他在欧洲的活动范围很广，去过意大利、德国、英国等地。他与以王尔德（Oscar Wilde）为中心的英国文人圈也有很多交往。梅诗徒与王尔德称兄道弟，绝对是好哥们儿。

说到这里，我忽然觉得，王尔德的名字也少了一些才子气，诗味也不够，假如改成“王讴客”，或许更好玩一些，也更有意思一点。开个玩笑，不要当真。“王尔德”虽然显得一本正经，少了一些诗意，但此名早已约定俗成，正式场合还是应该遵而用之。

1893 年，梅诗徒离开美国，此后再也没有回去。换句话说，他 30 岁以后就不呆在美国了。他在美国的一些朋友，费了不少口舌劝说他回去，至少还要用英语写作，做一个美国诗人，都被他当成耳边风。此后他就多以法语创作，成为一个更地道的法语诗人了（参看 Marjorie H. Ilsley: *Four Unpublished Letters of Stéphane Mallarmé to Stuart Merrill*, *Yale French Studies*, 1952, No. 9, *Symbol and Symbolism (1952)*, pp. 155-161）。不知是幸运，还是不幸，在一本《19 世纪美国诗选》（John Hollander ed., *American Poetry: The Nineteenth Century*, The Library of America, 1996）中，梅诗徒居然有两篇大作登上了“光荣榜”，其中一篇就是《中国情人歌》。抄录如下：

**Ballade of the Chinese Lover**

by Stuart Merrill (1863—1915)

Down the waves of the Yang-tse-Kiang,
In a gilded barge with saffron sails,
I wooed my Li to the brazen clang
Of kettledrums, and the weary wails.

Of flutes, whilst under her spangled veils
She would sway her willowy waist, and sing
Sweet songs that made me dream of the dales
Of Han-Yang, Woo-hoo, and far Tchin-Ting.

Past the porcelain towers of Keou-Kang,
And its peach blooms, loud with nightingales,
We drifted fast, as the dim gongs rang,
Toward the horizon's purple pales.

Hark! Our hoarse pilot once more hails
The anchored junks, as they swerve and swing,
Laden with silk and balsam bales
From Han-Yang, Woo-hoo, and far Tchin-Ting.

Of nights, when the hour had come to hang
Our paper lamps to their bamboo rails,
And afar we heard the silvery twang
Of lutes from the tea fleet's moonlit trails,

Then, oh my Li of jasper nails,
As on the shore swooned the winds of spring,
I lay at thy feet and told thee tales.
Of Han-Yang, Woo-hoo, and far Tchin-Ting.

Envoy
Loved Princess, ere my fantasy fails,
Farewell, and I'll make thy praises ring
O'er the Flowery Kingdom's fields and swales,
From Han-Yang, Woo-hoo, and to far Tchin-Ting.

这首诗，如果不能算“中国体”，至少应该算“中国题（材）”。我最为好奇的是，诗人梅诗徒的中国想象，比如这首诗中出现的柳腰（willowy waist）、桃花（peach blooms）、竹栏杆（bamboo rails），扬子江（Yang-tse-Kiang）、汉阳（Han-Yang）、芜湖（Woo-hoo）、九江（Keou-Kang）等等意象，都是怎么来的。“乱曰”（Envoy）中的“华国”（the Flowery Kingdom），也颇有点像是从“中华”二字望文生义而来。还有，诗中提及九江的瓷塔（the porcelain towers of Keou-Kang），我孤陋寡闻，只知道南京那座琉璃名塔——大报恩寺塔，西方人通常以瓷塔相称，还留下过瓷塔的图画，九江也有这样的一座塔吗，还是梅诗徒张冠李戴了？

《19世纪美国诗选》的编者是美国当代诗人霍兰德（John Hollander，1929—2013）。他是代表“垮掉的一代”的诗人金斯伯格（Allen Ginsberg，1926—1997）的同窗好友，但与叛逆的金斯伯格大不相同，他一生循规蹈矩，从学士读到博士，然后安安稳稳地在耶鲁大学任教。梅诗徒的诗虽然透着浓郁的法国象征主义风格，但毕竟是用英语写的，再加上点缀了诸多中国地名，创造了一种异域万花筒式的奇观，一下子照亮了霍兰德的眼睛，使他目眩之馀，甘心将梅诗徒先生列名榜上。好奇之馀，我不免做此揣想。

2006年初稿，2021年定稿

## 也说《聊斋志异》“被洋人盗用”

最早是在《中华读书报》2003年8月27日第5版上读到邱勋先生的文章《蒲松龄作品被洋人盗用》，随后，又在9月初的《大众日报》、新华网、人民网等媒体上看到相关的一些报道，详略不同，而消息的源头都可追溯到邱勋先生。由于蒲松龄《聊斋志异》不仅是山东古代文学的骄傲，也是中国文言小说的珍品，这个通过多种媒体披露出来的“盗用”“侵权”事件，一时之间吸引了众多“眼球”，甚至引发了一些颇为激烈的反应。笔者对此话题颇感兴趣，继而检索了一些资料，发现事实并非这么简单，于是草成这篇小文，一则就《聊斋志异》在欧美的流传情况做一些补充，二则介绍关于弗兰西丝·卡彭特（Frances Carpeneter）其人其书的一些情况，旨在澄清一些事实，也说几句公道话。

事情的缘起是这样的：2003年，山东省作协名誉副主席、著名儿童文学作家邱勋赴美探亲，在女儿的书架上翻阅美国大学学会出版公司1920年版的《少男少女丛书》第3卷《童话故事卷》

时，读到两篇中国故事，分别题为“奇妙的梨树”和“镜中少女”，故事情节与蒲松龄《聊斋志异》中的《种梨》和《凤仙》两篇相同，但两篇作品署名却成了弗兰西丝·卡彭特（虽然故事篇末写了改编，却未注明原作者）。邱勋在报纸上发表文章，认为蒲松龄这两篇名作被洋人侵权、剽窃了。

我没有见过美国大学学会出版公司出版的《少男少女丛书》，但从邱先生文章的介绍可以看出，这是面向美国少年读者的一套丛书。丛书第 3 卷是《童话故事卷》，既然其中既有“格林童话 12 篇、安徒生童话 9 篇”，也有“世界各民族的民间故事”，而且本卷的英文标题又是 *Folk and Fairy Tales*，那么也许译作“民间故事与童话故事卷”更名副其实一些。和邱先生一样，我最感兴趣的是这本书中收录了两篇来自蒲松龄《聊斋志异》的故事，一篇是《种梨》，另一篇是《凤仙》，并且作者的名字被署作弗兰西丝·卡彭特。但是，对邱先生这个“发现”的性质和意义应该怎样认识，我觉得还需要进一步讨论。

在中国古典文学名著中，蒲松龄《聊斋志异》是较早被翻译介绍到美国和欧洲的。1848 年，美国最早的汉学家之一卫三畏（Samuel W. Williams, 1812—1884）出版其名著《中国总论》（*The Middle Kingdom*）。在本书第 1 卷第 12 章《中国人的雅文学》（*Polite Literature of the Chinese*）中，就收入了两篇《聊斋志异》故事的译文，作为说明中国小说特征的主要例证，其中一篇就是《种梨》（见该书第 693—694 页）。这可能是西方语言中关于

《聊斋志异》故事的最早的翻译。在欧洲，英国、法国和德国的汉学界也从19世纪就开始译介《聊斋志异》中的一些故事，其后不断有更多的译介出现。参与其事的包括英国著名汉学家翟理斯（H.A.Giles，1845—1935）、德国著名汉学家顾路柏（W.Grube，1855—1908）、卫礼贤（R.Wilhelm，1873—1930）和法国著名传教士汉学家戴遂良（L.Wieger，1856—1933）等等。列举这些名字，是想从一个方面说明蒲松龄这部名著在欧美汉学界所受到的重视。

有关这一方面更详细的情况，西文文献可以参考戴维森（Martha Davidson）所编《汉籍英法德译文书目》（*A List of Pubilshed Translations From Chinese into English, French and German*, Edwards Brothers, Inc.1952, pp.67–73），中文文献可以参考王丽娜编著《中国古典小说戏曲名著在国外》（学林出版社，1988年，第210—252页）、宋柏年主编《中国古典文学在国外》（北京语言学院出版社，1994年，第503—507页）。最近偶然翻阅J.J.Brandt所编的著名的汉语教材《汉文进阶》（*Introduction to Literary Chinese*, Henri Vetch, Peiping, 1936），发现此书也选录若干篇《聊斋志异》的故事。其中第15课、第16课即为《种梨》，并附有英语译文。其他各篇分别为《妖术》《崂山道士》《考城隍》及《赵城虎》。需要特别指出的是，就《聊斋志异》故事而言，《种梨》在欧美译文中出现的频率几乎可以与最有名的《崂山道士》等篇相媲美。从这一点来看，说《种梨》是在欧美国家（这里主要指英、美、法、德）中最为流行的《聊斋志异》篇目之一，应该是不过分的。强调这一点，是因为它与这篇故事被收入《少男少女丛书》第 3 卷不无关系。《凤仙》一篇的情况不详，这里暂不置论。

接着就要讲到弗兰西丝·卡彭特其人。根据英美姓名常识和我所检索到的材料，这位“盗用”《聊斋志异》的作者不是一位先生，而是一位女士。她生于 1890 年，卒于 1972 年。弗兰西丝·卡彭特是她做姑娘时的名字，婚后，人们也称她为查平夫人（Ms.W.Chapin）。她的父亲弗兰克·卡彭特（Frank Carpenter，1855—1924）是一位记者兼作家，著名的卡彭特通俗地理读物系列（*Carpenter's Geographical Reader*）的作者。从小，弗兰西丝就跟随父亲到过欧洲、美洲、近东、远东的很多国家，其中包括中国，并收藏了有关各国民情风俗的许多图片和照片，这些图片和相片后来都捐给了美国国会图书馆，成为该馆很有特色的一项收藏。受父亲的影响，弗兰西丝也热衷于普及读物的编写工作，出版过两套很有影响，几乎可以说是家喻户晓、长销不衰的丛书：一套是关于世界各国儿童生活的书，一套是世界各国的童话和民间故事选集。这两套丛书都是按国家或地区来编写的，前者题为“某国（或某地区）的小朋友”，后者题为“某国姥姥讲故事”。不用说，这些书主要面向少年儿童。其中与中国相关的有两本：一本是《中国的小朋友》（*Our Little Friends of China: Ah Hu and Ying Hwa*, American Book Company, 1937）；另一本是《中国姥姥讲故事》（*Tales of a Chinese Grandmother*, Doubleday, Doran &

Company, 1937），当然也可以翻译为“中国奶奶讲故事”。

《中国姥姥讲故事》以一个姓凌（Ling，译音）的中国姥姥的口吻，给她的孙子孙女讲述30段故事。这些故事是作者根据中国的神话传说和民间故事改编的，其中包括脍炙人口的牛郎织女、嫦娥、妈祖以及美猴王的故事等等。第17篇就是来自《聊斋志异》的《种梨》（第142—149页），第27篇就是《风仙》（第226—234页，参看《中国姥姥讲故事·目录》）。这两篇故事既有少年儿童所喜闻乐见的志怪猎奇、异想天开的特点，又具有劝

（美）弗兰西斯·卡彭特《中国姥姥讲故事》，纽约：道布尔迪多兰出版公司1937年版

善励志的教育意义。有鉴于此，《少男少女丛书》第3卷根据这本书收录了这两篇故事。我手头没有《少男少女丛书》第3卷，但根据人民网上邱勋先生所提供的《种梨》《凤仙》两篇故事第一页的图片，我将两本书的相关部分作了对照，发现不仅标题和文句相同（只有极个别字句例外，可能是经过《少男少女丛书》编者的技术处理而有“微调”），段落起讫也完全一样，甚至连《凤仙》篇开头的插图也一模一样。这证明《少男少女丛书》第3卷中的这两篇故事确实是从《中国姥姥讲故事》转载的，包括标明“改编”（adapted）也是原书曾经说明过的。要说两本书有什么不同，那只有一点：《少男少女丛书》第3卷删去了《中国姥姥讲故事》中每篇故事开头几乎都有的引子。比如在《种梨》这篇故事的开头，弗兰西丝编了一段关于“吝啬”（stingy）的故事，这颇有点类似中国传统话本小说中的入话，然后再引入《种梨》这篇在她看来也是以“吝啬”为主题的故事。总之，无论其插图、入话还是故事本身，弗兰西丝都尽力给英语读者营造一种古典中国的氛围。

弗兰西丝没有逐一交代其改编的每篇故事的来源，但是，在《中国姥姥讲故事》书前的《致谢辞》（*Acknowledgment*）中，她明确表示这本书中的故事都是根据其他书改编的。特别值得注意的是，她在这里明确提到了倭纳（E.T.C.Werner）的《中国的神话与传说》（*Myths and Legends of China*）和翟理斯翻译的蒲松龄撰写的故事集，后者无疑是指翟理斯英译的《聊斋志异选》（*Strange Stories from a Chinese Studio*, New York: Boni and Liveright, 1927）。请注意，弗兰西丝在这里明确提到蒲松龄的名字。根据我们所做的调查研究，弗兰西丝书中的这两篇《聊斋志异》故事正是根据翟理斯译本改编的。因为倭纳书中虽然收入了5篇《聊斋志异》的故事，但其中并没有《种梨》和《凤仙》。翟理斯译本初版于1880年，其后在英美多次重印，流传甚广，影响甚大。全书包含164篇故事，《种梨》和《凤仙》即在其中。

将翟理斯译本与弗兰西丝改编本对校，我们发现二者至少有两大方面不同：首先是题目。《种梨》一篇，翟理斯译作 *Planting a Pear-tree*（第8—10页），而弗兰西丝译作 *The Wonderful Pear Tree*，前者的着重点在“种”，后者的侧重点在“梨树”。大多数汉学著作对本篇题目的翻译处理与翟理斯大同小异，这是比较忠于原文的译法，弗兰西丝的题目则有较多自由发挥。《凤仙》一篇，翟理斯译作 *The Magic Mirror*（第333—334页），弗兰西丝译作 *The Maid in the Mirror*，前者侧重于物，后者侧重于人，都是意译，与原题“凤仙”都有一定距离。其次，在故事情节上，翟理斯译文基本上是忠于原著的，而弗兰西丝颇多改写。以《种梨》为例，翟理斯于原著亦步亦趋，故事中的主要人物“乡人”（countryman）、“道士”（Taoist priest）、主要道具“车靶”（handles）等故事因素皆原样不动。弗兰西丝则将主要人物改为“小贩”与“老者”，主要道具“车靶”变成一根接续遮阳伞柄的棍子。

其所以这么改，是为了使故事更具体生动：弗兰西丝将故事背景设定在一个炎热夏日的午后，这样，老人向小贩讨要梨子以解渴的情节就显得更合情合理，遮阳伞以及接续伞柄的棍子也就由此衍生出来了。同时，为了适应少年读者的欣赏习惯，弗兰西丝还添加了不少对话，以延缓故事推进的节奏。为了增加故事的戏剧性，她又添油加醋，故意把摘梨者改成旁观的年轻人，而不是施法术的故事主人公。

至于另外一篇故事《凤仙》，在翟理斯版本中，两个主要人物是 Liu（刘生）和 Feng Hsien（凤仙），弗兰西丝改 Liu 为 Lu，但这并不是关键所在。关键在于她对故事结局做了很多改动。本来，在蒲松龄原著中，《凤仙》这段故事的情节就颇为曲折，甚至显得有些冗长，故事头尾两大段多少陷入了书生与狐女故事的老套，中间一段叙写神镜的故事，才是故事的新创和亮点。翟理斯翻译时为了简洁精要起见，就删去了其他情节，而只留下其中神镜一节。弗兰西丝以这一节为基础进行改编，又重点对两个环节“动了手术”：其一，在原著中，刘生亦即刘赤水“父母早亡”，她改成父母健在，且不断督促其读书；其二，刘生金榜题名后，弗兰西丝又设计了报捷、放鞭炮、点蜡烛、祭祖以及媒人上门提亲、凤仙建议刘生允婚、发现新娘就是凤仙等情节。这些不仅为原著所无，也未见于翟理斯译本。由此可见，《凤仙》的改编幅度比《种梨》更大。

通过上述比较，我们可以说，弗兰西丝的故事是根据翟理斯译本改编的，她既不是一无依傍地进行创作，也不是对旧译本简单做一些修订或对原作进行重译。由于《中国姥姥讲故事》本质上是面向少年儿童的普通读物，作者在改编之时当然要充分考虑读者对象的接受特点，因此，对故事做一些改动，添枝加叶，都是在所难免的。删去诸如“异史氏曰”那样的长篇感慨议论，也是不足为奇的。同时，这样的读物也不同于学术著作，在篇末不标注原作者蒲松龄的名字，不逐篇标注原译者的名字，也是很正常的。我想，即使不看作者的《致谢辞》，单通过书名，人们也不难判断这是来自中国的故事，不至误会为作者本人的创作。至于《少男少女丛书》，也是一本普及读物，它根据《中国姥姥讲故事》收入弗兰西丝改编的这两篇故事，一仍其旧，当然也就没有原著者和原译者的名字。这也是可以理解的。

顺带说一下，除了《种梨》《凤仙》之外，在《中国姥姥讲故事》中至少还有一篇源出《聊斋志异》的故事，英文题为*Cheng's Fighting Cricket*，也即著名的《促织》（铸雪斋抄本《聊斋志异》，第206—208页）。这篇故事亦见于翟理斯译本（第275—280页），只是题作*The Fighting Cricket*，小有不同而已。另外，《中国姥姥讲故事》初版于1937年，至2000年已印刷了17次，可见它很受一般读者的欢迎。虽然面世至今还不到70年，但它确实为中国小说和民间故事在海外的传播做出了贡献。对于这样有正面影响的人和事，以“盗用”“侵权”“招摇过市”等严词苛责，我觉得太过分了，您觉得呢?

最后，承杨宿珍女士代为检核有关资料，谨致谢忱。

原载《中华读书报》2003 年 9 月 24 日

# 清初常熟的一次西学东渐

一个读书人，一个康乾时代的读书人，或者再具体点说，一个生活在 18 世纪上半叶的江苏常熟县的普通读书人，即使没有功名，没有官位，也照样可以博闻多识。如果他脑子不冬烘，他还可以打开心灵之窗，感受从西方吹来的、在那个时代并不太强的风。

王应奎就是这样一个人。这位终老于常熟县的诸生，字东溆，号柳南。今天我们知道他的名字，完全不是因为他是什么名师大儒，也不是因为他建立了什么不朽的功业，而只是因为他有一些著述。在《柳南诗文钞》和《海虞诗苑》这两部集部著作之外，他还有两种笔记:《柳南随笔》和《柳南续笔》。乍一看很不起眼，现在印出来，两本合在一起，也不过两百来页。可是，莫要小看它们，他被后人记起的，倒恰恰是这两本笔记。

据说，柳南先生一生“八入棘闱”，都没有中式，真可谓时运不济、倒霉透顶了。后来，他干脆想开了，彻底退隐山居，“堆书及肩，而埋头其中”，平平安安地活到了差不多80岁——有福读书，而且读过古稀之年，只有在太平盛世，才能够奢望这样的福气。

柳南先生是个挺认真的读书人，读了一辈子古书，脑子并不冬烘，所以，读书看世界，都还透着书生式的认真和好奇。西学在他看来，一词一事，都挺稀罕的。不信，请看《柳南随笔》卷二中的这么一条：

> 西儒利玛窦，以写照为“第二我”。此与《世说》“友为我之半”一语，其义正同。比之喜容、玉照等，可谓新而且雅矣。

用古语来说，这叫作“格义”；用现今的“大话”来说，这叫作“中西语言比较”：西方人说“我与照片”，中国人说“我与友人”（不过，王应奎所谓《世说》“友为我之半”的出处，我没有查到），也可谓将无同。利玛窦是当日头号西儒（不过，利氏所谓“第二我”的出处，我也没有查到），王老先生算赶了一回西学新潮。可惜，柳南先生不知道英语中夫妻称对方为“我之半”，否则是不是会感慨：其实中西心理相去正自不远。

这种感叹，他在别的地方发过。同书卷六有这么一条：

> 佛氏云：“是日已过，命亦随减。”而泰西人相见，

讯问年岁，辄云："汝死过几年？"彼此语意正同，最为警醒。余谓寓形宇内，碌碌一生，毫无竖立，即未来之岁月，无非是死过光阴也。奚待盖棺之日乎？

泰西、佛氏，同属印欧语系，语言思路类同，自然不足深怪。有意思的是，柳南先生就此发了一通议论，更有"格义"意味。不知为什么，他没有提出庄子的名句来发挥一通：方生方死，方死方生，岂不妙哉？

另外一处不明白的是，"汝死过几年"的说法从何而来。早期来华的天主教传教士，大抵来自西班牙、意大利、葡萄牙等。除了本民族语言，他们也有可能使用拉丁文。这些语言我都不熟悉，查了一下，意大利语"你几岁了"是：Quanti anni hai? 西班牙语是：¿Cuántos años tienes? 都不太对得上号。葡萄牙语、拉丁文没查到。倒是在我们今天司空见惯的英语里，"How old are you"可以生硬地译为"汝老过几年"。"老"之与"死"，庶几相似。是从这里来的吧？

乾隆八年（1743），英国安逊（George Anson）舰队突然到达广东虎门，引起一场中英之间重大的国际交涉事件。此事过后，中英双方都留下了书面记录，各说各话。有意思的是，不论是当事人，还是旁观者，或者传闻者，其记叙中的猜测、想象甚至误会都不可避免。家住南京的随园才子袁枚，对这件事也有过一段记载，其中有些恐怕也是道听途说而来的。我曾在另一篇文章中谈及此事（《想象异邦与文化利用：“红毛国”与大清朝——前汉学时代的一次中英接触》，《南京审计学院学报》，2004 年第 1 期，收入拙撰《凿壁借光：海外汉学论丛》，商务印书馆，2022 年），这里不再赘述。我想说的是，当中英双方开始交涉，可能会问到对方的岁数。袁枚等人道听途说的，很可能包括“汝死过几年”的传闻吧。

在江南，这件事肯定早已传开了。那么，柳南先生也是这么道听途说来的吗？我们常常以为，对外来的抽象概念的译介与理解，免不了要用“格义”之法。其实，对于一些很具体的概念，也免不了要“格义”——因为掺入了我们的文化背景与文化想象，这些“格义”也就有了“格”外的意“义”了。

2008 年

# 博尔赫斯的分岔小径

给研究生讲石刻文献，照例要讲碑别字。碑别字是汉语俗字的一种，有的字写法不守故常，但不难猜出来；有的字写法怪怪奇奇，不好辨识，却饶有趣味。两周以前的那次“石刻文献研究”课上，我正在讲碑别字的时候，忽然想起一个人名，就随手在黑板上写下“彭冣”这个名字，然后向听课的同学提了两个问题：

谁见过这个人名？

第二个字是什么字？

没有人回答。

这不奇怪，因为“冣”字不常见，严格地说，这个字还有一种写法，比“冣”多了一点，上面不是秃宝盖，而是宝盖头。我在《汉语繁难字表》中，都没有找到这个字，又怕费事，懒得去专门造字，就这么着了。说白了，也没什么，这就是“最”字的俗体写法，碑刻中也偶可一见，可以算是一个碑别字。无论如何，这不是正体的写法，在现代汉语出版物中，除了语言文字学的专门研究著作，应该都用不上这个字。物以稀为贵，大家见得少，不认得，也不足为奇。

奇怪的是，这个字，这个人名，居然出现于博尔赫斯的一篇小说中，那是一篇题为“小径分岔的花园”的名作，见于浙江文艺出版社 1999 年出版的《博尔赫斯全集·小说卷》。彭冣是这篇小说中的一个重要角色，虽然不在现场，却是不可或缺的人物。据博尔赫斯说，这彭冣做过云南总督，“精通天文、占星、经典诠诂、棋艺，又是著名的诗人和书法家”。致仕后，他在明虚斋中闭户不出，号称要完成两项大工程：一项是写一部比《红楼梦》还要人物繁多的巨著，另一项是建造一座谁都走不出去的迷宫，有无数分岔小径的花园。小说的男一号余准，是彭冣的曾孙，做过青岛大学的英语教师。博尔赫斯说得煞有介事，加上那个据称在天津当过传教士的汉学家斯蒂芬·艾伯特在一旁帮腔，描述得有鼻子有眼，差一点引发我的考据癖。读到最后，我才发现，原来被小说家耍了一把，所谓彭冣，所谓余准，所谓小说，甚至所谓迷宫 / 花园，都是子虚乌有的，都是博尔赫斯为了建构他的小说大厦而临时搭起来的一些脚手架而已。

在我可能不太正确的印象中，对一般研究或翻译外国文学的学者或翻译家来说，“冣”无论如何不算常用字。他们怎么用上这么个字呢？难道，博尔赫斯小说原文中，就用了这个字？博尔赫斯号称博学，老早就有人恭维他是“作家中的作家”，说他如何如何见多识广，在这篇小说中，他也适时搬出“永乐大典”“红楼梦”“青岛大学”等等一大批富有中国色彩的词语，来营造异国情调和博雅气氛，但也没听说他还认得几个汉字俗体字啊？这着实让我纳闷了一阵子，只叹自己不懂西班牙文。再一想，懂也没用，到哪儿找西班牙文原版的小说呢？即使找到了也没用，难道博尔赫斯会给小说中的人物姓名标注汉字？

有网络就是好。网络是活老师，网络是大辞典，网络是图书馆，还是免费资料员。上网遛一圈，就释疑解惑了。凡是源自浙江文艺出版社版本的小说译本，人名都作“彭冣”，有些网页打不出下一字，照例空在那里。哈哈！看样子，大多数人大概也不认得这个字，至少打不出来。再找另外一个版本，1996 年海南国际新闻出版中心的小说译本，吓了一小跳，篇名变成了“曲径分岔的花园”，人物姓名也完全不一样。在海南版中，“彭冣”变成了“崔朋”，姓变了，名也不同了。显然，两个翻译家所认定的云南总督的姓和名，正好倒了个儿：究竟“彭”/“朋”是姓还是名，弄得我好糊涂。其他人名的译法当然也不一样，比如浙江文艺版中的“余准”，在海南版中变成了“俞聪”，由此还原并想象西班牙语原文中的读音，应当差不太远，而汉语译本中的，却是两回事儿。比起“彭冣”/“崔朋”来，“余准”/“俞聪”的译法倒是有点不约而同：“余”/“俞”是姓，“准”/“聪”是名。人物是言说小说的关键，姓名是指称人物的重要符号。假设有两个读者，读了不同版本的译文，我真担心，他们对话时，一开始如何接上暗号？

“冣”的这种俗体写法，曾经在民间流行，那是几十年前的事了。我猜想，浙江文艺版的译者，不仅认得，并且习惯把“最”写成“冣”字，估计他岁数不小了。译者署名王永年，“百度”了一下，是1927年生人，2012年辞世，果然是一位老先生。估计王老先生当年提交的是手抄的译稿，出版社的编辑，大概是个小年轻吧，不认得这个“冣”字，就照原样印出来了。从这个版本的翻译小说中，我们看到了文字使用的代沟，看到了时间弄人的戏剧。博尔赫斯最喜欢谈的东西有两样，一样是迷宫，另一样是时间。对他来说，迷宫的魅力往往可以用时间来表示，而时间本身，甚至就是一座迷宫。他是这么说的：

> 时间有无数序列，背离的、汇合的和平行的时间织成一张不断增长、错综复杂的网。由互相靠拢、分歧、交错或者永远互不干扰的时间织成的网络包含了所有的可能性。在大部分时间里，我们并不存在；在某些时间，有你而没有我；在另一些时间，有我而没有你；再有一些时间，你我都存在。

话说回来，“博尔赫斯热”差不多是二十年前的事了。据说，当时写小说或者搞小说评论的，不读、不谈博尔赫斯，就要被人笑为“老土”。可二十年后，再读、再谈博尔赫斯，又难免被人讥为老古董，不识时宜，不能与时俱进。我属于后一种人，此刻谈论“彭冣”，自我感觉，好像站在一个奇怪的时间序列之中，站在一条人迹稀少的分岔小径之上。而在博尔赫斯这篇小说中，云南总督彭冣、柏林间谍余准，还有英国汉学家艾伯特，通过一个纷繁的时间网络，被编织在一起——这类匪夷所思的设计，让人惊讶，使人佩服。

2008 年初稿，2021 年定稿

# 通俗小说中的异国情调

为了吸引受众，增加观赏性，通俗文化总要使尽浑身解数，十八般武艺无所不用。营造异国情调，是行之既久也最为有效的一种。007故事的背景，几乎无一例外地落在外国，从盛产黄金珠宝的南非、冰雪覆盖的北欧山原，到热浪灼人的加勒比海滨，异国风情引人入胜。德国著名通俗小说家海因茨·G.孔萨利克也深明此理，其1994年出版的作品《黑品官》（译林出版社，1997年）就将异国情调称为施展魅力的利器。

《黑品官》的主角，不是传统意义上的英雄，不是一般通俗犯罪小说中那类英勇无畏、所向披靡的英雄，不是那种暂时遇到一些困难挫折，而最终化险为夷、高歌凯旋的硬汉，而是与我们一样的一个普通人——民族学和人类学学者、游记和旅游小说的畅销作家拉特诺夫博士。在小说的开始，这个已经58岁的学者、12年前失去了妻子巴尔巴拉的鳏夫，为了手头正在进行的一个关于中国南方少数民族的研究项目，不远千里，来到中国西南少数民族地区进行学术考察。在这一过程中，他与导游兼翻译王丽云小姐产生了恋情。而总部在中国香港的黑社会组织三合会以对王丽云下毒手相威胁，逼迫他为三合会效力。

与传统犯罪小说中那些勇往直前的英雄好汉相比，拉特诺夫博士不免有些患得患失，他不愿牺牲个人的名誉，不愿改变自己在慕尼黑既有的优裕的生活方式，甚至不愿意自己的一场异国恋情受到破坏。三合会正是利用他的这些弱点，逼使他乖乖就范，并得寸进尺，使他在这一罪恶的泥淖中越陷越深。由于这一切都隐藏在黑暗之中，除当事人外没有知情人，庞大的国家机器包括警察和法律制度，对此也无能为力。另一方面，拉特诺夫对自己的处境也非常清楚。与有组织、有计划地实施犯罪，心狠手辣的三合会相比，他无疑是脆弱、孤单的。但是，一个学者的理性良知，和一个执着的恋爱中人的炽烈感情，给了他与黑社会势力周旋斗争的力量和勇气。最后，他终于利用俄国黑手党与三合会之间的利害冲突，通过与德国警方的秘密交易，逃离黑帮的魔爪，与爱侣亡命天涯。这是一场暂时的胜利，他的余生还将笼罩在被三合会追杀的阴影里。

为了营造异国情调，作者进行了多方面的准备。书前题记中说："我得感谢柯，她使我爱中国——不仅仅爱中国。"显然，本书在展示东方情调、异国（主要是中国）风情方面，得到了这位柯女士的帮助。同时，小说表明作家对传统中国有相当多的认识，对现实中国也有十分亲切的理解。小说中的某些细节，例如出租车司机随地吐痰、西南某地的旅游线路、导游与旅店的相互利用关系，都是十分具体真实的。在《后记》中，作者自言："对背景我做了仔细、认真的调查，对三合会及俄国黑手党的活动方式作了如实的描述。"关于黑社会组织的犯罪行为和方式，"各方面的权威人士和专家直接或间接向我提供或透露了这些细节……尤其要感谢慕尼黑第13处的官员，在职权许可的范围内他们给了我宝贵的指点"。这使得书中的有关内容显得特别真实可信。例如，小说中多处穿插对三合会的历史、组织、行为方式的介绍（如第168页、第202—203页），特别是第273—283页间对于三合会洪门入会仪式过程、三十六条血誓的描写，十分生动具体，对于读者，特别是西方读者来说，这不仅渲染了异国情调，也调入了一种神秘的色彩。

小说中有许多内容与中国有关，甚至是围绕中国人的生活展开的。也许正是为了这一目的，作者有意把主人公的身份设定为民族学家和人类学者，而将他的恋爱对象设定为一个美丽而善解人意的涉外导游。于是，在中国的故事就沿着旅游的线索展开，而在德国的故事场景，则集中于中餐馆——西方人日常生活中最容易体会到中国情调的地方。这些无疑都是为营造小说的异国情调服务的。在西方通俗小说中，这是不多见的。很显然，作者对中国怀有浓厚的兴趣，他不满足于一般旅游观光者的走马观花、猎奇式的兴趣，也不希望这部小说只能带给读者这样一些肤浅的中国知识。当然，这毕竟是一部小说，所能传达的知识终究有限。

最关键的是，它表达了一种理解中国的清醒、正确的态度，用它自己的话说，就是："要真正了解中国，需要人的整整一生。"遗憾的是，迄今为止，许多西方人所了解的中国，充其量只是本书所谓"明信片上的中国"（第 209 页），也可以说是"导游册中的中国"，其偏执、浅表是不言而喻的。而这部小说对于纠正这种偏失将有助益，也是不言而喻的。

作者在书中有意穿插了一些中国文化知识，从边疆少数民族的礼俗，到中国人的日常生活习惯，从传统中医，到古老格言歌谣……对这一切，西方读者想必都会觉得神秘，觉得好奇。诸如此类，也许我们可以称为"出口转内销"的中国文化，在汉译的时候如何复原，也并不是一个简单的问题。第 306 页写到中医用药中有所谓"老虎的阴茎"，依照中国的习惯，翻译时是肯定要复原成"虎鞭"的。而有些歌谣格言就很难找到出处，例如作者提到："空气愈合一切创伤，这是一句中国古老的格言。"（第 194 页）看来就难以复原了。第 310 页，女主人公在一张纸背后写下这样四句诗："湖光秋色清，忽来采叶人。荷花笑欲语，舟人痛在心。"我怀疑这是取自某篇现成的汉诗，或者某种汉诗德译本。我还怀疑第二句中的"采叶人"，恐怕就是"采莲人"。没有看到原文，姑且臆测。另外，主人公拉特诺夫博士在被逼无奈之下，决心像三合会那样采取行动，以保护自己，报复敌人（第 222 页）。不知道作者有没有意识到，这正是中国俗语所说的"以其人之道，还治其人之身"。对中国读者来说，如果他们因读此小说而展开一些比较文化的联想，倒也不失为一个意外的收获。

像通常的流行小说一样，本书中也不缺少爱情和恐怖。全书的前四分之一是一段异国忘年恋情的生动描写，文笔优美，富有抒情性。中国西南边陲的美丽山川和独特风土人情，应该会给人留下深刻的印象。在这样的环境里展开一段罗曼蒂克的故事，合情合理，也容易见出异域风情的魅力。从整体来说，这场旖旎风情只是故事的开始，是后面四分之三故事情节的铺垫、渲染、造势。前面的感情写得越热烈、越深入，后面的关于胁迫与反胁迫、控制与摆脱的故事就会显得越紧张、越扣人心弦。如果没有后面的故事，这一对异国男女在前面的那段感情经历就不免有些平淡了。这两个部分的结合与互衬，是这部小说在艺术上能够取得成功的重要原因之一。老实说，我觉得“黑品官”这个书名不够醒目，不能先声夺人，一下子就向读者揭示出故事的不同寻常之处。书名的德文原文是“Der Schwarze Mandarin”。在小说中，这既是三合会慕尼黑总部所盘踞的那家饭店的名称，也兼指三合会洪门弟兄（入会时穿一身黑衣）。“Schwarze”（黑）给人以神秘的感觉，也有暗示秘密社会之意。“Mandarin”一词可以指“清朝官吏”，也被欧美人用来指汉语官话。从词义上说，“黑品官”三字应该说还是比较拘谨的直译，未能完全传达德语原文所具有的那种神秘的、东方的氛围。如果书名用意译，明确点题，也许更醒目，也更能招徕读者。

2004 年

# 第二辑

# 海外《选》学管窥

## ——《古典文献研究》第十四辑前记

南京大学古典文献研究所主办的学术集刊《古典文献研究》至今已出版到十四辑，从2002年开始，每年一辑，从未间断。围绕着中国古典文献研究这一核心主题，这十四辑集刊发表了四五百篇专题论文，涵盖了中国古典文献学尤其是文学文献学的诸多领域，也引起了海内外学界同仁的广泛关注。在这一过程中，我们也在不断摸索，探讨进一步扩大集刊学术影响的方法。每辑选定一个相对集中的主题，就是这种探索的一部分。

本辑以《文选》研究为中心，并命名为“《文选》学专辑”。

《文选》学历史悠久，内容丰富。近代以来，由于各种古钞本的发现，围绕《文选》的文学和文献学研究方兴未艾，其影响还波及国外。可以说，《文选》学不仅是中国传统文学研究中的热点之一，至今也仍然是中外学者所共同关注的重要学术课题。本辑收录《文选》学论文19篇，共分为三部分。第一部分题为“《文选》及其周边”，因为中古文学中的很多问题，都能以《文选》为中心展开；换一种角度也可以说，几乎所有中古文学研究都离不开《文选》。此辑有四篇论文，其中两篇篇幅甚大。中国台湾新竹清华大学朱晓海教授是著名的中古文学研究专家，在《文选》学方面也功力精深。本辑隆重推出朱教授的《两汉六朝诗文中的李陵现象》，其文旁征博引，洋洋四万余言，颇能说明“《文选》及其周边”之义。童岭博士的《隋唐时代“中层学问世界”研究序说——以京都大学影印旧钞本〈文选集注〉为中心》，则根据日本所存旧钞本《文选集注》，结合文献学的方法与学术史的视角，对隋唐时代的学问世界进行了大胆推想。

《文选》一书很早就传到国外，在日本、朝鲜、越南等汉字文化圈中的国家产生了广远的影响，对日本的影响尤其显著。日本学者对《文选》学投入大量精力，涌现出一些以《文选》研究名家的学者，其中，冈村繁、清水凯夫等学者的不少论文或著作已被译介到中国，而其他学者的优秀论文，则仍多遗珠之憾。本辑第二部分为“日本学者《选》学论文选辑”，选译了日本学者《文选》学研究论文九篇，都是第一次译为中文。作者之中，既包括狩野直喜、斯波六郎、神田喜一郎等日本汉学名宿，也有一海知义、清水凯夫、长谷川滋成、大上正美等著名学者，还有富永一登、芳村弘道等目前仍活跃在日本汉学界第一线的学者。这九位学者大体上代表了日本汉学研究队伍的三个世代。仅此一点，便可看出《文选》学在日本的影响力是绵延持续，直至今日的。

本辑第三部分为《欧美学者〈选〉学论文选辑》，共六篇，包括德国学者的论文一篇、加拿大学者一篇、美国学者四篇。相对于日本汉学界而言，欧美汉学家研究《文选》的论著要少一些，但他们的成果同样值得中国学者的重视。执教于西雅图华盛顿大学的康达维（David R. Knechtges）教授，在欧美汉学界德高望重，他不仅是赋学研究和中古文学研究的权威，而且在《文选》研究上功力深厚，成就卓然。除了诸多颇有影响的研究论文之外，康达维教授的成就还有两点特别值得称道：第一点是他的《文选》英译，此译本第一卷甫一问世，就受到学术界一致好评。本辑选译了他的英译本前言的一部分。第二点是他培养了一批致力于《文选》与中古文学研究的学者，很多现在已成为美国汉学界的中坚。实际上，本辑所翻译的四篇美国学者的论文，都出自康达维教授及其弟子之手。

为便于核对引用，现将欧、美、日学者的十九篇论文原始出处开列如下。《日本学者〈选〉学论文选辑》中各篇论文原始出处为：

狩野直喜《唐钞本文选残篇跋》，载大阪静安学社编《东洋学丛编》（刀江书院，1934）

神田喜一郎《〈文选〉絮语——吉备大臣入唐绘词的关联》，载神田喜一郎《东洋学文献丛说》（二玄社，1969）

长谷川滋成《〈文选钞〉的引书》，载《日本中国学会报》第三十二集（1980）

富永一登《〈文选〉李善注前史》，载《藤原尚教授广岛大学退休纪念中国学论集》（溪水社，1999）

斯波六郎《李善〈文选〉注引文义例考》，载《日本中国学会报》第二集（1950）

芳村弘道《关于和刻本〈文选〉——从版本看江户、明治时期的〈文选〉接受》，《学林》34辑（2002）

一海知义《〈文选〉挽歌诗考》，《中国文学报》第12辑（1960）

大上正美《萧统与萧纲——支撑〈文选〉与〈玉台新咏〉之编纂的文学认识》，《中国文学论》（汲古书院，1987）

清水凯夫《再论〈文选〉与〈文心雕龙〉之关系》，载《学林》32辑（2000）

《欧美学者〈选〉学论文选辑》各篇原始出处为：

（德）施米特《敦煌唐写本〈文选〉解说》，Gerhard Schmitt, Aufschlüsse über das Wenxuan in seiner frühesten Fassung durch ein Manuskript der Tang-Zeit, Mitteilungen des Instituts fur Orientforschung der Deutschen

Akademie der Wissenschaften zu Berlin, 14. 3（1968）

（美）康达维《〈文选〉英译本前言》（选译），David R. Knechtges, Wenxuan or Selections of Refined Literature, Vol.1，Princeton, Princeton University Press, 1982

（加）白润德《评康达维英译〈文选〉第一卷》，Daniel Bryant, Review, Harvard Journal of Asiatic Studies, Vol.44, No.1,（June.,1984）

（美）《雷久密〈文选〉中的"岁暮"主题新探》，Chiu-mi Lai, Reinvention of the "Late Season" Motif in the Wenxuan

（美）高德耀《道别：中国中古前期的诔文转变》，Robert Joe Cutter, Saying Goodbye: The Transformation of the Dirge in Early Medieval China

（美）柏士隐《〈文选〉最后一篇：王僧达〈祭颜光禄文〉》，Alan J.Berkowitz, The Last Piece in the Wenxuan, Wang Sengda's "Offering for Imperial Household Grandee Yan"〔以上三篇并见Early Medieval China, Vol.10-11 (Essays in Honor of the Sixtieth Birthday of David R.Knechtgaes), Part 1, 2004〕

在翻译这两组论文的过程中，我们得到了各位原作者及译者的大力支持。此外，曹虹教授、俞士玲教授、金程宇副教授以及童岭博士等诸位先生，在日本学者《选》学论文篇目的选择、译者的组织以及版权的联系等方面，做了很多工作；康达维教授及其门下弟子，美国佛罗里达大学陈美丽（Cynthia Chennault）教授也对本辑中的英译论文给予鼓励与支持。谨此表示衷心感谢。

从本辑开始,《古典文献研究》每辑将有一个相对集中的主题。下一辑的主题是“古典文献与社会文化”，其宗旨是从社会文化的视角观照文献，以文献产生、保存、流传的历史过程阐述社会文化，具体事宜详见本辑卷末所附征稿启事。我们热诚欢迎学界同仁踊跃投稿，大力支持，共襄盛举。

2011 年 6 月 9 日

# 与薛爱华结缘

## ——《神女》《朱雀》二书译后记

译书是桩辛苦事，学术著作翻译也不例外。2003 年译完宇文所安教授的《迷楼：诗学与欲望的迷宫》之后，我心里暗想：以后再也不干这类为人作嫁的事了。不曾料到，没过几年，我就重作冯妇，再操译笔了。而且，最自我讽刺的是，这次还不是被动受邀，而是主动请缨，是我向三联书店提议购买薛爱华著作的版权，并且自告奋勇，愿意承担其中《神女：唐代文学中的龙女与雨女》一书的翻译任务。

我第一次接触薛爱华的书，就喜欢上了，那是在 1995 年。2006 年，我在华盛顿大学（University of Washington）做访问研究，在美丽的西雅图住了一年。西雅图是薛爱华教授的故乡，机缘凑巧，天时、地利、人闲，于是我读了一些薛爱华的论著，更觉得有译介的必要。次年回国后不久，就向三联书店编辑冯金红女士提出了这个建议。

薛爱华享誉美国汉学界几十年，其学术影响也早已跨越大西洋和太平洋，在欧洲和东亚学术界产生了巨大影响。仅以东亚而论，早在 1978 年，日本学者西胁常记就将《神女：唐代文学中的龙女与雨女》一书译为日文，在日本东海大学出版社出版（日译本题为“神女：唐代文學における龍女と雨女”）。1995 年，吴玉贵先生将《撒马尔罕的金桃：唐代舶来品研究》译为中文，由中国社会科学出版社出版，中译本改题“唐代的外来文明”，2005 年陕西师范大学出版社又将此书做成彩色插图珍藏本，可见它在读书界是颇受欢迎的。2007 年，吉田真弓又将《撒马尔罕的金桃：唐代舶来品研究》一书译为日文，在东京勉诚出版社出版（日译本题为“サマルカンドの金の桃：唐代の異国文物の研究”）。其实，除了《神女》和《撒马尔罕的金桃》，薛爱华其他几种唐代研究专著，特别是《朱雀：唐代的南方意象》，也很有译介的价值。

中国传统以四种神兽匹配四方，所谓东方青龙、西方白虎、南方朱雀、北方玄武。朱雀是最为著名也最为典型的南方意象。《朱雀：唐代的南方意象》这个书名起得好，很有象征意义。所谓“南方”，是指唐代的南越（岭南），包括今广东、广西以及越南北部；所谓“意象”，不仅涉及矿物、植物、动物等具体名物，也涉及民族、人种、语言、地理（包括自然地理和人文地理）、民俗信仰、气候色彩等方面。从成书时间来看，《朱雀》一书紧接在《撒马尔罕的金桃》（《唐代的外来文明》）之后，与《撒马尔罕的金桃》

最为相近。《朱雀》中所选择的“南方意象”尤其是矿物、植物、动物等名物，早在《撒马尔罕的金桃》中就受到重点关注，二书思路一脉相承、异曲同工，无论是从名物研究角度，还是从物质文化研究角度，都给人以丰富的启迪。不同的是，《撒马尔罕的金桃》更多地讨论唐代中央王朝与西部边疆以及西域各国的关系，而《朱雀》则是讨论唐代的南部边疆。由于中国古今疆域变化的复杂性，这两本书中所采用的视角，兼有从边疆看中国、从周边看中国的双重意义。《朱雀》一书采取了历史学、人类学、民族学、语言学等多学科研究方法，兼之其论述对象又是温暖明艳的南越之地，在阅读过程中，脑中总会浮现出斑斓的色彩。

顾名思义，《神女：唐代文学中的龙女和雨女》一书的文学研究色彩较为浓厚。它主要讨论各种文学描写中的神女（从女娲、巫山神女、洛神到汉女和湘妃），以及神女的各种变形，视野开阔，研究取材则涉及诗歌、小说、传说、民俗信仰等各方面。虽然书名中有“唐代”之限定，实际上，本书论述只是以唐代为中心，而大笔开合，上下勾连，对唐代以前，从先秦到汉魏六朝的江河神女崇拜也着笔甚多。不用说，唐诗与唐传奇是作者重点关注的对象，其中有很多关于神女的描写与讨论，有不少是此前从未有人涉及的。“李贺笔下的神女”内容丰富，故作者另眼相待，为此设立专章，这也是全书最引人注目的一部分。多年前，刘石教授曾选译此一部分，刊载于《古典文学知识》，大概也是有见于此吧。中国文学传统与不同层次的民俗信仰之间错综复杂的关

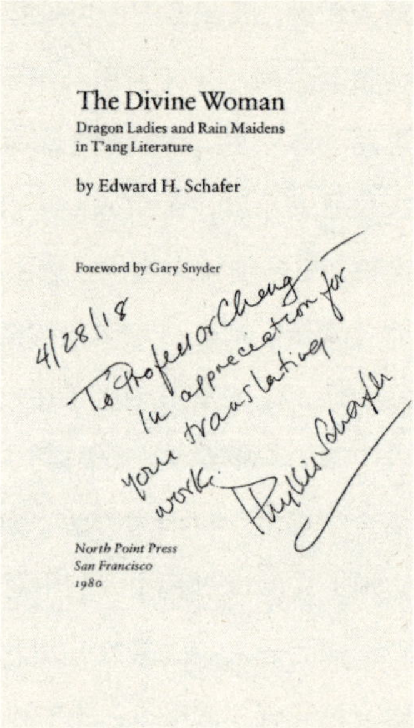


（美）薛爱华《神女：唐代文学中的龙女和神女》，旧金山：北点出版社1980年版

系，在薛爱华笔下逶迤展开，引人入胜。这既指示了一个研究方向，也开拓了一个研究领域。

本来，《朱雀：唐代的南方意象》已经另外邀约了译者，后来因为某种意外，翻译的任务又落到了我身上。时间太紧，我实在不能胜任，只好请叶蕾蕾帮忙。叶蕾蕾的本科和硕士研究生就读于南京师范大学英语系，毕业后任教于南京信息工程大学，现在正随我攻读国际汉学研究方向的博士学位。她的研究对象是《美国东方学会会刊》（*Journal of the American Oriental Society*，简称*JAOS*），薛爱华就是她要重点关注的学者之一。我们的分工是我翻译前六章，她翻译后六章，然后交换校订对方的译稿，最后由我统稿。此外，我还请她对《神女》译稿校订一过。近几年来，我每年都在南京大学文学院为博士生开设“欧美汉学原典选读”课程，曾经选用《神女》和《朱雀》作为教材。备课之时，自己先译出全文，在带领同学细读文本的过程中，往往又能发现问题，订正讹误。教学相长，信然。至于翻译过程的辛苦，诚不足为外人道。如今回首，只留下获得新知和享受阅读的美好记忆，可供长久回味。与这种享受相比，过程中的点滴辛苦真是微不足道的。这一点，相信叶蕾蕾也与我有同感。

1967年，《朱雀》一书初版，德国学者、波鸿大学的Bodo Wiethoff在《东方》（*Oriens*, Vol.21, 1968—1969）上撰文，称“薛爱华是我们这个时代最具原创性的汉学家之一”，并称“此书会使每位汉学家和对中国感兴趣的读者爱不释手”。William Watson也在《伦敦大学亚非学院学刊》（*Bulletin of the School of Oriental and African Studies, University of London*, Vol.32, No.1, 1969）发表书评，称赞此书“文献丰富”，“对西方理解中国文学作出了里程碑式的贡献，甚至应该作为唐代研究者的必读书目”。1973年，《神女》出版之后，哈佛大学Michael Dalby在《亚洲研究学刊》（*Journal of Asian Studies*, Vol.34, No.3, 1975）发表书评，称：“多年来，薛爱华教授致力于重建遥远的唐代生活画面，这是个令人望而生畏的艰巨任务。”“他的作品兴味盎然，文笔雅洁，学术文章中罕有其比。”“此书有声有色，对未来中古文化史的相关课题研究，是一个重大推进。”1991 年，薛爱华去世，柯睿（Paul W. Kroll）在《美国东方学会会刊》（*JAOS*，Vol.111, No.3）撰文，对他做了高度的评价，称赞他涉猎广泛，在中国中古文学、宗教、物质文化、自然史、观念史、形象史以及文化史等研究领域，都有卓越建树，堪称是过往四十年美国中古中国研究的同义词。在柯睿看来，薛爱华以渊博的知识、丰富的文献和优美的文字所建构的包括日常生活、风物、语言、思想及其想象的唐代世界，将成为后人研究不可或缺的基础。这样的学术成果，相信也会受到中国读者的欢迎。

最后，再次感谢三联书店特别是冯金红女士接受我的建议，使我能够将个人的喜爱，与更多读者分享。

2014 年 1 月 16 日，时客座台湾大学

# 朝辞朱雀　暮寻神女

## ——薛爱华的风格与趣味

薛爱华（Edward H. Schafer，1913—1991）是 20 世纪美国汉学的一代名家。他的研究著作风格鲜明，趣味盎然，令我爱不释手。我生也晚，读到他的论著时，他已经离开人间四年多了。因为喜欢，意犹未尽，我循着书目追寻，才慢慢得知，从 1954 年到 1985 年，持续三十多年，他每隔几年就推出一部有关中古中国的研究专著，不断开拓新的课题，刷新西方中古中国研究的学术水平。他在 1991 年的遽尔辞世，使他致力并且引领的这个汉学领域顿时岑寂下来，甚至有萧条之感。

薛爱华出道并不早。1947 年，他以一篇研究南汉的论文获得哈佛大学博士学位时，已经 34 岁。众所周知，南汉是五代十国时期的割据政权之一，它的创立者，就是那位创造“飞天在天”之“龑”字的南汉皇帝刘龑。南汉的政治中心在广州，对于中古中国人来说，这个地方处于中原文化的边缘地带，却是岭南区域的核心之地。作为南方的大都市，它既有突出的国际化色彩，又有鲜明的南中国特色。薛爱华从南汉起步，继而又跨入南汉的邻国，五代十国中的另一个小王国——闽国，并在1954年出版了专著《闽王国》。无论是南汉，还是闽国，在国史中都算不上热门的话题，鲜有问津者，薛爱华注目于此，自有其特殊考虑。因为中古中国的四裔边疆、中古中国与周边世界的关系，一直是他关注的焦点。五代是晚唐的余绪，南汉与闽王国是十国的边缘，由五代而上溯唐代，由十国而回到唐帝国，可谓水到渠成，顺理成章。进入20世纪50年代，薛爱华开始把目光投注于唐帝国，于是，唐帝国与周边民族文化的关系，以及帝国内部不同区域民族之间的互动、中原与四裔或者说中心与边缘的关系，自然成为他学术研究的首要选题。他的《撒马尔罕的金桃：唐代舶来品研究》（中译本改题“唐代的外来文明”），透过舶来名物，观察唐代中国与周边世界的联系，尤其是与西域、南亚和东南亚的联系。新近译出的《朱雀》一书，则深入唐代的南部中国以及南方边疆（南越），探讨中原汉族文化与南方蛮越文化之间的互动。同样的观察视角也出现在最近译出的《神女》一书中，虽然谈的是神女这一文化形象，也不时涉及中原汉文化与周边异族文化的互动关系。

中国传统以四种动物形象指代四方，东方青龙、西方白虎、南方朱雀、北方玄武，所谓“四象”是也。朱雀是“南方”的意象，也可以视为岭南文化的象征。这种动物在自然界中并不存在，完全出于想象，可是，在人们心中，它却飞舞生动、意蕴丰富。《朱雀：唐代的南方意象》抓住这个文化符号，大做文章，可见妙手匠心。书名中所谓“南方”，专指唐代的南越，包括岭南（下辖广、桂、容、邕四管）与安南两大部分，约略相当于今天的广东、广西以及越南北部。所谓“意象”，既包括矿物、植物、动物、天地海洋等具体名物，也涉及民族人种、语言地理（包括自然地理和人文地理）、民俗信仰等文化现象。以名物为线索，展开文化的追寻，构建历史的想象，是薛爱华的拿手好戏，《撒马尔罕的金桃》是牛刀初试，至《朱雀》，更得心应手，两著可谓异曲同工。不用说，《朱雀》中出现的名物，都具有强烈的南越特征：树上的橘花，散发着南越特有的芳香。芋艿煮青蛙，南越人美其名曰“抱芋羹”，蘸着蜜吃幼鼠，南越人雅称为“蜜唧”。诸如此类的南中美食，匪夷所思的滋味，大多数北方来客自是难以消受。风儿吹动蕉叶，梢头蛮鸟啼叫，热带的几曲天籁，和着铜鼓芦笙发出的乐音，组成了南越特有的声响。原野花草、山岩林木，入目尽是南越的斑斓色彩。对于唐代人来说，这是一片热带的伊甸园，也是一块充满危险和未知的土地。这里既潮湿温暖，又明艳热烈；既充满魅惑，又遍布陷阱；既引人欢笑，又令人泣下。“它依然源源不断地提供着崭新的比喻和精神画面，流向北方，丰富了中国人的语言和思想。这些满身尘土并且内心保守的陆地居民，他们一直不停地转变，直到能够接受任何形式的世界，能够接受每一种稀罕的经验。”这些失落于苍茫文献海洋中的历史记忆，通过薛爱华的精心打捞，在读者的脑海中鲜活地浮现出来。

神女是中国文学中一个长盛不衰的话题，不过，大家通常议论较多的，似乎只是巫山神女。《神女：唐代文学中的龙女和雨女》则讨论神女的各种变形，从女娲、汉女、巫山神女、洛神到湘妃。薛爱华取材富博，从诗歌、小说、传说到民俗信仰，兼收并蓄，各派用场。书名中虽然有“唐代”二字，其实只是以唐代为中心，上勾下连，对唐以前的江河神女崇拜也着笔甚多。很明显，唐诗中各种想象与描写、唐传奇中幻变多端的故事，是作者关注的重点，书中围绕这些展开的讨论，多为前人所未及，比如神女与雨雾、神女与龙蛇、各种水体中的神女显现，一一道来，皆为饶有趣味的话题。“人们热衷于将水中神女世俗化，将古代龙女人类化，而李贺却以反对这一潮流为己任。”“李贺对这个主题的兴趣，与他的语言偏爱并非没有关系。如果说他乐于沉浸在神灵显现的幽暗思绪之中，那至少部分原因是这些人物给了他大量机会，可以满足他对某些特殊的色彩词语的偏爱。他喜爱光谱中与蓝绿色调相关的那些颜色，他也喜欢白色，那是金属、死亡、幽灵以及荒寂的梦中世界的色彩。”“鬼才”诗人李贺笔下的神女，光怪陆离，煞是迷人，薛爱华自不能不另眼相待，设立专章。这是全书最引人注目的一部分。中国文学传统与不同层次的民俗信仰之间，分分合合，关系错综复杂，在这本书中逶迤展开，引人入胜。老话题而能谈出新的意味，老领域而能开掘出新的论述空间，非高手莫办。薛爱华无疑是高手。

薛爱华很讲究文字，甚至可以说，他就是一位文体家。他的论述文字注重文采，优雅可读。他的诗词翻译古雅精洁，令人赞叹。他的历史想象栩栩如生，娓娓动听。他喜欢在每一章前引证英文诗作，营造浓郁的文学氛围，同时，通过所引诗歌和相应章节内容之间的类比，也能在中西之间架起会通之桥。《朱雀》第十章引的是英国诗人 A.C. 史温朋《圣・多萝西》中的句子："大地的芬芳从植物根部散发 / 在亚细亚美妙的月光中汇聚; / 藏红花、龙舌兰，还有野肉桂，/ 总是绚烂，带着阳光的味道。"句句恰如其分，简直就是为南越植物写照。在英语世界，薛爱华的书不仅吸引专业读者，也吸引了不少诗人、艺术家、小说家、历史学家，这与他的文字魅力分不开。

从年辈上看，薛爱华属于"二战"以后成长起来的那一代汉学家。这一代汉学家与时俱进，善于借鉴现当代社会科学的研究方法与视角，包括人类学、民族学、社会学等。与大多数同辈不同的是，薛爱华特别强调语言知识与文献能力，这与他的师承有关。他在柏克莱加州大学的导师，是服膺欧陆汉学、重视历史语言学训练的卜弼德教授（Peter A. Boodberg），《朱雀：唐代的南方意象》一书就是题献给他的这位恩师的。早在加州大学读本科时，他就受到良好的人类学专业训练，以人类学方法为核心，关注民族语言、民间习俗、宗教祭祀，尤其关注民族迁徙、语言变迁、习俗源流以及信仰传承，注意不同民族人群在这些文化节点上的互动关系，就成为他的治学特色。在他眼里，正史诗文、小说传奇以及民俗传说，无一不是人类学与历史学研究的材料。近现代人类学者在东南亚以及美洲等地的田野调查与探险笔记，也被他信手拈来，成为有意思的参照。这一类巧妙的取材，在《朱雀》和《神女》中皆随处可见。

1967年，薛爱华出版了《朱雀》之后，就转入《珠崖：早期的海南岛》（1970年初版）和《神女》（1973年初版）的写作，正是“朝辞朱雀，暮寻神女”。——很惭愧，我只能用这样拙劣的效颦，来向这位文采斐然的汉学家致敬。

原载《北京青年报》2014年12月26日

# 唐宋帝国的东南边疆
## ——《闽国》《珠崖》中译本序

### 一

10 世纪初，在藩镇割据和黄巢起义的双重打击下，大唐帝国终于土崩瓦解，中国历史随后进入了以“五代十国”标名的分裂动乱的时代。所谓“五代”，指的是在中国北方地区先后出现的后梁、后唐、后晋、后汉和后周五个较强大的王朝。“朱李石刘郭，梁唐晋汉周。都来十五帝，播乱五十秋。”小说家施耐庵在《水浒传》一开篇所引用的这首据说出自北宋理学家邵雍笔下的诗句，吟咏的就是五代历史。从 907 年到 960 年，前后仅仅五十四年，在中原却轮替了五个朝代，走马灯似地更换了十五个皇帝，平均每个皇帝在位时间不到四年，扰攘不休。后唐和后周的统治者，都曾以养子嗣位，如果考虑到五代时期这种独特的养子现象，那么，五代十五帝其实还不止五姓，而是八姓。怎一个乱字了得！

与五代几乎同时存在的，还有十个地方性割据政权，史称十国（902—979）。其中九个在南方，即吴、南唐、吴越、楚、前蜀、后蜀、南汉、南平（荆南）、闽，只有一个在北方，那就是北汉。相对于中原王朝而言，十国势力较弱，国势较强时，往往称王称帝，割据一方，有自己的国号和年号，一旦国力衰退，就夹起尾巴做人，尊奉北方朝廷的年号，而停用自家的王号和年号。在中国传统的纪传体正史中，记录五代十国这一段的正史有《新五代史》和《旧五代史》两种。《新五代史》将五代诸君主列入本纪，而将十国诸君主列入世家；《旧五代史》亦将五代诸君主列入本纪，而将十国诸君主列入《世袭列传》和《僭伪列传》。总而言之，十国与五代相比，有如小巫见大巫，等而下之。十国之间固然亦有相安无事乃至联姻结援的时候，如闽国和南汉之间就有政治联姻，但更多的是发生利益冲突，彼此相争、远交近攻的例子所在多有。另一方面，五代十国内部的政治斗争、王位继承权的抢夺，造成上下相斫、厮杀不断的局面，给人的总体感觉，是政治的残酷、人性的堕落以及历史线索的纷乱。史家面对这一段历史，常常产生治丝益棼的无力之感。因此，研究五代十国的学者，相对于研究唐代的学者要少得多；五代十国研究的深度和广度，也远不及唐代研究的深度和广度。这一点是显而易见的，也是容易理解的。

美国汉学家薛爱华的研究，就为此提供了生动而现成的例证。薛爱华一生出版了七部有关唐代的著作：《撒马尔罕的金桃：唐代舶来品研究》《朱雀：唐代的南方意象》《珠崖：早期的海南岛》《神女：唐代文学中的龙女和雨女》《步虚：唐代对星空的探讨》《唐代的茅山》《时间之海上的幻景：曹唐的道教诗歌》。他对大唐帝国的研究，涉及唐帝国的对外关系、唐帝国的南部边疆、唐代的神话传说与宗教信仰、唐人对于星空宇宙的认识等等，体现了他对唐朝历史文化的痴迷。但是，另一方面，我们也不能忽略，薛爱华对大唐帝国瓦解之后的五代十国尤其十国这一段历史，同样也充满了兴趣。在十国中，他对南汉和闽国尤其情有独钟。他完成于1947年的博士学位论文，就是以南汉研究为题的。在《朱雀》一书中，他也经常提到奢侈富庶的南汉帝国。而他初版于1954年的《闽国：10世纪的中国南方王国》（*The Empire of Min: A South China Kingdom of the Tenth Century*），可以说与其博士论文的研究思路一脉相承，延续了前一研究中重视唐帝国遗产与聚焦唐帝国边疆的研究思路。尽管如此，南汉研究（未正式出版的博士论文）和《闽国》，相对于另外七部唐研究专著而言，明显是少数。但是，从时间序列来看，南汉研究和闽国研究却是薛爱华在汉学研究上最初取得的成果，更重要的是，这两本书堪称薛爱华极富个人特色的汉学研究的先声。而在这两本书中，唯有《闽国》是公开出版的，更方便我们了解其中详情。

《闽国》一书的副标题是“10世纪的中国南方王国”，顾名思义，薛爱华特别看重闽帝国在时间（“10世纪”）和空间（“南方”）两个方面的属性。关于10世纪这个时间点，薛爱华开门见山，在该书第一页就强调指出："在中国历史上，10 世纪是最被忽视的时代之一。尤其是传统史学称为'五代'的这个时期，无论是中国学者还是外国学者，都不约而同地存在着重视不够的情形。""其所以忽视这一时期，一方面是因为研究那些大一统的王朝对于学者有更大的吸引力，另一方面则是因为中文文献资料相对匮乏。""天命世代传递的正统观念，使得对北方五代的研究显得比较彻底，而相对而言，对中国中部与南方十国的研究则几乎完全被忽视了，十国所宣称的正统性，并没有得到其后的帝国官方史学家承认。"正如《闽国》一书《绪言》中所综述的，在薛爱华开始此项研究的 20 世纪 50 年代初，已有的闽国研究的成果，无论在中文文献还是西文文献，都寥若晨星。对于很多学者，包括中国学者在内，甚至晚到 20 世纪 80 年代，闽国还是异常生疏的。柯迂儒（James I. Crump, Jr.）在为《闽国》一书撰写的书评（*The Far Eastern Quarterly*, Vol.14, No.4, Special Number on Chinese History and Society, Aug. 1955, pp.562–565）第一句即指出，很多西方学者面对书名，恐怕无法"顾名而思义"。即使在薛爱华《闽国》一书出版数十年后，学界对闽国的生疏犹未完全改观。有人甚至将这部《闽国》书名错译为"五代时期的唐闵帝"。这一误译之例也从一个侧面说明，闽国对于很多人来说是相当陌生的。

在西方汉学界，虽然有沙畹（Edouard Chavannes）和艾伯华（Wolfram Eberhard）等名家开展了对十国的研究，但他们的研究并非专门针对闽国，在现代中文文献中，只有魏应祺《五代闽史稿之一》（《国立中山大学语言历史学研究所周刊》，第7卷总第75号，1929年4月3日）令人眼为之明，最值得重视。可惜的是，魏应祺只完成了这一系列论文的第一篇，未竟其业。在宋代人手里编纂而成的《旧五代史》《新五代史》乃至《资治通鉴》，不仅由于偏重政治史而失于片面，而且由于宋朝对十国怀有与生俱来的政治偏见和居高临下的正统歧视，对相关历史事实常做筛选过滤，致使诸多历史叙述变形，对于闽国的历史叙述，既稀少单薄，又未尽可信。几百年后，当清人吴任臣编纂《十国春秋》时，尽管他有意摆脱正统观念的束缚，补阙纠偏，但事实上，由于文献不足，他已经力不从心了。“因为他是在事件发生六个世纪之后才记述这一事件的。因此，纵然《十国春秋》被近来许多作者作为一种主要而权威的文献来源而频繁引用，但我仍对使用其中的材料持谨慎态度，不管这些材料多有吸引力，除非能够查证出处，否则我不会使用。”（《闽国》第6页）薛爱华对包括《十国春秋》《资治通鉴》等书在内的前代历史叙述，抱着审慎的、批判的态度。所以，本书的《绪言》部分，从常规视角来看，固然是套路式的文献综述和学术史回顾，从具体目的来看，它也阐释了本书的逻辑起点和研究方法。

本书第一章《自然景观》着重于对闽国的自然地理环境进行描述，旨在为后续的历史叙述提供自然环境的背景。本章所涉及的自然，包括了山川草木、鸟兽草木、城池建造，乃至水陆交通等等。从这个角度来看，薛爱华仿佛是一个“多识于鸟兽草木之名”的孔门诗教的信徒。实际上，薛爱华是一个大自然的热爱者，他热爱自然界中的各种物产，也热爱人类创造的各种物质文明，尤其痴迷于观察各种花草鸟兽，据薛爱华遗孀 Philis Brooks Schafer 回忆，临终前一个月，他还在伯利兹观察珍稀鸟类和哺乳动物。《闽国》第一章的视角，已经体现了薛爱华这一独特兴趣对其学术研究的影响。在他后来的学术研究生涯中，这一方面的影响持续扩展，由此产生了《撒马尔罕的金桃：唐代舶来品研究》《朱雀：唐代的南方意象》等著作。如果说，对物的兴趣贯穿了他的一生，那么，对名物的兴趣就是他的汉学研究的突出特点。而在这一方面，《闽国》第一章可以说是《撒马尔罕的金桃》和《朱雀》等书的先声。

除了《绪言》，《闽国》一书共有六章：《自然景观》《朝堂》《历史》《经济》《艺术》和《信仰》。从这个章节结构可以看出，作者关注的不只是闽国的政治史，而且涉及地理、经济、艺术和宗教各方面。《朝堂》一章介绍的是“闽国的著名人物，他们的命运左右着这个自中华帝国形成以来福建地区唯一的独立国家的兴起、维持和衰亡”（《闽国》第 30 页）。这些著名人物中，最重要的无疑是号称“王氏三龙”的王审潮、王审邽和王审知兄弟，其次就是王审知的继承者，包括其长子王延翰、继承了皇位的次子王延钧、少子王延羲、当建州刺史的第十三子王延政、王延钧长子王继鹏等；另外就是一些对闽国政局起到举足轻重影响的朝臣、近侍和禁军将领，如薛文杰、朱文进、连重遇、李仁达、许文稹、杨思恭；还有一些广为传闻的后妃，如金凤和春燕。作者设立《朝堂》一章，与其说旨在介绍人物，不如说意在正式叙述这段历史之前，先渲染一下闽国朝廷的氛围，或者说，是以宫廷为中心，展示影响闽国政局的诸种内外因素。

第三章《历史》所叙述的内容，实际上也是"闽国的著名人物"，只不过他将这些人物按照政治身份，分为刺史、藩王、帝王、投机分子、军阀等若干种。第三章的叙述对象貌似与第二章有些重叠，但两者的角度实际上明显不同，重点更是迥然有异。第二章重在渲染宫廷氛围，第三章重在呈现这些人物不同的政治角色或者身份。从刺史到藩王到帝王，一方面标志着固始王氏在五代政治舞台上的角色转变，另一方面也展现了这一地方势力逐步崛起、闽地割据格局最终形成的历史脉络。至于暴君、投机分子和军阀，则显示了闽国政治生态的复杂性。从另一个角度也可以说，第三章相当于闽国的一部编年史，只不过这部编年史是以其最高统治者为线索贯串起来的。

王审知兄弟所占据的闽地，从北到南，依次分为五州：建州、汀州、福州、泉州、漳州。其中，最为重要的是福州和建州。王审知去世之后，福州和建州分别由他的两个儿子掌管，甚至形成了以福州为中心的闽国和以建州为中心的殷国的对峙割据，在福州先后掌权的王延翰、王延钧和王延羲，与在建州掌权的王延禀和王延政之间，经常爆发内战。双方甚至分别引入外援，于是，不仅北方的五代介入了闽国的官号和正朔之争，而且淮南吴国、吴越和南唐更直接派兵介入闽地的内战。在闽国末年，闽地五州形成了三分的格局：建州和汀州落入南唐之手，福州属于吴越的势力范围，只有漳州还受本地军阀留从效的节制。朝秦暮楚，朝三暮四，在闽国政治中屡见不鲜。

纵观薛爱华一生的汉学研究，他所重点关注的并不是政治史，而是广义的社会文化史。从他的十部专著可以看出，他对中古中国的最大兴趣所在，是边疆开发、经济交流（物质文化）、文学艺术以及宗教信仰等。这种兴趣倾向，早在《闽国》一书中就有鲜明的体现。政治史也不是《闽国》一书的首要关注点，尽管相对而言，头两章中较多有关政治史的叙述，但也经常穿插可读性较强的社会史的描述。从第四章开始，本书的焦点转移到了闽国的经济、艺术和宗教。关于经济，作者关注的是物产与贡品、朝廷支出与赋税、货币、对外贸易和人口变化等，比较偏重物质文化和社会经济生活。艺术方面，作者关注的是建筑、其他各类艺术和文学创作。宗教方面，除了概述之外，作者还特别关注了佛教、道教、官方信仰、摩尼教、传说和民间信仰等。

常言道："巧妇难为无米之炊。"总体来看，有关闽国历史的文献资料存世甚少，关于经济、艺术与宗教的材料更少。《闽国》的写作，无疑受限于文献的匮乏。薛爱华费心搜聚材料，建立起闽国历史的叙述框架，是难能可贵的。他对史事细节的强烈好奇心、对奇闻异事的痴迷，使他的叙述显得轻松活泼，可读性很强。

有意思的是，王审知兄弟三人，以“审”字标志辈分，其行事确实比较审慎。他们的子孙两代，分别以“延”“继”二字标志辈分，可是，无论是福州的王延翰、王延钧和王延羲，还是在建州的王延禀和王延政，无论是福州的王继鹏还是建州的王继雄，性格多张狂刚愎，行事每暴戾恣睢，完全没有延续或继承王审知那一辈的家风。薛爱华对他们的个性津津乐道，叙述娓娓可听。又如，五代十国的统治者很多都喜欢玩弄名号的游戏，具体表现在王号、年号和姓名三个方面。最典型的是那个臭名昭著的投机分子李仁达，他的政治经历，完美诠释了“朝秦暮楚”“反复无常”这两个成语。有意思的是，他每改换一次投靠对象，就改一次名字，令人忍俊不禁。在诸如此类的叙述中，体现了薛爱华独特的写作趣味和行文风格，在他未来的汉学研究论著中，这种趣味和风格还将进一步凸显，更加引人注目。

## 二

2018 年春节假期，从内地蜂拥前来海南岛避寒的人群，使这座海岛喧闹一时。假期结束，离岛的车辆排成数公里的长龙，挤满了琼州海峡边的道路。不管是一千两百年前的唐代宰相韦执谊，还是九百年前的宋代文豪苏东坡，恐怕都无法想象，他们当年避之唯恐不及的天涯海角，如今竟成为人们趋之若鹜的旅游休闲目的地。在这个新闻登上头条之时，我正坐在古城金陵城东书房的南窗之下，翻译着这本《珠崖：12世纪之前的海南岛》。

《珠崖：12世纪之前的海南岛》是以早期海南岛为主题的。所谓“早期”，按《珠崖》开篇的说法，是“从远古时期直到北宋末年，亦即至大约12世纪20年代为止，但本书的重点是8世纪到11世纪，在这个时段内，有关海南的材料才开始变得丰富起来”。对于唐宋帝国来说，海南岛是比闽地更为荒远的边疆，是有罪官员的贬谪之所。在传统文献中，“珠崖”也可以写作“珠涯”“珠厓”“朱崖”或者“崖州”，这些汉字给予中原士人的联想，是遥远的烟瘴蛮荒之地，令人望而生畏。出身士族的中唐宰相韦执谊，连这个地方的地图都不敢瞄一眼，生怕惹上这挥之不去的梦魇。《太平广记》卷一百五十三“定数”收录了这样一个故事：

> 韦执谊自相座贬太子宾客，又贬崖州司马。执谊前为职方员外，所司呈诸州图，每至岭南州图，必速令将去，未尝省之。及为相，北壁有图，经数日，试往阅焉，乃崖州图矣，意甚恶之。至是，果贬崖州，二年死于海上。（出《感定录》）

韦执谊早年担任职方员外郎，由于工作职责的关系，他需要接触各州郡的地图，但他小心翼翼，坚持不看崖州地图。然而，冥冥之中自有定数，他终究还是没能摆脱贬死崖州的命运。

（美）薛爱华《珠崖：早期的海南岛》，加州大学出版社1969年版

《珠崖》一书初版于 1969 年，较《闽国：10 世纪的中国南方王国》晚十五年。尽管相隔十五年，薛爱华对大唐帝国边疆的兴趣依然不减当年。此前两年，亦即 1967 年，薛爱华刚刚出版他的《朱雀：唐代的南方意象》。很显然，在薛爱华的各种专著中，《珠崖》与《朱雀》之间的关系最为直接而确定。有一个古老而传统的解释，“珠崖”意即“朱雀之崖”，如果采信这种说法，那么，二书书名字面之间的联系就更加密切了。实质上，《珠崖》一书的命名风格、章节安排和行文套路，都与《朱雀》如出一辙，完全可以说是《朱雀》的馀韵。用薛爱华本人在《前言》中的说法，《珠崖》是为《朱雀》所下的一个“充实的注脚”。换句话说，《朱

雀》是原文，《珠崖》是注脚，在作者眼中，这两部书就是一个不可拆分的整体。

在 1988 年独立建省之前的漫长历史中，海南岛在行政区划和文化区域上一般都归属广东或者岭南。它孤悬海外，“像一颗精美的绿宝石，悬挂在中国南端的海岸，而其宛如下坠的地理位置，使人想起了红宝石之岛锡兰（Ceylon）”。另一方面，因为海南岛出产珍珠，所以有“珠崖”之称。从远古秦汉到六朝的海南岛开发史，至今仍然是一个很吸引人的话题，只是囿于极其有限的文献记载，只能粗线条地描绘。“随着唐朝政府的开拓进取，并在全岛建立了统治权，海南岛的真正形状也开始浮出水面”，相关的文献记载也多了起来。本书将描述重点放在 8 至 11 世纪，是很容易理解的。这个时期被贬海南岛的流人中，最为著名的是李德裕、卢多逊、丁谓和苏轼。他们的海南岛经历，尤其是李德裕、苏轼以及陪同苏轼南来的儿子苏过笔下的崖州记忆，成为薛爱华描述唐宋流人的海岛生活的重要依据。

海南岛的自然条件与北方大陆截然不同。这里湿热难当的气候，狂暴肆虐的台风，内陆的山岩，甘美的泉水，丰富的矿藏，各种与众不同的动植物，例如贵重的沉香木、稀罕的翡翠鸟等，无不光怪陆离，炫人眼目，充满了异域风情，令远道而来的中原迁客着迷，更令热爱自然观察的薛爱华着迷。在《珠崖》一书中，《自然》一章所占篇幅最大，也最有原创性。薛爱华不仅细读传世历史文献和文学文本，而且结合近代以来对海南岛所做的人类学、地理学和地质学的实地考察，对此岛自然史的不同切面展开细密的观察，并与读者分享。从很早开始，海南岛就以出产珍奇的“明月珠”而闻名，这让中唐诗人张籍心生艳羡。张籍在其《送海南客归旧岛》诗中说：“海上去应远，蛮家云岛孤。竹船来桂浦，山市卖鱼须。入国自献宝，逢人多赠珠。却归春洞口，斩象祭天吴。”但是，张籍毕竟身在中原，与海南岛悬隔万里，其诗中所述，不免掺杂了主观的浪漫想象，甚或异域的美化。相比之下，陪同苏轼在海南岛生活的苏过，其《冬夜怀诸兄弟》诗中对海南的描述，就真实可信得多：“我今处海南，日与渔樵伍。黄茅蔽涧谷，白雾昏庭宇。风高翔鸥枭，月黑号鼯鼠。舟居杂蛮蜑，卉服半夷虏。下床但药饵，遣瘴烦樽俎。何须鸢堕时，方念平生语。”像苏过这类基于亲身见闻和实地观察的诗文，特别受到薛爱华的重视。薛爱华不仅善于搜集有关早期海南岛的历史文献，还擅长利用当时人诗文作品中的零星材料，挖掘其中的社会文化价值。总之，《珠崖》一书的文风与《朱雀》一样，既有质实的史料，又有鲜艳的色彩。作者的描述是细腻的，他的笔触是有感染力的。

薛爱华自始至终希望回答这样一个问题：12 世纪以前的海南岛是什么样子的？他不仅关心海南岛的自然风貌，也关注那里的历史和人文环境。所以，本书的前三章分别从“历史”“自然”“土著”三个不同的角度切入，试图回答这一问题。这三章是全书的重点。前两章的视角，分别是海南岛的人文历史和自然历史，第三章的焦点是海南岛的原住民。关注原住民，较之关注流人，更有难度，也更为稀罕。“在早期中国人眼里，珠崖就是一座神秘之岛，岛上的族群构成同样也是一个谜。”如果根据语言来划分，“当时整个南越地区只能划分成六个群体。它们分别是：一是羁縻州邕州的侬氏和黄氏部落，他们是最开化和最有势力的土著家族，很可能是说泰语的；二是融州的瑶人，他们是神犬槃瓠的后裔；三是广西深山里的僚人（取狭义）；四是与僚极其相似的“蛮人”（取狭义）；五是黎人，尤其是分布在海南的；六是疍人，他们以船为家，以捕鱼为生，能入海采珠”。而在海南岛上，既有黎人、峒人，也有号称河洛人（福佬人）的北方移民后代，还有生活在水上的疍人。黎人之中，根据开化的程度不同，又分为生黎和熟黎两种。《宋史》卷四百九十五云：“其服属州县者为熟黎，其居山峒无征徭者为生黎。”按照宋人周去非在《岭外代答》中的记载，生黎质直犷悍，比较好管理，而熟黎中则混杂有湖广、福建移民中的奸顽之辈，较难以驾驭。黎人的风俗与汉人不同。按照古代文献的记载，黎族女孩年方及笄，就要在脸颊和脖颈上刺上精美的蓝色花纹和飞蛾图案，所以也称为“绣面”。越富裕的人家，文身越是讲究，反之，丫环婢女则无缘文身。对黎人来说，女子文身不仅具有审美功能，更是社会身份的标志。

薛爱华还注意到唐宋时代海南岛上的跨文化通婚现象，此事涉及岛上社会族群融合的问题，是值得重视的。有些生活在峡谷中的黎人，对跨族群、跨文化婚姻的态度是开放的，他们允许汉人进入自己的家族圈。相反，汉人尤其是汉人中的政府官员，对这类通婚却比较拒斥。例如："宋初有一小官吴蒙带兵深入高地，就遇上了这样一位慷慨大度的黎戎主人。他被俘获后，黎人待之甚厚，以女妻之，并与他育有一子。要么他认为这种奇怪的人生遭遇不适合体面的华人，要么他的上司这么认为，总之他最后是被人用银瓶赎出来的。"这种观察视角，透露了薛爱华早年所受学术训练中的社会学与人类学因素。

第四章中的"交通"，不单指字面意义上的道路交通，还包括海南岛的物质生产、经济贸易以及海外交通，也就是说，除了海南岛与外界的人员往来，也包括海南岛与外界的物质交流。于是，在"交通"的题目之下，海南岛的经济生产、方物进贡以及海外贸易，都囊括其中。这是观察海南岛的一个别致角度，也再次体现出薛爱华对物质文化的情有独钟。

古代中国人对海南岛的了解，很多是通过北方流人留下的各种记录。本书各章描述，几乎都离不开这些流人留下的文字材料。这些材料当然是珍贵的。相对而言，本书专门描述流人的第五章，是本书中最不令人感到意外的一章。第五章写到的流人，主要是唐宋两代的杨炎、李德裕、丁谓、苏轼四人，围绕苏轼的描述最为详细，主要是因为苏轼留下了最多的文字记录。

值得一提的是，海南岛很早就引起西方殖民者的兴趣，西方汉学界相关成果甚多。《珠崖》一书参考了西方学者郇和、梅辉立、莫古礼、萨维纳、芬次尔等人的调查报告和研究论著。在这一方面，《珠崖》亦与《朱雀》相近，而与《闽国》相远。

如果割弃五代十国这一段，大唐帝国的历史显然是不完整的。同样，《朱雀》一书如果缺少了《珠崖》这一注脚，也是不完整的。追求完整圆满的冲动，曾经使薛爱华面对《珠崖》这一选题欲罢不能，并终于完成了这本著作。喜欢《朱雀》的读者，终究也会喜欢《珠崖》的，我相信。

## 三

闽地的开发与开化，与中原移民尤其是来自河南固始的移民有极大的关系。唐朝末年，天下大乱，各地农民纷纷起义。淮南道光州固始（今河南固始）人王审潮、王审邽和王审知兄弟三人，亦加入义军，并于885年率军进入福建，随后在闽地建立了政权。在五代十国中，这个僻居东南一隅的小国既不强大，也不显眼，但是，在闽地开发和文化发展史中，闽国历史却是非常重要、光耀夺目的一段。值得一提的是，当年追随王审知兄弟入闽的将士，很多都是光州固始人。而在闽地开发与开化的历史上，另一位作出巨大贡献，并且被后人尊奉为“开漳圣王”的陈元光，也是光州固始人。陈元光是唐高宗、武后时人，其年代早于王审知约两百年。不知道当年从固始出发的王审知兄弟们，在最终选择闽地为行军目的地时，是否受到两百年前那位乡先贤冥冥之中的启示？

跟随王审知入闽的将士中，有一位后来官至漳州刺史的程赟。这位名不列正史传记的人物，对我来说，却有着非同寻常的意义。

在原闽王王审知故第，今福州闽王祠中，至今依然竖立着一块“恩赐琅琊王德政碑”。碑立于唐哀帝天祐三年（906）十二月一日，上面刻有：“今节度都押衙程赟及军州将吏、百姓耆老等，久怀化育，愿纪功庸，列状上闻，请议刊勒。”由此可见，程赟不仅是王审知的亲信，而且是立这块王审知功德碑的首倡者。《闽国》第三章第七节写到暴君朱文进时，也提到了他的名字。开运二年（945）二月，拱宸都指挥使朱文进联手阁门使连重遇，弑杀闽主王延羲而自立。朱文进随后任命了一批重要的政府官员，其中就包括漳州刺史程文纬。在《闽国》第53页的脚注中，薛爱华特别标注：“《新五代史》作‘程赟’，我无法确定哪个是正确的。”实际上，程赟就是程文纬。在福建闽侯程氏的族谱中，他被称为赟公，也就是入闽程氏的始祖。原来，闽国这段遥远的历史，与我家族的来历密切相关。

2018年春天，我正在忙着翻译《闽国》的时候，收到老家闽侯县甘蔗镇寄来的一本图文并茂的纪念册《瀛洲之光——纪念甘蔗程氏宗祠重建20周年》。这本纪念册第71至76页，即为《入闽始祖彦赟公传略及其史迹》，包括《入闽始祖赟公传略》《闽侯县文物保护单位程赟墓》《闽王祠琅琊王德政碑记述赟公事迹》等内容。赟公死后，原葬于漳州，明代崇祯甲申（1644），迁至闽侯竹岐榕岸龙兴山，与甘蔗镇隔闽江相望。这本纪念册第25至29页还有多幅“祭扫祖墓”的照片，所谓祖墓，就是指赟公此墓。

人世间的事，往往并非偶然，我与薛爱华之间，特别是与他的《闽国》和《珠崖》之间，原来也有如此神奇的缘分。

2018 年 6 月

# 走进迷楼
## ——《迷楼》中译本后记

翻译这本书，对我来说，是偶然，更是冒险。

大约是在 1997 年冬天的某个下午，我突然接到一个从北京三联书店打来的电话。打电话的就是这本书的责任编辑冯金红女士。说突然，是因为那时我还不认识她。在电话里，她直截了当地言明来电之意：三联书店有意将哈佛大学宇文所安教授的《迷楼：诗与欲望的迷宫》译成中文出版，她辗转找到我，希望我能担任此书的译者。说实话，对于这本书以及它的作者宇文所安教授，我并不陌生，但是说到翻译，事关重大，我颇感踌躇。

早在 20 世纪 80 年代后期，我就翻译过宇文所安教授的一篇论文，90 年代以后，又陆续读过他的另外一些著作，包括《初唐诗》《盛唐诗》以及《追忆》等，这些书与我个人的专业方向相近，而且先后都译为中文出版了。这些书新颖的视角、清畅生动的文笔，为 90 年代中国古代文学研究界吹来了一股清新的风，使读者兴味盎然，给我本人也留下了深刻的印象。所以，1995年到1996年间，当我在哈佛燕京学社做访问学者时，就留心寻找他的其他著作来拜读，同时也利用这样的机会，向宇文所安教授当面请教。承他的好意，我得到了他题赠的几种著作，其中就包括这部《迷楼：诗与欲望的迷宫》。

这部书1989年由哈佛大学出版社出版，属于哈佛比较文学研究丛书中的一种。作者斯蒂芬·欧文（Stephen Owen，1946— ），汉名宇文所安，耶鲁大学东亚语言和文学博士（1972），历任耶鲁大学讲师、副教授，哈佛大学教授，现任哈佛大学中国文学教授、比较文学教授，美国艺术科学院院士。宇文所安教授的研究领域为中国抒情文学、诗歌历史与理论、比较文学等，他在唐诗研究方面的成就可以说是举世瞩目。他的著作以视野开阔、思维灵活见长，分析立论出入于不同学科、时代和文化，常常给人以意想不到的启示。本书即最显著地体现了这些特点。表面上，这本书讨论的是一个古老的话题——中西诗歌中的欲望问题，实际上，作者从那些常见或者不经见的诗作中，敏锐地发现了新的问题，从那些看似风马牛不相及的、属于不同文化和历史时期的中西诗作之中，发现了最动人的联系。通过未必有历史联系的文本的比较，他创造了一种新的阅读经验和研究结构，从而实现了古今中西诗学和文化的真正对话。引诱与推拒、希望与失望、暴露与掩盖、替代与逃避、妥协与失败，诗歌中对于欲望的各种不同的表现模式，千门万户，繁复曲折，犹如一座迷楼，让人目迷五色、迷离恍惚，迷失津渡，迷途忘返。作者以导引读者游览这座迷楼来组织全书的结构，他带着我们巡历中外古今诗学回廊，从《伊利亚德》《陌上桑》到白居易、苏东坡、里尔克、聂鲁达，从《庄子》《礼记》到康德、尼采，逶迤走来，移步换景。它不仅是一部别出心裁的比较诗学论著，也是一部见解独特的诗歌理论。

我现在还清楚地记得粗读此书时的印象：此书旁征博引，出入于中西诗歌文本，笔致精微，灵思歧出，颇多胜义，但涉及西方文学典实很多，或明或暗，颇有我不甚了了之处，好在只是泛览，可以“不求甚解”。但如今说的是翻译，就完全是两码事了。我支支吾吾，不知怎样推却才好。

也许是出于潜意识中对三联书店的好感和信任，也许是因为冯金红提到她与我是北大校友，也许是因为不愿意拂了向她举荐我的那个老朋友的面子，总之，说着说着，我的语气渐渐松动了，我答应再考虑考虑。1998 年 5 月，我到北京参加北京大学的一次学术会议，冯金红来看我，再次谈及此书的事宜。此后我一退再退，竟至答应了下来。随后三联书店开始与哈佛大学出版社洽谈购买版权，到最后签下译书合同，已是 1999 年初了。我只提了一个附加条件：给我充足的时间，不能催稿。话是这么说，其实自己心里也很清楚，总不能没有限期吧。

可以说，对这项任务的艰巨性，我一开始就有心理准备，况且宇文所安教授本人也早已提醒过我。及至 1999 年初正式动手，我才知道，翻译此书的难度大大超出了我的预期。可是那时与出版社已经签了合约，真正是骑虎难下。我一鼓作气，干到那一年暑假结束，居然完成了前言和头两章，可是后面的似乎越来越难着手，而且勇气受挫，搞得我意兴阑珊。后来，不断有别的事半路杀出来，逼得我先腾出手来处理，到牛津大学访学又花费了几个月，翻译的事就这样时作时辍，拖拖拉拉，后面的三章连同尾声直到2002年秋天才告竣工。算起来，从头到尾经过四年多时间，我自己都感到不好意思。面对冯金红的催促，我颇生既有今日何必当初之悔，后悔当日莽撞，接下这个任务，甚至表示愿意违约赔款。这肯定给冯金红的工作造成了很大不便，我在这里向冯金红表示歉意：这绝非我的本意，怪就怪我水平不够，而且分身乏术。同时，对她的耐心和理解，我表示真诚的感谢。

此前，我曾从英语、日语翻译过汉学方面的学术论文十来万字，但总的来说，那些都是论文，而不是专著。《迷楼：诗与欲望的迷宫》则完全不同。首先，它是一部比较文学（比较诗学）著作，理论性颇强，而不是一部纯粹的汉学著作，虽然作者本人是著名汉学家，且书中涉及的汉语诗歌文本及其阐释，对于汉学研究极有启发。其次，书中引证了许多西方诗歌，从荷马史诗到西尔维娅·普拉斯，翻译起来也很费力。众所周知，诗歌难译，难在传达原诗的意味，难在保存原诗的形式。译诗之法，各有千秋，无一定之规。我觉得，对待不同形式的诗应该使用不同形式的翻译。对格律诗尤其是格律谨严的十四行诗，本书一般都用严谨的格律体来翻译，在用韵位置、每行字数等方面，尽可能对原诗亦步亦趋。对极少数韵式比较多变、复杂的诗作，本书则灵活处理，有的即采用汉语诗中常见的偶句用韵的形式来翻译，例如原书第86—87页的维加诗，每八句一节，句子都比较简短，译文中也尽量用短句，每句三顿或四顿，基本上一韵到底。原书征引的诗歌，很多附有法语、德语或西班牙语原文，这给译者提供了便利：可以对照原文，准确把握原诗的形式特点；可以参考原文，准确把握原诗的意思。为了使译诗在形式上尽量与原诗吻合，我字斟句酌，“斤斤计较”，有时候一天下来，也“搞不掂”一首诗。本书征引的每首诗以及其他典籍，都是译者此次重新翻译的。在译诗过程中我自己也制订了一些规则，这无异于自套枷锁、自找苦吃，但我希望由此能够给读者带来一些阅读和欣赏的快乐。同时，为了帮助读者理解原文，对书中涉及的重要人名以及文学典实，译者增加了一些注释，为了区别于原注，这些注释一概以“译注”标明。

我斗胆从事这本书的翻译，在某种程度上是仰仗宇文所安教授的支持。事实上，不仅在这本书的版权问题上曾得到他的支持，我在翻译过程中遇到的疑点难点，也多亏他及时指点赐教。更令我感动的是，当这部译稿全部完成之后，他又为我约请其妻子田晓菲博士和其高足王宇根先生从头到尾进行校阅。田晓菲校阅前言及第一、二两章，余下的三章以及尾声先由王宇根校阅，再经田晓菲校订。他们的工作极其认真细致，为我纠谬订讹、润饰文字，其功匪浅。如果说这部译稿还有一些可取之处，那应该归功于他们。我谨在此表示对田晓菲博士和王宇根先生的深挚谢忱。我深知，译文中难免还有理解有误、表达不准确之处，理当由我个人承担责任。我也期望读者诸君不吝赐教。

2003年6月于秦淮河西龙江寓所

# 诗学的迷楼
## ——读宇文所安《迷楼：诗与欲望的迷宫》

### 一

陈来在其《跨文化研究的视角——关于〈迂回与进入〉》(《跨文化对话》第2辑，第142页）中，曾将跨文化对话的态度精要地概括为三种：沟通与了解、学习与吸取、会通与融合。他说："如果从方法上看，'了解'的取向是'客体性'的取向，在这种立场上，研究一种异文化，是把它作为一个'对象'；'融合'的进路可谓是'主体间性'的取向，谋求由两种以上的文化交汇而取得一种视界的融合。"还有一种取向，"研究一种异文化，并不是纯粹为了研究一个客观的对象，也不是为了产生一种新的融合；研究'他者'的目的不是以认识对象为满足，乃是为了最终更好地理解自己，这个立场可以说是'主体性'的立场，在这个意义上，研究他者，是认识自我的一种'迂回'的方式"。主体性、客体性以及主体间性，这三种不同的取向也决定了不同的研究方法、观察视角，并形成各自不同的学术路数。哈佛大学教授宇文所安（Stephen Owen）的比较诗学著作《迷楼》应该属于第二种。

一个卓有成就的学者在长期的学术研究过程中，往往会形成自己的独特风格，呈现鲜明的学术个性。宇文所安的研究也有其独特的范式。他早年的一些著作，例如他的博士学位论文、1972年写就而于1975年出版的《韩愈孟郊诗》（*The Poetry of Meng Chiao and Han Yu*, New Haven, Yale, 1975）以及随后出版的《初唐诗》（*The Poetry of the Early T' ang*, New Haven, Yale, 1977）、《盛唐诗》（*The Great Age of Chinese Poetry: the High T'ang*, New Haven, Yale, 1980）等书，显示了他作为一个在唐诗研究领域卓有建树的汉学专家在追踪唐诗历史及艺术发展的过程中所具有的敏锐眼光和所达到的的学术深度。而他在20世纪80年代中期以后所出版的几种学术著作，包括1985年出版的《传统中国诗歌与诗学》（*Traditional Chinese Poetry and Poetics: Omen of the World*, Madison: the University of Wisconsin Press, 1985）、1986年出版的《追忆》（*Remembrances: the Experience of the Past in Classical Chinese Literature*, Cambridge: Harvard University Press, 1986）、1989年出版《迷楼：诗与欲望的迷宫》（*Mi-lou: Poetry and the Labyrinth of Desire*, Cambridge: Harvard University Press, 1989）、1992年出版的《中国文论读本》（*Readings in Chinese Literary Thought*, Cambridge: Harvard University Press, 1992），则标志着

他学术个性的进一步成熟。有意思的是，他早期的三本唐诗研究专著都是在耶鲁大学出版社出版的，而1985年以后的四本专著中有三本是在哈佛大学出版社出版的；更值得注意的是，1985年以后的著作，尤其后两种更明显地凸显了比较文学的视角。这当然与宇文所安教授自1982年起移教哈佛大学，并从1984年兼任哈佛大学比较文学教授不无关系，但同时也昭示了作者这一时期学术路径和风格的调整。最显著的变化也许是他的研究重点从诗史转移到了诗学，从论文文体转移到了“散文”文体。显然，这四种著作的研究对象、处理的题材类型并不相同，但仍有若干基本观念贯穿于其中。《追忆》和《迷楼》二书尤有相似之处，不同的是，《迷楼》中所吸纳融汇的文本（包括作品文本和理论观念文本）更加繁富多样，作者的视野显得更加开阔，论述操作显得更加开阖自如，结构设计显得更加精巧别致，也更加错综复杂。

## 二

“迷楼”是一个让人着迷、引人遐思的名字。正如它的副标题“诗与欲望的迷宫”所显示的，该书所讨论的是诗歌中对欲望的表现。这是人类感性中最微妙、最精致的一部分，用“迷宫”“迷楼”来形容这样一个微妙、精致的情感结构，正可谓相得益彰。对这样一种命名风格的偏爱甚至迷恋，在宇文所安来说可谓由来已久。

早在1979年，宇文所安教授在《哈佛亚洲学报》（*Harvard Journal of Asiatic Studies*, 39.2）发表论文《透明度：解读唐代抒情诗》（*Transparencies: Reading the T'ang Lyric*），就采用这种X：Y的命名格式。这种格式往往先提出某种假设，随后对这种假设进行最简要论证。这里，X往往是一种比喻，一般比较简短，比较概括或形象；Y则不用比喻，一般用短语，比较长一点，更有节奏感，能够展示更具体的一些内容。当然，这种命名格式并不是始自宇文所安，它最早是小说和传奇作品中使用的一种命名方式，后来才被移植到非小说的论述作品中来。值得注意的是，宇文所安在这篇论文中特别强调了命名这一环节对写作，包括论文写作的重要性。在他看来，命名其实就是含有对所要命名的事物本质的某些假定，X：Y的命名格式不仅具有形象性，而且对读者有较强的吸引力。这足以说明他对论文命名的重视，也足以证明"迷楼：诗与欲望的迷宫"这个书名的出现不是一个偶然。

"迷楼"与"迷宫"，恰好是一对具有中西文化背景的词语意象，宇文所安将二者连缀成书名，旨在制造一种跨文化的阅读语境，其意至为昭然。迷楼本来是指隋炀帝在7世纪初建造的一座极其奢侈豪华的宫殿。据唐代无名氏《迷楼记》记载，此楼是浙江人项升设计建造，历数年而成的，"楼阁高下，轩窗掩映，幽窗曲室，玉栏朱楯，互相连属，回环四合，曲屋自通，千门万牖，上下金碧，金虬伏于栋下，玉兽蹲于户傍，壁砌生光，琐窗射日，工巧之极，自古无有也"，"使真仙游其中，亦当自迷也"。宇文所安在书前特意引录这篇文章，并强调迷楼是一座“使人迷失的宫殿”。实际上，迷楼不仅曲折回环，精美繁复，而且作为供隋炀帝恣意享乐的行宫，它在后代诗人的咏叹中，还具有另外一层重要意味。诗人文士使用迷楼这个典故，往往隐喻沉迷于无度的生活享受尤其是感官享受而带来亡国的严重后果。白居易《隋堤柳》诗云：“大业九年春暮月，柳色如烟絮如雪。南幸江都恣佚游，应将此柳系龙舟。紫髯郎将护锦缆，青娥御史直迷楼。海内财力此时竭，舟中歌舞何日休？”晚唐诗人许浑《汴河亭》将迷楼与景阳楼相提并论：“迷楼何异景阳楼？”宋代李纲在其《迷楼赋》中，也将迷楼与阿房宫相比拟。这些诗文不约而同地注目于隋炀帝在迷楼中的恣意游乐及其亡国结局。诗歌，特别是那些沉湎于表现情感欲望的诗歌，也正是这样一座迷楼，它能够唤醒我们心灵中贪图享受、渴望迷失的那一部分，能够使我们的心软化甚或沉溺其中，能够引诱我们于不知不觉中步入迷途，从而给心灵和社会带来破坏。只有深入理解“迷楼”这一典故在中国文化语境中的丰富含义，我们才能体会“迷楼”这个书名所具有的令人浮想联翩的意味和魅力，才能理解宇文所安在本书《绪论》开篇就引录柏拉图《理想国》第 10 卷那一段关于审判诗歌以及为诗歌辩护的话的深刻而微妙的用意。

无独有偶，西方古代典籍中同样有所谓迷宫（Labyrinth），如克里特岛迷宫、埃及迷宫、萨摩斯岛迷宫、意大利迷宫等，其中最有名的是克里特岛迷宫。本书标题所指就是这一座迷宫。在传说中，这座迷宫是代达罗斯（Daedalus）为克里特岛国王米诺斯（Minos）所建，怪物弥诺陶诺斯（Minotaurus）就囚禁在这里。英雄忒修斯（Theseus）杀死弥诺陶诺斯之后，被困迷宫。深爱忒修斯的米诺斯国王之女阿莉阿德尼（Ariadne）给他一个线团，线团的另一端就拴在迷宫门口。正是靠着这个线团的导引，忒修斯顺利地走出了迷宫。在现代西方语言中，Labyrinth 从建筑物歧道回环曲折繁复的本义，引申指错综复杂的关系、混乱的状态以及繁复的议论。本书专门讨论中西诗歌中对于情感欲望的表达，面对的正是一堆错综复杂的关系、曲折繁复的歧道路径，弄不好就会治丝益棼。令人佩服的是，作者仿佛手里握着阿莉阿德尼的线团（Clew of Ariadne），成功地穿过纷繁曲折的歧路，到达迷宫的出口。

在我看来，作者手中所握的这个线团就是中西诗歌中的隐喻。当然，这是指广义的隐喻。隐喻往往通过典故来表现，它也不仅是一种词语、一种意象，更是凝聚文化和文学的丰富内涵的一种言说习惯和表达方式。一般地说，典故使用是最常见的一种隐喻方式。典故使用与主题表达之间是一种互动关系，有时候，典故隐含着主题并且是主题的潜在形式，而主题则是典故的发散揭露或者凝聚升华。无疑，迷楼和迷宫就是贯穿全书的两个最重要的典故隐喻，上文对这两个典故做了较为详细的解剖分析，其意盖在于此。宇文所安不仅通过这两个典故来隐喻全书中心论题，而且仿照这两个隐喻意象来架设全书的结构框架。这座迷楼或迷宫又宛如一座博物馆，里面陈列着各国的、历代的珍奇作品，从《伊利亚德》《陌上桑》到白居易、苏东坡、里尔克、聂鲁达，从《庄子》《礼记》到康德、尼采，杂然前陈，炫目缤纷。在论述过程中，作者有时像一位导游或博物馆讲解员，有时则像一位当代忒修斯。他导引读者游览这座迷楼或迷宫，他带领我们巡历中外古今诗学回廊。他逶迤走来，移步换景。他娓娓而谈，如数家珍。不管古代、当代，东方、西方，这些表现情感欲望的方式都有其类同性，透过错综复杂的表面，他使我们看到共同的情感结构：引诱与拒绝，似推还就；希望与失望，似喜还悲；暴露与掩盖，欲开还闭；替代与逃避，似去还来。犹如当年迷宫或迷楼，高低冥迷，回环曲折，让人迷离恍惚，而又流连忘返。征引富博，仿佛指点宫室门墙；出入中西古今，如同穿越千门万户。总之，这是一部别出心裁的比较诗学论著，也是一座精美的诗学迷楼和迷宫。

除了绪论和结语之外，《迷楼》全书共有五章：《诱惑／招引》《插曲：牧女之歌》《女人／顽石，男人／顽石》《置换》《裸露／纺织物》。单纯从各章标题上看，似乎主要是以某一主题为切入点；如果追踪其具体论析过程，则可以发现对隐喻使用及其意义的分析研究才是作者真正用力之所在。《绪论》对盾牌阵、第一章对跳舞、第二章对牧女与蚕娘、第三章对顽石，都有深入的讨论。第四章则详析各种关于替换的典故隐喻，从物品、位置到名字、身份等等。第五章《裸露／纺织物》则是一对相反相成的隐喻。更有趣的是，作者在论述文字中，不仅对各种中西典故随意驱使，手到擒来，而且对以下两个系列的隐喻情有独钟：一个是有关行走、路途、岔道、迷路之类的隐喻，如《绪论》中提到的临阵脱逃，第一章中的离开爱尔兰、进出于舞圈、受招引走上歧路，第二章中的牧女与蚕娘的途中遭遇、陌路的荡子，《结语》最后的走向他方等等；另一个是有关建筑的各种隐喻，如第一章中的“马拉美内室”，第三章中的“相邻秘室”“里尔克之室”，第四章中的“回廊”，第五章中的“前厅”，《结语》中的“假出口”“此路不通”等。可见，书名中的迷楼和迷宫不仅隐喻本书的论述对象，也同样隐喻本书的结构特点和论述方式，是兼具客体和主体双重指向的隐喻。这里凝集了作者的精细匠心和深微用意。

前文提到博物馆，实际上这是一个很关键的词语。博物馆把人类的文化遗产分门别类、井井有条地储藏起来，或者陈列出来，隔着玻璃罩，我们感觉既接近又遥远，既透明又隔膜，更重要的是，它使我们感到那只是一堆过去的东西，是别人的创造，与我们今天的生命感情相隔甚远。这本书所做的绝不是简单的博物馆导游，而是在博物馆里翻箱倒柜，发掘宝藏，那些散落一地的炫目的宝贝被用来建构起一座迷人的宫殿或楼宇。

## 三

《迷楼》的文体与作者早期几部唐诗史论著所用的论文文体

显然不同，它使用的是一种宇文所安称为“散文”（essay）的文体。在《他山的石头记：宇文所安自选集》（江苏人民出版社，2003年）的《自序》中，他说：“‘论文’是一篇学术作品，点缀着许多脚注；‘散文’则相反，它既是文学性的，也是思想性的、学术性的。‘论文’于知识有所增益，它希望自己在未来学术著作的脚注中占据一席之地；‘散文’的目的则是促使我们思想，改变我们对文中讨论的作品之外的文学作品进行思想的方式。‘论文’可以很枯燥，但仍然可以很有价值；‘散文’则应该给人乐趣——一种较高层次的乐趣：思想的乐趣。”照此说来，这种文体的理想目标是不仅益闻、游艺，而且能够娱思，是致力于文学性、思想性和学术性的“三性合一”。这种文体既是文学的，也是学术的，实际上它很像中国文化传统中的“笔记体”，既有论学的考据，也有文学的叙述，更随处可见性情的点染，亦文亦学，学者在其中颇得从容优游之乐。读者若能以轻松的态度对待，或许更能领略其中妙趣。这么说来，宇文所安的“散文”文体其实是很传统也很中国的。

《迷楼》的学术性表现在宇文所安所论述的对象的性质，思想性表现在他所进行思考的深度和精度，文学性则表现在他在分析论述之时所重视的生动、形象和流畅——这一点也表现为他为论著命名时偏好用一些形象性、隐喻性的字眼。《迷楼》以外，他的论文自选集《他山的石头记》以及这个集子中的若干篇文章（这里，我有意避用“论文”这个称谓）的题名，如“瓠落的文学史”“一见：读《汉书·李夫人传》”“柳枝听到了什么：《燕台》诗与中唐浪漫主义文化”“醉归”“微尘”“那皇帝一席，也不愿再做了：《桃花扇》中求真”等等，皆可证明他对于具体甚至“琐细”的事物以及形象隐喻的执着或偏爱。像“一见”“柳枝听到了什么”“醉归”“微尘”这一类题目，显然都是非常“散文化”的。也许这个集子里选的不都是宇文所安论著中的最上品（选编者似乎更侧重于译介一些前此未曾译为中文的篇章），但却很能体现宇文所安的个性风格和学术追求。

《迷楼》的论述方式往往是从具体过渡到一般。作为全书开篇的《绪论》，就是从具体故事开始讨论的。作者以古罗马纪律森严的军队阵列隐喻社会习惯和行为规则，二者同样不能随便违反，也无法逃离。人们从小被教育要遵从这些规则，而欲望的诗歌却时时在诱使人心脱离、背叛。罗马帝国时代的传记家与散文家普鲁塔克记叙了关于斯巴达城邦制度的一则轶事：阿耳喀罗科斯由于在诗歌中公开提倡丢弃盾牌、逃离军阵，因此当他到访斯巴达的时候，被斯巴达人赶出了城邦。可见，斯巴达人认为阿耳喀罗科斯应该为他写的那些诗句负责。在诗歌与现实之间、人们的言辞与行为之间，究竟是不是有区别，有多少距离，这成为后来人们争论不休的问题，作者即以此为基础展开研讨。他喜欢抓住一些双关字义大做文章，展示其机智和敏锐，以中文翻译往往感到捉襟见肘，难以曲尽其意。如第一章《诱惑/招引》引刘勰《文心雕龙·物色》：“物色相召，人谁获安？”“召”兼有“召唤”

和“招引”的双重含义。第三章《女人／顽石，男人／顽石》中讲到石头，讲到人的心理及肢体之软硬，也是语义双关的。从石头之软化或硬化的角度出发，作者又进而深入解读西方文学传统中多种多样的变形故事。这一类解读的过程，往往就是《他山的石头记：宇文所安自选集》的《自序》中所谓“娱思”（entertain an idea）的过程。

解读文本是宇文所安的长项，《迷楼》的“散文”风格也体现在作者对文本的阅读、思考与解析之中。宇文所安是在耶鲁大学接受本科及研究生教育的，这所大学是各种现代文学批评理论的主要发源地。他在这里接受大学教育的20世纪60年代中后期，正是“新批评派”盛行的时代，新批评派所倡导的“细读”（close reading）的方法，对宇文所安有深刻的影响。每一种新的理论方法的出现，往往都有一定合理性和存在理由，也许在创立伊始，不免偏激自是、矫枉过正，但经过历史的淘洗，总会留下其合理内核。值得注意的是，宇文所安不认为他属于“新批评派”，事实上，他不认为自己从属于任何理论流派。有时候，他给我们的感觉是十八般兵器样样精通，有时候又似乎是在“白战”，手中不持寸铁，却能把各种文本玩弄于股掌之上，举重若轻，有化百炼钢为绕指柔的硬功夫，虽然有时候也难免“过度阐释”。严格地说，宇文所安对“新批评派”以及20世纪60年代以来流行的其他批评理论，是采取兼收并蓄、入而能出的活用态度。因为“活”，所以，正如耶鲁大学约翰·荷兰德（John Hollander）教授评《迷楼》时所说的，书中虽然“根本没有运用诸如原型批评领域的什么观念体系，却自有某种形而上的基础”。由于引入这样一种研究路径，因此本书切入点虽然类似于诗歌的专题研究，但概括的宏观和分析的精微却使其在整体效果上具有相当浓厚的诗学思辨的意味。换句话说，他的解读能够超越具体文本而展开抽象分析，有极强的思辨色彩。这也是《迷楼》的思想性和学术性之所在。他的学术研究的这种思辨品格，在《中国文论：英译与评论》中也有很好的展示。

总体来看，宇文所安的分析以视野开阔、思维灵活见长，出入于不同学科、时代和文化之间，常常给人意想不到的启示。此类例子甚多。即以中文文本为例，第二章分析了《羽林郎》之后，作者进一步追问：“在这个欲望和欲望被扑灭的游戏中，我们，特别是这首诗的男性读者，能以哪里为立足点呢？”紧接着，他引入另一首诗《陌上桑》，并以之巧妙地解答了这个问题。《陌上桑》不仅帮罗敷摆脱了使君的纠缠，而且为听众和读者准备了一个立足点、一个安全的围廊。在对西方牧女与中国蚕娘进行比较时，他敏锐地指出两者具有共同的“人在途中”的故事背景。在分析古诗《青青河畔草》时，他特别点出“纤纤出素手”一句所具有的裸露和诱惑的意味。应该说，中西诗歌中的情感欲望的表达是一个古老的问题，作者却常能从那些常见或者不经见的诗作中，敏锐地发现新的问题，从那些看似风马牛不相及的、属于不同文化和历史时期的中西诗作之中，发现最动人的联系。通过未必有历史联系的文本的比较，他确立了一种新的阅读视野，提供了一种新的解读经验和新的研究结构，从而实现了古今中西诗学和文化的真正对话。《迷楼》全书引用的文本很多，不限于文学，更不限于诗歌，有的在一段论述之中，有的在一段论述之前，有的一段论述之后。这些引证文本有的并不是论析的核心，而只是起一种映衬、感发、隐喻的作用。这也是本书“散文”文体的一种体现。

目前，国内学术界都在讲与国际学术接轨，讲论文操作的规范化，似乎学术论文就是千篇一律、万人一体。面对这样一部“散文”体的作品，我们该怎样定位国际学术之“轨”？我们又该怎样定位我们自己的学术？读完《迷楼》，我们不能不有这样的追问。

原载《跨文化研究》第 15 辑，上海文化出版社 2004 年

# 《内闱》中译本校读记

海外汉学著作的翻译引进，从学术成果和观念方法来看，是学术进口；从书中引用的原始文献材料回译来看，是“出口转内销”。这里面存在一个中文文献（包括中文人名、书名以及引用文献文本）的还原问题。这种还原十分重要，人名、书名等专有名词，如果没有得到正确还原，就会让人不知所云；而原著中引用的文献，尤其是古典文献，如果不能正确还原，更会影响到对原著的理解。回译被原著引用的古典文献，实际上涉及二重理解，即对古典文献原文的理解以及对引用者的理解的理解。在二重理解的基础上，对原著进行传译与评判，是海外汉学翻译应尽的职责。具体说来，海外汉学著作翻译包括加、减、乘、除四个方面。所谓加，是指一些中西典故必要时应该加注；所谓减，是指原书引中文文献多同时加注英译本，如用章楚（Djang Chu）译丁传靖《宋人轶事汇编》等，对于这一部分，中译本可以删除，当然亦可附见；所谓乘，是指若原书材料有可补充、论点有可发挥之处，可以在注脚中，也可以在前言或后记中加以补充或发挥；所谓除，是指若所引证的材料以及对这些材料的分析阐述有问题，应加以考辨订正。

伊沛霞（Patricia Buckley Ebrey）教授是驰名中外的历史学家和汉学家。她的专著《内闱：宋代妇女的婚姻和生活》（*The Inner Quarters: Marriage and the Lives of Chinese Women in the Sung Period*, The University of California Press, 1993），是宋代妇女史研究的力作，体现了作者深厚的功力和多方面的学养。此书出版之后，受到学界的广泛好评，并荣获列文森奖。2004 年，此书中译本在江苏人民出版社出版，对于国内学界更方便地参考利用此书，这显然是有积极意义的。但是，相对于原著的学术水准，中译本的水平相去甚远。对原文理解不到位导致译文不准确，专有名词翻译有误，引用古典文献未予还原，引用古典文献标点错误等等，诸如此类的问题比比皆是。中译本甫一问世，莉苇就在《〈内闱〉一书的译名及其他》（《博览群书》，2005 年第 11 期）这篇书评中，指摘其所存在的诸多问题，引起了学术界的关注。《内闱》初版书名译为“内闱——宋代的婚姻和妇女生活”，而在 2010 年 7 月第 3 版（我根据的是第 3 版的 2018 年 7 月第 2 次印刷本）中，书名已改为“内闱：宋代妇女的婚姻和生活”，应当是吸收了莉苇的意见。

2009 年，我在台湾省“中央大学”担任客座教授时，曾取伊沛霞教授的英文原版与胡志宏的中译本初版对读，校正后者的错译近百条。我曾根据读书笔记略做整理，发表在我的新浪博客“廿年远在帝王州”上。2011年，我在当年第4期的《文史哲》杂志上发表《学术翻译的软肋——对欧美汉学论著之中译诸问题的思考》一文，曾拈取其中若干条作为例证。《内闱》2018年重印本虽然对初版的误译有所订正，例如初版页243、页248、页263、页268、页269、页271等处所出现的显而易见的错译，即将“商务印书馆”误译为“商业出版社”，皆已改正，又如页80、页81、页82等处引证中文文献也已还原，但是，我在新浪博客和《文史哲》论文中所举误译多条，仍多有未订正者。我感觉，十来年前的这些读书笔记虽然零碎，但并未完全过时，对译本的再次修订仍有一定助益，对此书的读者也不无参考价值，因此，将其分类整理并交付正式出版，仍然是有必要的。

以下分为五类，每类依重印本页码为序，每条先列原译，再加按语说明我的意见。凡重印本已订正及《文史哲》论文中已举证者从略，以免重复，以省篇幅。

**第一，中文文献的还原问题。**

1. 页47：

> 有一部参考书列出了适用于两个邻近家庭间议婚时用的信件样本：“某人付给邻家预期的百万聘金后，可获得长久的友好。同样，五匹绸和一石谷的彩礼也可缔结姻缘之幸。这是邻里间的良机，并非有意为之。谨致至

诚之意。”回信说：“我家虽贫但仍有能力做好一切准备。我们愿遵照富有的贵亲家的要求去做，让我们有幸知道富家如何行事。岂能让北平的贵亲家为我贫寒之家蒙羞？”回信说：“来函及雁均已收到。我如此寒素之家能与你们联姻，深感蓬荜生辉！五世将昌！还有什么比这更好？让还能具有邻家贤婿所有的才德？在同一乡里结下如此的良缘多么美满！”

按：似应译作：

有一部参考书列出相邻两家之间缔亲前对议婚聘启的回启，样本如下：“千万买邻，久借依光之便；五两纳币，忽承合好之盟。偶固非吾，愿诚适我。俭勤克尽，素高润屋之谋；警戒相承，精得肥家之道。讵意北平之富，不羞西禴之贫。鼎来鲤素之书，复辱禽章之贽。何幸一壁之隔，允谐五世其昌。岂无他人，孰若此里仁之美；乃正佳婿，况翕然乡党之亲。”

又按：英文原文将此启用另一种字体排列，虽然分列为三段，但都属于同一回启，译文将其理解为两次回信，大误。又英文原文注此启出自《翰墨全书》i 11:11b，译者未检原文，致有此误。从英文原文看，作者对此骈文的理解也小有问题。

2. 页 113：

打算给她申请一个荣誉头衔（第3版“给她申请”改为“为她求取”）。

按：按中国传统文献的通行表达方式，似可译作：“打算为她请封。”

**第二，中文文献标点及录文问题。**

1. 页56：

吾已还笏。舍下儿女婚嫁渐毕。独念涣也。甚醇且嫡。仆忝法从涣承京秩，既窆而弁，尚未授室。君有长姜备女四德，以门阀论，岂非逑匹？

按：此段出《后村先生大全集》卷一四○《祭赵闽宰》，为四言韵文，其标点应作：

吾已还笏。舍下儿女，婚嫁渐毕。独念涣也，甚醇且嫡。仆忝法从，涣承京秩。既窆而弁，尚未授室。君有长姜，备女四德。以门阀论，岂非逑匹？

又按：按照骈文的格律规范，严格地说，原作者应将“吾已还笏”前“间尝语君”一句一并引录，语句方为完整，证据也更有说服力。

2. 页61：

匹幸联于秦晋好永结于朱陈。以姓合姓或假人为。

因亲缔亲殆由天合。

按：应作：

匹幸联于秦晋，好永结于朱陈。以姓合姓，或假人为；因亲缔亲，殆由天合。

3. 页 89：

娶妇何？谓欲以传嗣，岂为财也。

按：应作：

娶妇何谓？欲以传嗣，岂为财也。

4. 页 89：

习俗日久，不以为怖。

按：“怖”应作“怪”。校之英文原著不误，应是译者之误。

5. 页 89：

以掳其忿……则安用汝力哉？

按：“掳”应作“摅”，“力”应作“女”。

6. 页 106：

公方壮年为祖谢仕。今始得子孙之恩复以推叔父。皆人所不能。而公优为之其助风化多矣。愿亟抗章无疑。……嗟夫仕宦进取鲜不为妻孥计。而龙图公所为绝人远甚，盖有夫人为之内助。而为人妻者能勉其夫以义如此尤所难也。……故龙图公立身行道无愧古人夫人助之为多。

按：此两段引文多处未点断，应作：

公方壮年，为祖谢仕。今始得子孙之恩，复以推叔父，皆人所不能，而公优为之，其助风化多矣。愿亟抗章无疑。……

嗟夫！仕宦进取，鲜不为妻孥计，而龙图公所为，绝人远甚，盖有夫人为之内助。而为人妻者，能勉其夫以义如此，尤所难也。……故龙图公立身行道，无愧古人，夫人助之为多。

7. 页 111：

自书观音“偈心念不空过五字。”

按：应作：

自书《观音偈》‘心念不空过’五字。

8. 页 113：

梁氏故奉佛君之来犹私以像设自随时若有所讽诵。

按：应作：

梁氏故奉佛，君之来，犹私以像设自随，时若有所讽诵。

9. 页113：

无所思营及属纩……

按：应作：

无所思营。及属纩……

10. 页123：

踏踏竹梯登树梢，

按："梢"应作"杪"。

11. 页138：

十九年余宦，不遂江湖岭海，行路万里。君不以远近必俱。

按：检原文，译者抄录原文，"十九年"前脱"为余妻"三字，其下断句亦有误，应作：

为余妻十九年。余宦不遂，江湖岭海，行路万里，君不以远近必俱。

12. 页 139：

自始嫁至于瞑目，未尝见其有忿懥之色。矫妄之言，人虽以非意侵加，默而受之，终不与之辨曲直，已亦不复贮于怀也。

按：应作：

自始嫁至于瞑目，未尝见其有忿懥之色、矫妄之言。人虽以非意侵加，默而受之，终不与之辨曲直，已亦不复贮于怀也。

13. 页 158：

产既损气已甚。乳又伤血至涤。蠹命耗神，莫极于此。

按：应作：

产既损气已甚，乳又伤血至深，蠹命耗神，莫极于此。

14. 页 166：

不取一金之息，不遣一介诣门淹速。惟所命折券则不可。

按：应作：

不取一金之息，不遣一介诣门，淹速惟所命，折券则不可。

又按：从英文原文来看，原作者对“淹速惟所命”一句理解亦未当。

15. 页 166：

夫人惘然不喻其故。或曰分法过五年有司不受诉，今隔世矣，复何道。夫人曰：“争财与让财孰愈？”尽出帑廪畀之无秋毫计惜。

按：应作：

夫人惘然，不喻其故。或曰：“分法过五年，有司不受诉，今隔世矣，复何道？”夫人曰：“争财与让财孰愈？”尽出帑廪畀之，无秋毫计惜。

16. 页 166：

积二十年，男授室，女得所，归田园资聚稍复其故。内外属人无老幼疏近，一口翕然，称为贤母。

按：应作：

积二十年，男授室，女得所归，田园资聚，稍复其故。内外属人，无老幼疏近，一口翕然，称为贤母。

17. 页 172：

夫妻“结发”，义重千金。若有不幸，中路先倾，三年重服。守志坚心。保家持业，整顿坟茔，殷勤训后，存殁光荣。

按：应作：

夫妻结发，义重千金。若有不幸，中路先倾。三年重服，守志坚心。保家持业，整顿坟茔。殷勤训后，存殁光荣。

18. 页 178：

太夫人薄荣利安，与跬步不去乡井……

按：应作：

太夫人薄荣利，安舆跬步，不去乡井……

19. 页 178：

跬步不相容舍。

按：应作：

跬步不容相舍。

20. 页 182：

既成婚，翌日吾妻面壁掩涕者终日，余问之再三，曰：

"君至诚君子也，妾不敢不以诚告。妾吾氏姑高节懿行，当于古列女中，求妾欲与之同志弗克。今已适君矣。"

按：应作：

既成婚，翌日，吾妻面壁掩涕者终日。余问之再三，曰："君至诚君子也，妾不敢不以诚告。妾吴氏姑高节懿行，当于古列女中求。妾欲与之同志，弗克。今已适君矣。"

21. 页 186：

在法初，无禁绝之明文。

按：应作：

在法，初无禁绝之明文。

22. 页 199：

余年四十二，哭林淑人哀逝者之贤而夭。遂不再婚。

按：应作：

余年四十二，哭林淑人，哀逝者之贤而夭，遂不再婚。

23. 页 201：

性多容少妒姬。侍生子抚育如己出，寒暑燥湿一皆共之。

按：应作：

性多容少妒。姬侍生子，抚育如己出，寒暑燥湿，一皆共之。

**第三，理解有误。**

1. 页 138：

相反，他们表扬那种不防害丈夫的尊严，不用琐事打扰他……的妻子。

按：应译作：

相反，他们赞扬那些出于对丈夫尊严的敬重，而不用琐事烦扰他……的妻子。

2. 页 143：

年轻的英雄

按：应作：

年轻的主人公

3. 页 143：

男作家写作上的一个老传统是倾心于被否定的女人，与丈夫分离的或被丈夫抛弃的那种女子。

按：应译作：

男人书写那些被忽视的女人的情感，她们或是与丈夫分离，或是被丈夫抛弃，早已成为一种传统。

4. 页 179：

圣女维尔京·玛丽亚

按：应作：

圣处女玛丽亚。

Virgin 是玛丽亚的身份，不是她的名字。

5. 页 181：刘皇后（记录为 997—1022）；页 181、页 317：哲宗（记录为 1086—1100）；页 191：秦朝第一个皇帝（秦始皇帝，记录为公元前 246—209）；页 193、页 317：真宗帝（记录为 997—1022）；页 193、页 311：仁宗帝（记录为 1023—1063）；页 202、页 311：神宗（皇帝，记录为 1068—1085）。

按：所有此类“记录为某年至某年”皆应改为“某年至某年在位”。

6. 页 252、页 269：

廉宣：《清尊录》

按：《清尊录》之作者为廉布，字宣仲，原作者误读，译者应作是正，并加以说明。

**第四、校对不精。**

1. 页 41：

女家不座

按："座"应作"坐"。

2. 页 46，第 9 行：

标有梅

按："标"应作"摽"。

3. 页 49：

汉代苏武一首名诗《苏武试》

按：应作"汉代有一首名诗《苏武诗》"，原译文重复且有讹字。

4. 页 61：

写了一首诗《朱陈村诗》

按：应删去一个"诗"字。

5. 页 89：

其中有些人"今世俗之贪卑者……

按：应删"人"字。

6. 页 141：

宿疴亦浸瘳。

按："浸"当作"寖"。

7. 页 165：

中国的家庭体系鼓励女人经心、慈爱地养育子女。

按："经"应作"精"。

8. 页 247 及其他页多处：

《（新编纂图增纇群书纇要）事林广记》《新编事文纇聚翰墨全书》《新编事文纇要启札青钱》《群书纇编故事》

按："纇"应作"类"。

9. 页 281：

《宋朝朝代精英的统治》

按：应删"朝朝"。

**第五，专有名词翻译之误。**

甲、人名

1. 页 242、页 243、页 259、页 266、页 297：

田居刚

按：应作“田汝康”。

2. 页 244、页 245、页 283：

冯文

按：应作“方闻”（美国普林斯顿大学教授、国际著名美术史家）。

3. 页 244、页 263、页 268、页 270、页 280：

蒂姜（Djang and Djang）

按：此处所引书是英译丁传靖《宋人轶事汇编》，其中译者之一（Chu Djang）的中文名写作“章楚”，另一位是其妻子，中文名待查，总之，Djang 即“章”，不能译作“蒂姜”。

4. 页 245、页 261、页 286：

何维凯（Ho, Wai-kam）

按：应作“何惠鉴”。

5. 页 245、页 301：

余

按：应作“于君方”。

6. 页 245、页 257：

黄洪全

按：应作“黄宏荃”。

7. 页 247、页 287：

许道临

按：应作“徐道邻”（中国法学史专家）。

8. 页 248：

弗兰克尔（Frankel）

按：应作“傅汉思”（Hans Frankel）。

9. 页 248：

箫统（两处）

按：应作“萧统”。

10. 页 248、页 288：

高（Kao, Karl S.Y.）

按：应作“高辛勇”。

11. 页 257、页 262、页 279：

憧（Chung）

按：应作“钟玲”。钟玲是当代诗人、著名学者，曾任中国台湾高雄中山大学文学院院长、中国香港浸会大学文学院院长。

12. 页 261、页 291：

刘、罗（Liu, Wu-chi, and Irving Yucheng Lo）

按：应作“柳无忌”“罗郁正”。

13. 页 262、页 287：

胡（Hu）

按：应作“胡品清”。

14. 页 269、页 291：

罗（Lo）

按：应译作“罗郁正”。

15. 页 274、页 297：

戴延辉

按：应作“戴炎辉”。

16. 页 274：

李绂

按：应作“李鹰”。英文原本作“李薦”，亦误。

17. 页 279：

崇青（Chung, Priscilla Ching）

按：应作“秦家德”。

18. 页 297：

鲍嘉麟

按：应作“鲍家麟”。

19. 页 297：

陶晋升

按：应作“陶晋生”。

乙、书名、篇名、出版社名

1. 页 245、257：

《宋代辞诗》

按：应作“《英译宋代词选》”。

2. 页 245：

《宋代社会研究》，台北：宏文。

按：“宏文”应作“弘文馆”。

3. 页 246：

《三位中世纪诗人的闺中题材宋辞：温庭筠、韦庄和李渔》

按：应作“《三位中世纪词人温庭筠、韦庄和李煜词中的闺中主题》”。

4. 页 247、250、253、页 267：

《新编通用启札江纲》

按：应作“《新编通用启札截江网》”。

5. 页 250：

《“中央大学”八十年归宁论文集》

按：应作《“中央大学”八十周年纪念论文集》。“纪念”，英文原作“kinei”，当是“kinen”（纪念）之讹，故误导译者。

6. 页 251 注 45 漏列 *Yang and Yang* 一书。

按：应补译，作“杨宪益、戴乃迭译：《蒋兴哥重会珍珠衫：10 至 17 世纪短篇小说选》”。

7. 页 252、页 253：

《中国文学：流行小说和戏剧》

按：应作“《中国文学：通俗小说和戏剧》”。

8. 页 253：

《事林广记》前记（四处）

按：“前记”应作“前集”。

9. 页 256、页 275：

《沿着天际线：王氏家族藏品中的宋元绘画》

按：“王氏家族”初版译作“王宽诚家庭”，亦不准确。原文作“C.C. Wang”，实指王季迁（1907—2003），是旅居美国的著名艺术家和收藏家，与王宽诚家族毫无关系。

10. 页 256：

《竹溪甗斋十一藁续集》

按：应作“《竹溪鬳斋十一稿续集》”。

11. 页 257：

《八琼室金石补正本清源》

按：应作“《八琼室金石补正》”。

12. 页 257：

《朱熹：新研究》

按：应作“《朱子新探索》”。此书有中国台湾学生书局

1988年中文版。

13. 页258：

新文风

按：应作“新文丰”。

14. 页261、页291：

《向日葵盛开：中国诗辞三千年》

按：应作“《葵晔集：中国诗歌三千年》”。

15. 页262、页294：

《纪念物：中国古典文学中过去的存在》

按：应作“《追忆：中国古典文学中的往事再现》”。

16. 页262、页286：

《宋代作家柳永：第一部分》《宋代作家柳永：第二部分》

按：“宋代作家”应作“词人”（the Songwriter）。

17. 页273：

《做自己乐于做的老人：陆游诗选》

按：应译作“《放翁：陆游诗文选》”。

18. 页 274、页 294：

罗克珊（Rexroth）：《李清照诗辞英译》

按：应作"王红公、钟玲译：《李清照诗词全集》"。

19. 页 290：

《中国的缠足：一种稀奇的色情习俗史》

按：下附英文书名"Chinese Footbinding: The History of a Curious Custom"漏"erotic"（色情）一词，应补。

20. 页 298：

《莲花船：唐代流行文化中"辞"的起源》

按：应作"《莲舟：唐代通俗文化中词的起源》"。

以上五类合计 79 条。

2009 年初稿，2021 年定稿

# 学术翻译的选材与对话

华中师范大学召开“译者之道：海外中国研究学术译著工作坊”，与会的都是在这一方面有实际翻译经验的专家同行，围绕这样一个具体题目展开讨论，我觉得特别好。这个会议，主题虽小却相对集中，规模虽小却都是同道，很方便交流。我最近刚出版了一本译著：美国汉学家薛爱华（Edward H.Schafer, 1913—1991）的《闽国》，想送给到会的同行。前几天我问林岩教授，寄 20 本书到会上够不够，林岩说够了，所以我就寄了 20 本。我想，20 个人的会议规模当然不大，但是聚集在这里的都是做学术翻译，尤其是海外中国研究论著翻译工作的人，我翻译的这本小书能够送给在座各位，向真正的专业人士请教，我个人甚感荣幸。我也很高兴能来参加这个会议。这两个月学术会议特别多，不少会议很“高大上”，但有的不免有些大而空，主题太泛，学者之间很难有交集并进而展开深入交流。像“译者之道：海外中国研究学术译著工作坊”这样规模虽小、但议题具体而明确的会议，反而便于讨论，同行之间展开深入的学术探讨，也有可能真正解决一些实际问题。会议把我排在第一个发言，我就抛砖引玉，说如下几点看法。

第一点，我个人对于学术翻译的认识。在2014年的时候，我翻译的薛爱华教授的《神女：唐代文学中的龙女与雨女》和《朱雀：唐代的南方意象》二书在北京三联书店出版了。出版之后，我把这两本书送给一些朋友，有几个朋友对我说："没想到以你现在的这个年资，居然还在做学术论著的翻译。"朋友的这个反应让我颇为诧异。我理解他们的意思，是觉得我这个年纪的人不应该再去做翻译，也就是说，学术论著翻译工作应该由年轻人甚或刚出道的人来做。也许这些朋友的话中还有一层言外之意，就是翻译别人的著作，纯粹是"为他人作嫁衣裳"。但是，我的理解不太一样。我觉得翻译这件事，不仅是利他的，也是利己的，客观上是为了他人，主观上也是为自己。这就涉及我对海外汉学论著翻译的认识。学术翻译，首先是学术的，其次是翻译的。翻译的过程，是精读细读文本的过程，是观摩名家"绣鸳鸯"的过程，也是与名家对话的过程，在这一过程中，译者可以学到文献发掘、文本阅读以及论述表达的技巧，相关学术能力可以得到提升。因此，翻译的过程，也是一个学术训练的过程。另一方面，学术翻译当然也是翻译的一种。如果单纯是为了学术，我们大可以做自己的研究，但做学术翻译，就有其他的目的与追求。比如是为了保持自己的外语能力，或者在可能的情况下，提升自己的外语能力，反思自己的语文表达习惯与学术思维定式。这就是学术翻译的两个方面，一方面是学术的，另一方面是翻译的，二者相辅相成。

学术翻译是对自己学术水平的一种特殊磨练，也是学习与提高外语水平的一个特殊手段。我是一个“60后”，是在“文化大革命”中接受中小学教育的，我们这一代人绝大多数外语基础都比较差，我也不例外。我们是初中才开始学外语的，那时也不知道学了有什么用，没有人当回事。到上了高中，忽然间高考恢复了，外语学习有用了。不过，直到1979年我参加高考——那已经是恢复高考后的第三届了——外语一门还只占10分，可见仍然是可有可无、可学可不学的。像我们这样基础差的人，尤其需要在成年以后利用各种机会，来提升、锻炼自己的外语能力，同时开阔自己的视野。一门外语就是一扇窗户，学了外语而不用，就等于没有打开这扇窗户，劳而无功。中国学生学外语有一个问题，哪怕考过了六级，要阅读学术著作，仍然有困难，因为一般外语教材中不选学术文章。比如英语，我们一般学的是general English，读academic English的能力就不够。面对这种情况，我们需要有针对性地加强锻炼。做中国文史研究者，可结合自己的专业，做一些海外中国研究的翻译，对自己既是学习，也是考验，对专业学习和外语学习都有帮助，往高了讲，还可以说是助人为乐，也算有慈悲之怀，积了一点功德。

第二点，海外汉学翻译，具体要翻译哪些书呢？有没有什么原则呢？有没有什么应该注意的呢？我想提一点看法，就是海外中国研究论著的翻译，要做到厚今而不薄古。所谓“厚今”，就是要关注海外汉学界最新的研究成果。实际上，国内的海外汉学翻译著作，据我个人的观察，今人，也就是仍然健在的学者的著作被翻译过来的比较多，相比之下，翻译所谓古人，也就是已经作古的学者的著作要少很多。当我决定要翻译薛爱华的这几本书时，就有学者问我：“他的书还需要翻译吗？”薛爱华在1991年就已经过世了，他的著作过时了吗？还值得译介吗？如果翻译在世的学者的著作，至少还有人要感谢我，感谢我推广他的学术，使他的学术在中国有更大的影响。但我翻译薛爱华的著作，薛爱华并不知道。不过，我觉得，薛爱华著作是真有价值的，除了已经有译本的，还有几种也值得译介。再举个年代更早的法国汉学家伯希和的例子。伯希和生前身后出版的著述有很多种，尽管有些现在已被介绍到国内，但总量太少，特别是涉及中国古典文献方面的。像伯希和那样渊博的汉学家太稀罕了。如果有法语好又懂中国古典文献的译者，我觉得真应该把伯希和的很多东西译介过来。总之，在选材方面要厚今而不薄古。“古”的东西，不见得就比“今”的东西差。今天的潮流，也许真的跟过去不一样，但安知旧的论著经过译介并加以重新阐释，就不会成为新的潮流？

另一方面，做学术翻译，译者所选择的书，必须是他能真正读懂的。翻译的人，翻译日文书、英文书，先要懂日语、懂英语，这应该是没有疑问的，不必饶舌。有些海外汉学译作，在我看来，错误实在太多。有一本书初版错误太多，修订再版，新的版本还是有不少问题。有的问题是因为不懂学术所致，有的问题则来自对原文的误读。所以，在做海外汉学著作翻译的时候，译者要先掂量自己的水平是否足够，语言素养的准备够不够，尤其是专业素养的准备够不够，不够的话，哪怕临时恶补一番也好。

第三点，关于海外中国研究著作翻译中的学术对话问题。从事海外中国研究著作的翻译，译者在翻译过程中往往收获甚多。为什么会收获甚多呢？因为在翻译过程中，译者不止是仰望名贤的著作，同时也是在跟他对话。值得翻译的书，一般都是好书，能够体现好学者的好思想。译者当然不是书的第一个读者，却是最认真细致的读者之一，他的阅读是“十目一行”、一个字也不轻易放过的精读。这有点像古籍整理。我们一般读李白诗和杜甫诗，感觉似乎读懂了，但如果要坐下来给杜甫诗和李白诗作个校注，要站上台来讲一讲李白诗和杜甫诗的深刻内涵，就未必注得出来、讲得出来了。做翻译的道理与此类似。在精读的过程中，原著的立意就能得到更好的理解、体会，而在这种“精读”基础上进行的翻译，就是将一种语言中的思想观点用另一种语言很好地表达出来的过程。这个过程是一种多形式、多维度的对话过程。

我所谓的对话包括哪几个方面呢？

首先，我觉得，不管翻译哪本书，不管翻译的书多么有名，也不管原作者的名头有多大，作为译者，精神上不能够跪下来，不能够膜拜，不应该不加思考就觉得原作者说的所有的都对。套用一句话，就是“我爱我的作者，我更爱真理”，在真理和学术面前，人人平等。这是译者应持的基本的立场和态度。

其二，原著中征引的材料，尤其是古汉语的材料，应该还原。纯粹英语专业出身的人，如果没有受过文言文或古典文献学方面的基本训练，在还原文言文献时，就会感到困难，有的不得门径，找不到原文，勉强据己意回译，非牛非马，那就很危险了。

其三，对原著中提到的或叙述的史事、观点，要细心校对，不要误会了。前几年我去参加一个学术会议，会上讨论译介过来的外国汉学家编纂的一套中国文学史丛书，里面有一本是专门写中国中短篇小说的历史的。我浏览的时候，偶然发现，那本书中提到竹林七贤，居然称竹林七贤中有个女的，这怎么可能！这么重大的史实错误，是不可原谅的。我没有看到原文，不知道是从原著作者开始就错了，还是译者理解错了。如果是原作者错了，那么，译者应该帮他指出来，帮他把重大疏漏补上，把错误给订正了，要不然就太难看了！

其四，专有名词，包括人名、地名、书名、事件名称等，要规范，要符合学术惯例。举一个有意思的例子。大约从20世纪50年代到60年代，柏克莱加州大学卜弼德（Peter Boodberg）教授主编了一套《中国正史译丛》（*Chinese Dynastic Histories Translations*, University of California Press），这是一套重要的史部文献研究丛书。丛书中有一种，是由柏克莱加州大学Michael C. Rogers译注的*The Chronicle of Fu Chien: A Case of Exemplar History*（University of California Press, 1968）。在《美国中国学手册》中，这本书的书名居然被翻译成“福建地方史”，译者把它当成了一部编年的福建地方史。其实，这是《晋书·苻坚载记》的译注。这个笑话弄得有点大了。如果去翻一翻原书，读几页原文，就会发现书中讲的是苻坚而不是福建。

其五，我个人觉得，无论汉学翻译，还是其他翻译，文字都要规范，要符合汉语表达的习惯，不要翻译出无比繁复的长句让别人费解。译文需要规范。有一些海外汉学家，比如田晓菲教授和何予明教授，她们的英文著作在国内出中文本，都是重新改写的，而不是简单的翻译。早些年，田晓菲教授在中华书局出版的那本《尘几录：陶渊明与手抄本文化研究》，就是她本人译写的。最近出版的何予明教授那本《家国与天下：明代书文化与寻常阅读》，也是她自己改写或者说是译写的文字，读起来就很舒服。作为中译者，应该对原著负责，也应该对中文负责，译文的语言风格应该符合汉语的表述习惯。

其六，所有的海外中国研究译著，最好都要有一篇译者的前言，当然，其他专家也可以写前言。前言不一定要长篇大论，关键要有言简意赅的评介。译者毕竟对原著进行过深细的研读，对著作有较深入的了解，因而最有发言权。前言不仅是译者跟作者的对话，也是译者与读者的对话。

其七，对话还可以采取其他方式，比如译注，比如书评，比如更进一步的书评论文。也可以举办新书分享会、译者与读者及作者的对谈会。可以把原作者请来，或者请与作者关系亲密、熟悉其为人为学的人过来，通过交流对话，使读者对译著有更深入的交流。

做海外中国研究著作的翻译，是一项严肃的工作。译者首先要抱着自尊自重、严肃认真的态度，才能赢得作者和读者的尊重。我翻译《迷楼》时，跟三联书店签了合同，费尽心血，但没有能够按期交稿，差点都没能交付。因为太难了，有时候一天只能翻译一点点，书中征引大量西方诗作，都要重新翻译，需要耗费大量的劳动。现在很多人不重视翻译，很多高校和学术界的评价体系中，几乎没有学术翻译的位置。听刘院长说，华中师大很重视对译著的学术评价。我希望，在座各位从事翻译的学术同道，一方面要抱团取暖，相互切磋，共同为学术翻译做更大贡献；另一方面要集体出声，呼吁学术界建立合理的学术译著评价机制，让我们的工作得到应有的肯定，使我们的辛苦得到应有的回报。

原载《中外论坛》2020 年第 2 期

# 译名游戏

## 一

外国地名译为中文，有好看好听的，也有视听效果平平的，还有不大好看或好听的。西雅图应该属于第一种。本来，“Seattle”只是当年此地一名印第安酋长的名字，质朴无文，不意转译成中文，顿时诗意盎然。不为别的，就为“西雅图”这三个字，略加联想，眼前便出现一幅《西园雅集图》：翩翩文士、依依杨柳，闲情逸致，莫此为甚。难怪西雅图曾被评为美国最富有人文艺术氛围、最适宜居住的城市，这结果一出来，国人便多颔首称是：这么美的地名，诗意扑面而来，能不宜居吗？

这类事例不胜枚举。加州 Yosemite 国家公园，本来也是印第安人起的名字，有译成“优仙美地”的，也有译为“优胜美地”的，使人不免心向往之。这就是汉字独有的魅惑吧。东方人对西方的美好想象和不明就里的热情，以文字的形式固定下来，又传播给一批又一批受众，足以扩散出一阵阵思“洋”之激情。

名不正则言不顺。中国人早有重名的传统，喜欢在名称上做文章。一个人有名还不够，成人以后要有字，字以表德；还要有号，号以明志。有名位的人，怎么称呼，名堂可多了，死后还得加一个谥号。到了帝王身上，更是花样百出，庙号、谥号、尊号，叠床架屋，不一而足。成王败寇，这些名号中不仅严分褒贬，也透出政治功利和文化势利。

从本质上说，译名也是一种称谓，功利和势利不可避免。曾几何时，一个非洲第三世界小国被译为“莫桑鼻给”，不就是例子吗？在天朝上国时代，所有外国都是蛮夷之邦，都免不了“莫桑鼻给”化。想当年，自居上国的清朝，不敌西方列强的船坚炮利，只好在称名之时，加“口”字偏旁以示矮化。古代大巫高踞庙堂，现代小巫只能敬陪末座。

在我看来，翻译有时就像现代“巫术”，无中生有，超凡入圣，变废为宝，化腐朽为神奇，本事大得很。

翻译与巫术，说不定能成为一个交叉学科的课题呢。

## 二

Somerville，美国波士顿旁边的一个小 town，初不知该称其为镇还是城，盖一城一镇，便有若干城乡差别，大意不得。只好去查考该地官方网页，上面赫然写着“City of Somerville”，那就应该是城了。

1995 年至 1996 年，我在这座小城住过一年。卜居于此，是因为地近哈佛，有公车往来，对我来说比较方便。但给家中去信时，提起所住的地方，总觉称名为难。乡贤严几道先生当年早就说过："一名之立，旬日踌躇。"太对啦！老母亲不识英文，总不能原文照搬，一时心血来潮，因思创译。

方案一：正统或西化译法：萨默维尔。

这种译法老老实实，朴质"有"华，细细咀嚼，似乎还能从中品出一点老欧洲的味道。自评：不错。

方案二：中西合璧译法：萨默城。

在英语中，ville 是常见的后缀，译为城、市、镇，皆可。前半译音，后半译意，中西合璧，双语联手，亦不失为东西文化交流之一途。不过发音要注意，说快了，听起来就像"沙漠城"，误导国人。自评：马马虎虎。

方案三：轻度汉化译法：下马威。

此译音义兼顾，令人发思古之幽情。凭什么这么说呢？从我住的那条石头街（Stone Avenue）往北，朝坡上走，可以看见一个城堡，上面长年飘扬着美国国旗。听对美国独立战争史有兴趣的街坊邻居说，这里是升起第一面美国国旗的地方。从我住的石头街向南左拐，便是通往哈佛的主干道，不远处，临街一面宽展的白墙上，画着一群举着美国国旗、骑着高头大马的独立勇士。照那神气和威风，我猜想画中领头的应当是华盛顿。华盛顿到过这儿？没有考证过，不敢确定，也许是我瞎猜的。自评：尚可。

方案四：中度汉化译法：索漠围。

“草树秋生索漠风”，索漠，也可以写作“索寞”，寂寞萧索也。音义兼顾，有些意象和文采，还有些 sentimental。（突然忘了，五四时代是怎么音译这个词来着？）风格与前一种明显不同：前一种是豪放派，这是婉约派，各有千秋。索漠秋风，环境宜人，可惜后一字不那么配合，被寂寞包围，有点扫兴。索性莫不为之，再换一个同音的：“索莫为”，似乎太箴言化了；“索莫微”，又太文艺了，每况愈下。自评：不太好。

方案五：重度汉化译法：桑麻圩。

陶渊明诗曰：“相见无杂言，但道桑麻长。”大有田园意味。圩，也可以写作“围”，饶有乡土气息。很民族化嘛。自评：可以。

花了半天工夫，整出几套方案，食“洋”不化，但对付着也合用了。最终当然只能也只需要用一个。

哪一个？

你猜。

## 三

法语名词分阴性和阳性，不仅生物，无生命的名物概莫有阴阳之分，有意思的很。德语名词更烦，分作阴性、阳性、中性。书（das Buch）是中性，铅笔（der Bleistift）是阳性，钢笔（die

Feder）则是阴性，凭什么呀？太阳、地球是阴性的，月亮反而是阳性，不知道有什么道理可讲，像是存心考验人的记性似的。

相比之下，汉语就简单多了，书就是书，笔就是笔，不分阴、阳、中性。大千世界中，自然有很多生物原有阴阳公母之别，就在名词前加上性别限定，如男女/公母/牝牡等等。在一些方言，如我福州老家的方言中，也可以加在名词之后，“母鸡”“母鸭”可以说成“鸡母”“鸭母”。在古汉语中，好像还有一些字是专门造出来，分指公母阴阳的。但这些基本上只对有生命的物名而言，对诸多无生命的物名，汉语从来不强分性别，“乱点鸳鸯”。另一方面，汉语单字组合造词，指事表意功能无比强大，理论上有无限多种可能性，实际上也解决了不少现实问题。

比如名字的男女性别问题。

赵丽蓉、钱婉约、孙晋芳、李冰冰，一看就知是女性的名字；赵广汉、钱惟演、孙叔敖、李元霸，一看即知是男儿身。字义固然重要，字形、字音也不可忽略。两个汉字重叠的，容易显得阴柔。“昔我往矣，杨柳依依；今我来思，雨雪霏霏”，几乎可以作成婉约词句。所以，以叠字为名的以女性居多。假如兄台您的大名恰好是“孙近方”，“女排热”那一阵，兄台在公众场合报名，多半会引起善意的哄笑。假如令爱的芳名恰好是“李葵”，在“评《水浒》”那一阵，或者早几年电视剧《水浒传》热播那一会儿，她肯定会引起周围人的特别关注，有人可能会假装好奇，问她带了板斧没有。

当然，中性的名字也不少，男名阴柔，女名阳刚的，亦可以见到。比如武曌/武则天，日月当空，惟天为则，气魄雄强，绝对超过那个“飞龙在天”的南汉皇帝刘䶮。难怪一个是大唐女主，另一个只能是偏安小国之君。名字为谶，其义渊深，这是姓名学的研究课题，且即打住，不要扯远了。

己之所欲，可施于人。名字要分男女这条准则，国人亦放之于四海，在翻译外来人名时，带出一连串好玩的话题。

Sharon Stone 是美国好莱坞明星，前些年作为艳星“蹿红”，近来似乎有些“过气”了。最新流行语词中，有一个是“官方网站”（official website），我总是纳闷，很多分明是民间的、个人的网站，怎么一下子都“官方”化了？倒不是人家有意“狐假虎威”，说来又是翻译作怪。Stone 女士想必有她的“官方网站”，但大概未必有中文版。她倒是有“官方”译名，却是民间约定俗成的“莎朗·斯通”。“莎朗”自然不错，“莎”字尤可称是点睛之笔。“斯通”则显得粗糙，有大牌导演奥利佛·斯通（Oliver Stone）专美于前，再用此译，似乎有意附凤攀龙，分一杯羹。瓜田李下，一些海外华文媒体或有鉴于此，乃译为“莎朗·史东”，庶几略胜一筹，但性别特征仍嫌不够突出。

看过电影《本能》的，莫不对其中那个冷艳的女主角印象深刻。前一刻还在温柔旖旎之乡，刹那间阴毒血腥，情郎哥死于非命，岂止同床异梦，实是变生肘腋。冰凿杀人的场面，真是惊世骇俗，只有李昂《杀夫》得其仿佛。与人“私通”于前，“杀害情郎”

在后，“杀郎·私通”四字，可作此片情节之高度概括。难怪导演选她为女一号，天时、地利、名合啊！

这是典型的刻画“（好莱）坞演（员）”，唐突“西”施，无聊游戏，罪过罪过！不过冷静下来，真的可以好好想想：除此之外，汉语其他名称，比如地名和译名中，是不是也有性别问题？

2006 年

# 第三辑

## 维多利亚学究

1883年，38岁的翟理斯（H.A.Giles，1845—1935）自费出版了 *Gems of Chinese Literature*（*Prose*），第二年，此书由上海的 Kelly & Walsh 出版社正式出版。中文的书名，不用翻译，在封面上已用汉字明明白白地写着“古文选珍”。“古文”二字用的是在外国人眼中显得尤其新奇奥妙的九叠文（亦称“上方大篆”），“选珍”二字则是美术化了的篆字。早几年，翟理斯已经出版了蒲松龄《聊斋志异》的选译，要跟这本《古文选珍》比起来，前者不仅选材范围比较单纯，原文难度也小得多。

《古文选珍》封底是一篇中文序，用毛笔行书抄写，全文如下：

> 余习中华语，因得纵观其古今书籍，于今差十有六载矣。今不揣固陋，采古文数篇，译之英文，以便本国士人诵习。观斯集者，亦应恍然于中国文教之振兴、辞章之懿铄，迥非吾国往日之文身断发、茹毛饮血者所能

仿佛其万一也。是为序。

岁在癸未春初（？），翟理斯耀山氏识。

“癸未春初”一句，“初”字疑不能定，从字形上看，也有些像“日”，姑且存疑待考。

初拿到此书，看到封底这篇署名翟理斯的流美的行书作品，有匪夷所思之感。欧美汉学家中能够写一手漂亮汉字的，我所知道的有前牛津大学教授、英译《红楼梦》的著名学者霍克思（David Hawkes），那一笔娴熟飘逸的汉字手书，真要让很多国人自愧不如。如果翟理斯能写这样的毛笔字，那也要“惊若天人”。再看翟氏本人在卷前所附《中国文学小记》（*Note on Chinese Literature*）中的说明，才知道这篇序文的书撰出自一位福州士人之手，他是受翟理斯的委托而代笔的。这里所谓“代笔”，包括两个方面的意思。一是翟理斯不会用毛笔，要请他代笔；二是翟理斯不会用文言文作文，也要请他捉刀。读这篇中文序言，虽然通篇是翟理斯的口吻，却明显掺入了捉刀人的立场观点。

为翟理斯捉刀的人名叫Nien Yung-ting，从翟理斯的介绍来看，他应当是一位年轻举人（Master of Arts），可惜在1883年8月12日之前，就不幸英年早逝。我想对这位乡前辈的生平多了解一些，于是去查民国二十二年（1933）出版的《闽侯县志》，果然在卷四十三《选举志·清举人》中，找到一位闽县粘云鼎，光绪五年（1879）举人，就是他了。粘姓不太常见，据说出自金源，是女真族的后裔，今天在闽台一带还有其子孙。说不定，这篇序文是粘云鼎留存人间的唯一手迹。

翟理斯的目的，是以这篇序文为样本，使英语读者在欣赏中国文学内容之美外，进而领略其书写形式之美。他特别透过朋友Kaw Hong-Beng的介绍，请粘云鼎撰书这篇序文。翟理斯特别注明，Kaw Hong-Beng先生是爱丁堡大学文学硕士（M.A.University of Edinburgh）。从时代和学历两方面来看，Kaw Hong-Beng应该就是晚清文化奇人辜鸿铭，至于名字拼法与习见者略有不同，则可能与方言发音有关。在《古文选珍》出版前几年，翟理斯正好担任英国驻厦门代理领事，而辜鸿铭的原籍福建同安，就是厦门的邻县也是属县。有上述这么几层关系，他们完全有可能见面并相识。

这篇序文显然是在翟理斯的授意下写成的。一个英国人，面向他的同胞介绍中国文学，却请一个中国人，用英国人的名义，用汉语来写，其立场和观点与众不同，殊堪寻味。在中文学术出版物中，提到翟理斯的名字，有人写作“翟理斯”，有人写作“翟理思”，还有人写作“翟尔斯”甚至“贾尔斯”，莫衷一是，大有公说公有理、婆说婆有理的架势。如果严格按这个姓氏的英语读音，写作“翟尔斯”似乎更好一些，但是，从这篇得到翟理斯本人授权并且认可的中文序言来看，则应该写作“翟理斯”。名从主人，大家都要尊重习惯，约定俗成。

粘云鼎序中除了提到翟理斯的姓名，还提到了翟理斯的字：

耀山氏。古语常说“山辉川耀”，“耀山”也不是说不通。不过，辜鸿铭等人的书中，还提到了翟理斯的另一本著作《𡾰山笔记》，这部笔记显然是以翟理斯氏的字命名的——中国传统士人喜欢以字号斋名冠于自己的笔记，翟氏不过师其故技罢了。“𡾰”字很不常见，也不常用，说老实话，我也是查了《汉语大字典》才认识它的。《龙龛手镜》上收了这个字，说读音同“翟”（dí），又说《广弘明集》中用到这个字，却没有进一步解释其字义。根据《龙龛手镜》一书的性质，我猜想这是一个俗字，也许就是“翟”字的一种别写。再一查《康熙字典》，那上面引了《正字通》，果然说这是俗字，我的猜测并不太离谱。可惜，《康熙字典》也没有对字义的解释。

这么稀罕的一个字，怎么被翟理斯挑中来用作他的字呢？一开始，我很有点怀疑。为了这一点怀疑，我特地去查了翟理斯本人所编的《华英辞典》，翻遍了美国西雅图华盛顿大学东亚图书馆参考书阅览室摆的几种版本，都没有收这个字。看来，翟理斯并非不知道这个字是僻字，但他居然用了这个字当他的字。我在怀疑之外，更加好奇了。

不死心，我又去核查《𡾰山笔记》原书。这笔记陆续出了好多本，我肯定某一卷上面用过这个中文书名，显然，辜鸿铭不会无中生有，捏造这个名称。华盛顿大学图书馆藏有《𡾰山笔记》，可惜不全，第一卷就没有，而我估计，《𡾰山笔记》的书名，最有可能出现在第一卷。在网上查了其他大学的收藏，发现哈佛大学的珍本收藏中有这本书，版本较全。2006年11月初到哈佛讲学，来去匆匆，竟然抽不出专门时间，到魏德纳图书馆珍本书库中看一看。幸好有一位哈佛大学东亚系的博士生“见义勇为”，拔刀相助，帮我到库里找到了这本书，并且拍了图片发来。阿弥陀佛，善哉善哉！*Adversaria Sinica*第一卷的扉页上，赫然有“嶍山笔记”四字，而且是从右往左横排，很中国，也很古雅，我又一次猜对，不免有些自鸣得意。

不过，问题并没有完全解决。翟理斯干嘛要用“嶍”这样的僻字，非用这个字不可吗？当然，这个字字形不错，又与“翟”音义相通，可惜的是，它“藏在深闺”，难得一见。既然难得一见，翟理斯是怎么见到的呢？我的推测是，翟理斯毕竟是编过字典的人，他肯定要认真参考《康熙字典》，免不了经常翻阅。对那个时代的西方汉学家来说，《康熙字典》实在太有名也太有用了。说不准，翟理斯就是在编字典的时候，发现了这个字，于是如获至宝，在自个儿的字中，用上这个字。也算显摆一回。

说翟理斯“显摆”，不是没有根据的。有一次跟康达维教授谈起翟理斯，他说，他并不喜欢翟氏那种维多利亚时代的文体。在今天的读者看来，翟理斯的那种文体确实是文绉绉的，有点装腔作势。远的不说，就说“Adversaria Sinica”这个书名。按字面直译，这个书名意为“汉学笔记”。“Sinica”，也许不算生僻，但是“Adversaria”这个单词，就生僻得有点与人为难了，不信你试一试，一般的字典上都找不到。人生识字糊涂始，秀才读字读半边，我也是这样。这个字跟“adversarial”长得太像了，一开始，我疑心“adversaria”也跟“对手的 / 敌对的”有什么关系。直到看了翟理斯的自序，才恍然大悟：这是哪儿跟哪儿啊！原来，“adversaria”就是“笔记本”（notebook）的意思；原来，它跟“adversarial”八竿子也打不上；原来，古罗马作家西塞罗（Cicero）早就用过这个字；原来，它是拉丁文。我真是孤陋寡闻，望文生义，差点郢书燕说！不过，读完翟理斯序之后，我的自惭略有减轻。误解或者不解这个字的大有人在，要不然，翟理斯才不会在 *Adversaria Sinica* 1914 年重印本的序言中，专门花一段笔墨，来解释一通呢。不惮辞费，这麻烦是他自找的，当然不能怨别人。

我一开始怀疑，“耀”字也许是与翟理斯相熟的某个中国学究帮他找的，这部笔记的中文书名，也可能是这个学究在后面帮他出谋划策。现在想来，未必如此。翟理斯本身就是个学究，英国维多利亚时代的学究，与中国晚清的学究，孰少孰多，正未易断言。

说翟理斯是学究，还可以从他另一本选本《古诗选珍》即 *Gems of Chinese Literature*（*Verse*）中看出来。翟理斯似乎比较偏爱文学故事，那些被有趣的遗闻佚事包裹着的诗作，他总不愿意漏掉，比如唐代诗人李涉遇盗而作的诗：“暮雨潇潇江上村，绿林豪客夜知闻。他时不用藏名姓，世上如今半是君。”又比如隋代诗人薛道衡的《人日诗》：“入春才七日，离家已二年。人归落雁后，思发在花前。”诗话一类的书中，都爱讲述环绕这些诗作的轶事，翟理斯对此也情有独钟。除了诗歌中的故事性，他也欣赏诗中的理趣，这体现了在英国诗歌史背景下成长起来的翟理斯的个人趣味。

说到最后，“耀山”又该如何解释呢？《古文选珍》中文序虽然不是翟理斯亲笔，但毕竟是受他委托，属于代撰、代笔，也有很高的可信度。“耀”“嶤”两相矛盾，不相上下。我现在的想法是，这两种写法有可能都不错：翟理斯先用“耀山”为字，后来才改成“嶤山”。孔乙己说，“回”字有四种写法；翟理斯说，“翟”字有两种写法。

2008 年

# 众里寻她

从纽约到New Brunswick，搭新泽西通勤火车（New Jersey Transit），很轻巧地就到了。New Brunswick虽然是一座小城，却颇有历史，从火车站望过去，就能看到远处几座古老教堂的尖顶，在地平线上画出古色古香的线条。城真的很小，除了拉特格斯大学即新泽西州立大学（Rutgers，New Jersey State University）之外，本地人还会告诉你，这是美国强生总部（Johnson & Johnson World Headquarters）之所在。确实，对一般人，尤其是我这样的外国人来说，这里听来耳熟能详的，大概仅此两端而已了。从大学校区逶迤流过的那条小河，当然也很漂亮，不过，眼下这所大学最吸引我的，并不是清澈的小河、巍峨的教堂、整齐的街道、宁静的大学宾馆，也不是我此行的主要目的地大学图书馆，而是在图书馆档案室某个地方静静地躺着的一册笔记本。

1916年，27岁的英国博物馆东方绘画与图片分部工作人员，后来成为20世纪西方最著名汉学家和翻译家之一的魏理（Arthur

Waley，1889—1966），将自己“牛刀小试”的成果——英译中国古代诗歌52首汇编成一册，自费出版了。这本书名叫“中国诗选”（*Chinese Poems*）。他没有很多钱，所以此书总共只装印了50本左右。在当时的英国知识界和读书界，魏理还是一个无名之辈，没有什么人读过他的英译汉诗，所以，要决定将为数不多的印本送给哪些人，才能最大限度地扩展此书的影响，便颇费思量。事先，魏理开列了一份61人的名单，显然，这个名单是他好好考虑过的。书少人多，可以肯定，这61人中，有少数几位没有得到魏理的赠书——究竟是哪些人运气不好，其实并不重要。这些人虽然最终没有收到赠书，但是只要理解，当魏理考虑赠书名单时，这些名字曾经浮现于他的脑海中，便足够了。他们都是魏理的朋友，有过各种形式的交往。从这一交游网络中，我们甚至可以重构出一幅20世纪初伦敦文化界交游圈子的图像，意义甚大。对我的魏理研究来说，不用说，这份名单是相当重要的。

很遗憾，到我写这篇文章为止，我手头上还没有这份名单的完整版。若干年前，从《阿瑟·魏理书目》（Johns, Francis A., *A Bibliography of Arthur Waley*, George Allen & Unwin, London, 1968）的一条注释中，我得知有这么一份名单，并且看到了这份名单上的22个人名，超过总名单的三分之一，仅此而已。这22人，个个都是当时英国文化界、知识界、文学界的“牛人”。今天提起来，他们的名字也还都是响当当的：剑桥大学著名教授迪金森（G.Lowes Dickinson）、著名哲学家罗素（A.G.B.Russell）、著名翻译家特里维廉（Robert C.Travelyan）、艺术评价家弗莱（Roger Fry）、著名诗人宾扬（Lawrence Binyon）、庞德（Ezra Pound）、艾略特（T.S.Eliot）、著名作家及学者贝尔（Clive Bell）、著名学者伦纳德·吴尔芙（L.Woolf）、大诗人叶慈（W.B.Yeats）……真是“琳琅满目”，让人开眼。开眼之馀，我不能不心生好奇：那另外39个，都是些什么人呢？

《阿瑟·魏理书目》的编者，是拉特格斯大学图书馆馆员弗兰西斯·A.约翰斯（Francis A.Johns）。数十年前，正是他，不远千里从新泽西跑到伦敦，把魏理家属打算或者已经弃如敝屣、“清扫出门”的那些废纸垃圾当作宝贝，全部买了下来，又从伦敦运回到New Brunswick，在大学图书馆中专门建立了一个魏理档案，为后来的研究者提供了宝贵的资料。据约翰斯说，那部写有赠书名单的笔记本就在这批档案中，现在仍然收藏在拉特格斯大学图书馆档案室里。

光阴如白驹过隙。屈指算来，约翰斯说这句话，已经是将近四十年前的事了。四十年时光恍如一梦。我抵达New Brunswick之时，是星期天的黄昏时分。在静谧的大学宾馆安顿下来，略事休息，接待我的当地主人就请我出去吃饭。我迫不及待地打听档案室和约翰斯的情况，得到的回答是：“约翰斯早在几年前就去世了。”物是人非，我不禁慨然兴叹。“明天是星期一，档案室照例不开。”是吗？我有点沮丧。

星期一是个晴朗的日子，深秋的阳光透过薄薄的云层，洒在青翠的松柏枝叶上，洒在旅人的身上，让我觉得格外温暖。主人开车带我看校园和城市街景，沿河两岸，走“车”观花，新泽西州的秋叶争妍斗艳，比之新英格兰也丝毫不逊色。可惜，我无心看秋景，只想早点去档案室，心存一丝侥幸：或许主人记错了，档案室星期一是开放的。这“侥幸”毫无根据，档案室当然是关门的，好在还有一个负责人，在后面的办公室里忙别的事。我说明了情况，远道而来，就为了要看这个笔记本。他表示理解，也表示知道有这么一个魏理档案，那笔记本应即在其中，可是今天管理档案的人不在，只能明天来。真是的，照我原先的估计，星期一除了讲演，还有大半天时间，61 个人的名单，就算从头到尾抄一遍，半个小时也足够了。行程的下一站是费城，原计划星期二上午出发，中午前就可以到达，现在看来，只好调整啦。

星期二上午 9 点，档案室开门了，我准点到馆，他们果然践诺，在我到来之前，已经将我所要的材料找好，摆放在大大的书桌上。我以为只是一本小小的笔记本，没料到桌上放了三大盒，里面有若干册笔记本，还有别的杂七八拉的东西，明信片、信件、本子乃至纸片等等。我朝思暮想的那个笔记本呢？很遗憾，他们没有找到。魏理的档案，以及与他共同生活了几十年的女友贝丽尔（Beryl de Zoete）的档案，合起来有十几盒，每个盒子上都有目录提要，整理归类，井然有序。一大早，他们已经把可能的盒子都翻了一遍，找到几册记事本、地址本，却没有我要看的那本。在这已经工作了好几年的档案管理员也感到奇怪，还没法向我解释，面对我的失望，一直表示歉意。我并不需要他们的歉意，我需要的是那份名单，没有办法，只好继续耐心翻找他们拿出来的资料，对那几种记事本、地址本，更是小心翼翼地检视，一页页翻过去，耐心辨认魏理和贝丽尔时而工整时而潦草的手迹，生怕漏过什么，指望从中发现那份61人的名单，最终，还是失望了。

时间一分一分地过去，早已不止半小时。我不甘心，根据档案目录的提示，又另外调看了六七盒档案资料。时间一小时一小时地过去，上午在不知不觉中离我远去。在大学食堂中，我草草吃了一顿中饭，用手机通知费城的朋友我要迟到半天，就回档案室的阅览室继续未完的检阅工作。夜幕降临，仍无所获。在黄昏的朦胧光线中，我无奈地收起行李，谢过管理员，也收下他们递过来的名片，怅然离馆而去。

那部笔记本在哪儿呢？会不会整理归档时摆错地方了？如果在另外的档案盒子里，只是因为目录提示不完备，我竟然失之交臂，那真是太遗憾了。如果我在这里多停几天，就可以翻遍所有相关档案，也许就能找到我所要找的那本笔记。也许，那本笔记失踪了，要不，两位十分敬业也很专业的管理员，怎么会找不到呢？也许，可以再让管理员帮我找一找？坐在从New Brunswick到费城的火车上，我一遍遍寻思着。

笔记本，你究竟在哪里？

2007年

**附注：**一年后，我又有机会到普林斯顿大学参加一个学术会议，打算顺路重访 New Brunswick，还是为了那册笔记本。临行之际，通过电子邮件，与 Rutgers 大学档案室管理人员再次取得联系。感谢他们的耐心和细心，终于在纷繁的档案材料中，帮我找到了那册笔记本，并且扫描成 PDF 文件，把电子本发给了我。好事多磨，也应了一句中国的老话："踏破铁鞋无觅处，得来全不费工夫。"

2008 年

# 魏理与两个女人及一个“恋”字

2001年5月12日。

距离我为阿瑟·魏理（Arthur Waley, 1889—1966）的研究课题到牛津大学访学还不到一个月，《泰晤士报》上就刊出了阿莉森·格兰特女士（Alison Grant，1901.4.29—2001.5.10）去世的讣告。那几天，与我相熟的几位好心的牛津大学教授，比如霍克思（David Hawkes）、杜德桥（Glen Dudbridge）和苏立文（Michael Sullivan）等，碰到我，都会关切地问我看到这篇讣告没有。听我说看过了，他们又推荐我看阿莉森写的一本书，对我的研究课题，这本书同样很重要。

在我看来，在20世纪欧美汉学家中，魏理绝对算得上传奇人物，他是汉学圈内的一个异数。这位语言天才全靠自学，没有受过一天科班训练，竟然精通了中文和日文。他对语言文字有神奇的艺术感觉，手中那一支生花妙笔，把中国和日本的古典诗赋小说，把李白、白居易、袁枚的诗意人生，把中日古典文化的趣味和精彩，输送到西方读者面前，缤纷满目，真堪“颠倒众生”。这些书一版再版，有的至今仍然行销不绝。谁能料到，这个一生自作诗篇屈指可数的人，只靠翻译中国古诗，居然获得了英国诗歌界的最高荣誉——女王诗歌奖章（Queen’s Medal for Poetry）——这也是史上绝无仅有的一例。同样让人感到意外的是，这位沉浸于中国文化海洋中的学者，并没有一个自选的汉名，如今，中文文献中提到他，“韦利”“魏利”“魏莱”“韦理”，莫衷一是，我以为准其音调，应作“魏理”为是。更出人意料的是，魏理一生研究中国和日本的历史与文化，却拒绝踏上东亚大地一步，据说只是为了不破坏他心中对古代中国和日本的想象。这样一个传奇人物，谈到他的私生活，也有一段掌故可以拿来说说，这掌故与阿莉森·格兰特女士有关。

这位活了一百岁还多十几天的阿莉森女士，是何方神圣，有那么重要？原来，她是魏理的妻子，三四十年前，在英国文化界，她也算得上一位名人。至少，1966 年 5 月 26 日，当魏理和阿莉森·格兰特·罗宾逊（Alison Grant Robinson）结婚的消息传出来，魏理的亲戚朋友们都很吃惊，当时的英国文化界也颇受震撼。那个日子离魏理去世只有一个月，也就是说，这场婚姻实际上只持续了一个月，虽然不是“昙花一现”，却也短暂得让人起疑。阿莉森大概也没有算到，她会这样长寿，在魏理去世后，她又活了三十五年，差不多两代人的时间。难怪，看《泰晤士报》讣告上的语气，她仿佛来自一个遥远的世代，仿佛只有那种遥远的世代，才有那种奇异的爱情和婚姻。

魏理曾经表示，他不想结婚。在阿莉森之前，魏理有过一位女朋友：舞蹈家贝丽尔（Beryl de Zoete, 1879—1962）。直到1962年3月贝丽尔病逝，他们一起生活了数十年。两个人的家庭背景、教育背景都很相似，但在生活习惯和兴趣爱好上有很多不同：一个是专业舞蹈家，另一个却根本不会跳舞；一个喜欢世界各地旅行，另一个却只喜欢冬天滑雪；一个喜欢社交，另一个则更爱独处。两个人各忙各的事儿，却很合得来。他们从来没有提

阿莉森·格兰特
（Alison Grant，1901—2001）

到结婚的事，魏理不提，贝丽尔也不想，她根本不在意名分。熟悉魏理的人，包括他的亲人、朋友和学生辈，也都知道以魏理那种闲云野鹤的生活方式，加上内向沉静、缄默寡言的个性，他并不适合芸芸众生的那一类婚姻。至于他和阿莉森的这场婚事，很多人都说魏理是被动甚至被迫的。应该说，对于桑榆晚景的魏理，阿莉森确实给过很多帮助，人非草木，孰能无情？就常理来说，魏理心中也不能不有一种感激之情。据说阿莉森一再催逼魏理，希望魏理在有生之年给她一个名分。到 1966 年 5 月，魏理已经如《陈情表》中写的，“日薄西山，气息奄奄，人命危浅，朝不保夕”，终于拗不过阿莉森，答应了她。

在魏理身后，阿莉森以遗孀的身份参加英国文化界的活动，颇为活跃。1973 年，她曾以魏理夫人的身份，缩写了魏理的英译本《西游记》。1982 年，已步入耄耋之年的阿莉森在伦敦 Weidenfeld and Nicolson 出版社出版了一部传记《两生有半》（*A Half of Two Lives*），回首当年，有如白头宫女说开天。书中最重头的内容，是回忆她与魏理从相识到相恋的过程。这就是霍克思等几位教授向我提到的那本书。我这里说这本书是传记，因为作者本人是这么定位的，但是，很多了解内情的当事人都不同意，他们认为这是一部小说，因为虚构的内容太多了。与晚年的魏理过从甚密的著名汉学家苏立文教授就曾明确告诉我，魏理与阿莉森的关系，根本不是她说的那么一回事。他们根本不是一家人，魏理晚年受病痛的困扰，不良于行，阿莉森主动靠近，帮他开车，为他料理一些日常生活杂事。苏立文教授说，他亲眼看到，魏理对待阿莉森的那种态度，只是像对待车夫（driver）那般，虽然彬彬有礼，但那根本不是夫妻或爱人之间“相敬如宾”的那种感觉。笔者手上掌握的一些材料也显示，魏理家族对于作为魏理夫人的阿莉森，一直心存芥蒂，在法律上，他们不得不承认她的名分，却从来没有准备接纳她为大家庭的一员。与此相映成趣的是，贝丽尔虽然没有妻子的名分，却受到魏理家族的欢迎。对于阿莉森来说，每次想到这一点，可能都是很沮丧的。

魏理的弟妹在一篇回忆录中认为，贝丽尔和魏理是天造地设的一对儿。在这篇回忆中，她还提到，1957 年贝丽尔曾到访中国，可惜她语焉不详，无法究诘。事隔整整半个世纪，关于此次旅行，不知今天在中国还有没有可能找到一些蛛丝马迹？众所周知，魏理终生研究中国和日本，却毕生不曾踏上东亚的土地。如果当年贝丽尔说服魏理跟她一起去往中国，那将会是怎样的情形呢？当然，这只是我的好奇和假想而已。贝丽尔年长魏理十岁，这是一场典型的“姐弟恋”，可是，在多年的共同生活中，贝丽尔从来没有将自己的意愿强加给魏理，更没有改造魏理的企图。他们两人各自独立，又相互尊重。1962 年贝丽尔去世后，魏理腾出自己的宝贵时间，编定出版了她生前未能完成的一本文集，并在 1963 年出版，足见彼此情感的真挚。在这一方面，比魏理年轻十二岁的阿莉森，个性却跟贝丽尔大不相同。

阿莉森女士出生于新西兰，20 世纪 20 年代末来到英国，先与一位姓罗宾逊（Robinson）的英国人结了婚，后来离异，所以，人们有时候也称她为罗宾逊夫人。1929 年夏季的一天，在伦敦 Charlotte Street 的一家咖啡店，阿莉森第一次见到她所崇拜的诗人兼翻译家魏理。那时候，28 岁的阿莉森只是一个热心而落魄的文艺青年，而 40 岁的魏理早已蜚声英国文坛、学界。这次邂逅的经过，在书中成了一段浪漫的故事，写得充满了戏剧性，环境气氛的渲染、细节的描摹、对话和心理描写，处处都像小说笔法。在她的笔下，贝丽尔被写成一个敏感、妒忌、粗暴的女人，根本不关心魏理，时常疑神疑鬼，担心魏理背叛自己。而魏理和阿莉森的来往，给读者的感觉，好像偷偷摸摸的，有如地下工作一般，真是苦恋啊！应该承认，书中的文字描写蛮生动细腻的，可是，这可靠吗？有人说了，干脆就是写小说吧，怎么能算传记呢？

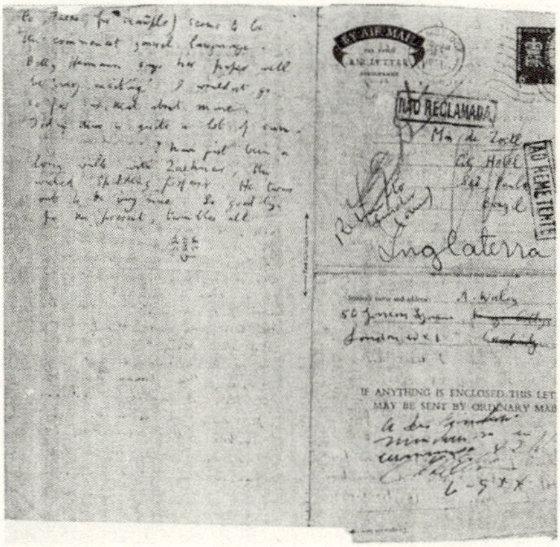


魏理寄给贝丽尔的明信片（1954年8月23日）

不管怎么样，阿莉森认定她写的是传记，还不是一般的传记，而是爱情主题的传记。所以，她那本书的书脊上方除英文作者名和书名外，更有一个中文繁体字——“戀”字。第一次看到这个汉字，我并没有特别的感觉，只觉得这大概因为魏理是个汉学家，又以中国文学翻译著称于世，作者阿莉森或者出版社有意通过这个字，营造一种异域风情，以吸引读者罢了。

现在看来，恐怕不这么简单。

2006年10月，我为查找一本魏理用过的笔记本来到New Brunswick，那是拉特格斯大学（Rutgers University，即新泽西州立大学）的所在。这座大学的图书馆档案室中，不仅有魏理的档

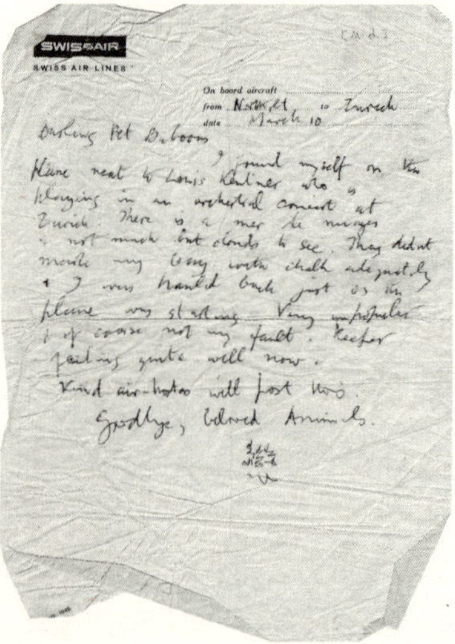
SWISSAIR
SWISS AIR LINES
On board aircraft
from Northolt to Zurich
date March 10
Darling Pet Baboon
I found myself on the plane next to Louis Kentner who is playing in an orchestral concert at Zurich. There is a mer de nuages & not much but clouds to see. They didn't mark my bag with chalk adequately & I was hauled back just as the plane was starting. Very unpleasant & of course not my fault. Keeper feeling quite well now.
Kind air-hostess will post this.
Goodbye, beloved Animals.

魏理致贝丽尔，写有繁体汉字“戀”的信札

案，也有好多盒贝丽尔的档案，包括她的往来信件、笔记本、地址簿和创作的草稿等等。那些杂乱无章的信件中，有一些是魏理寄给贝丽尔的，有的是信，有的是明信片。辨认魏理潦草的手书，可把我累惨了，更惨的是最终没有看到我要找的那本笔记。但这些信和明信片末尾的签名，却使我眼睛一亮。在给自己的爱人写信的时候，魏理的签名不是自己的名字，而是一个繁体汉字——“恋”。我特别注意了一下，这种别出心裁、充满爱意的签名，只出现在他给贝丽尔的信中，在致其他亲属友人的信中，都没有出现过。

其实，魏理的手迹我是见过的。2001 年那次访学英伦，在牛津大学中国研究图书馆翻书的时候，在一个书架上，很偶然地发现了一些阿瑟·魏理的藏书，当然是魏理赠送的。首先让我感兴趣的是一册《元白诗笺证稿》，广州岭南大学中国文化研究室 1950 年印本，扉页上有毛笔竖题的两行字：

魏莱先生 教正

寅恪

看得出这是陈寅恪先生当年题赠魏理的书，辨认墨迹，也能看出题字乃陈夫人唐筼代书。另外，还有一套诸子著作系列，属于 20 世纪 30 年代商务印书馆出的那套《国学基本丛书》，从图书馆贴的标签上，可以确认原先也是魏理的藏书，后来送给了牛津大学。这些诸子著作中好几本有魏理的批注，很多是汉字，散见各处，记得当时我还曾经拿去复印，以留存魏理的手迹。可是，比起眼下的这个“恋”字，那些手书的意义便小多了。

从邮戳上看，这封信是魏理1954年8月23日发出的。他当时大概在剑桥大学，所以寄件人地址上，一开始写的是“剑桥国王学院”（King’s College, Cambridge），后来发觉不妥，又改为“伦敦戈登广场50号”（50 Gordon Square, London, W.C.1），那是魏理的住处，W.C.1是此地的邮政编码。收件人是巴西圣保罗城市旅店的de Zoete夫人。从信封上的批注来看，可能由于地址不详或别的原因，这封信后来被退还寄信人。这封信上写的，无非某天太阳很好、跟某人出去远足、某人说她的论文非常激动人心等等，都是一些家常话，而另一封信上，魏理则亲昵地称贝丽尔为“Daring Pet Baboon”“beloved animals”，柔情蜜意，跃然纸上。也许，阿莉森正是因为看到这一些，而受到启发甚至刺激，于是在她自己的书脊上也用了这个“恋”字吧。如果是这样，那么，这小小的、看似不经意的偶合中，是否也隐藏着她对某些事的耿耿于怀呢？

那句古语是怎么说来着？“失之东隅，收之桑榆。”说的就是我的那次New Brunswick之行。

原载《读书》2008年第2期

# 风流才子高罗佩

在欧美汉学家中，荷兰人高罗佩（Robert Hans van Gulik，1910—1967）绝对算得上风流才子。数风流人物，可以有不同的标准，可以从不同的角度。高罗佩的风流，从以下两个方面来看，最是名副其实。

高罗佩平生钻研汉学，琴棋书画、诗词小说，无一不通。中国传统风流才子所有的趣味和本领，他几乎一样不缺。才子们所擅长的那些玩意儿，他样样都玩过，不仅都上了得手，还一点不稀松平常。他给自己起了汉名高罗佩，还有字，叫忘笑，起了号，叫芝台，还有多个室名斋号，包括集义斋、中和琴室、犹忘斋、吟月庵、尊明阁等，足见其风雅兴味不浅。书画之外，他也喜欢篆刻，不仅专程拜访齐白石，请齐白石将自己用过的印章钤盖于一个立轴之上，以便典藏和欣赏，还为自己的“中和琴室”刻了一方印章，也可以说中规中矩。这样一个博雅的才子，又迎娶名门美女水永芳为妻，自然不愧为风流，不枉称为才子。他在风靡东西洋的小说系列《狄仁杰断案》中塑造的狄仁杰形象，很大程度上体现了他对古代中国社会的综合知识，也在一定程度上反映了他对风流的自我认同，所谓“风流自赏”也。在我的感觉中，高罗佩仿佛来自明清时代的某个江南小镇，可以想象他若见到唐伯虎、祝枝山一干人，定当把臂入林，欣欣然引为同调。此其一。

高罗佩沉潜在中国文化的汪洋中，流连忘返。他的学术兴趣中最堪称“风流”的，他的汉学研究中最负有俗世“盛名”，可能也最不容易得到举世俗人正确理解的，是他的《明代春宫彩印》（亦译为“秘戏图考”）和《中国古代房内考》——既然这也算是一门“风流”之学，那么，称他为风流才子，便可谓“名不虚传”。此其二。

既是风流才子，对才艺、对世事，他往往不免采取一种“游戏/玩”的心态，敢于“玩”，善于“玩”，更重要的是，还能玩得精彩，玩出境界，玩物而见志。对于高罗佩的“玩”，下面举几个例子，便可以有个感性的认知。

1968 年，刚从美国西雅图华盛顿大学退休的著名汉学家萧公权先生（1897—1981），应台湾《传记文学》杂志之约，撰写个人回忆录。他感慨“年过七十，往者既不可谏，来者也少可追”，因而将回忆录命名为“问学谏往录——萧公权治学漫忆”（学林出版社，1997 年）。萧公权一生专攻政治学，成就卓著，却对古典诗歌情有独钟。《问学谏往录》中专门设置两章，总题为“何莫学夫诗”，谈及他与同样嗜好古典诗歌、谊兼师友的吴宓的诗歌交往，也谈及他与精研古典诗学的朱自清及其他诗友的诗歌唱和。在这节自述学诗历程与心得的文字最后，萧公权写道：

> 《传记文学》十四卷第一期里刊载荷兰汉学家高罗佩十几年前所作送徐文镜的一首诗："漫逐浮云到此乡，故人邂逅得传觞。巴渝旧事君应忆，潭水深情我未忘。宦绩敢云希陆贾，游踪聊喜继玄奘。匆匆聚首匆匆别，更泛沧浪万里长。"西洋人能够作这样典雅工整、出色当行的旧诗，我这个土生土长的中国人，更不妨大胆尝试一下了。

这一段话曲终奏雅，殊有意味。萧公权有深厚的旧学功底，其旧诗创作成绩相当突出，有目共睹。与萧公权颇有唱酬往来的诗友朱自清是诗学专家，对于萧氏诗作的评价也很高。高罗佩这首诗能入萧公权之法眼，洵属不易。从诗体上说，这首诗是七律，创作上有一定难度；从题材上说，这首诗是送别友人之作，这是古典诗歌中最为习见的题材之一，前人之作汗牛充栋，高罗佩居然写得这么有模有样，堪称出手不凡。出生于20世纪的日本汉学家中，能写出这样的诗的人已不多见，在欧美汉学家中，更是稀如星凤了。总之，高罗佩的律诗创作能达到这样的水准，令人赞叹。

顺带说一下，高罗佩诗中的徐文镜（1895—1975），是现代著名书画篆刻家，同时也是现代浙派古琴大师。1943 年 3 月，高罗佩抵达重庆，担任荷兰驻华使馆一等秘书。那时，徐文镜恰好也在重庆，担任国民政府铸印局技正。因为共同的书画古琴爱好，高、徐二人颇有交往。是年，徐文镜与其兄徐元白等同好友人在重庆成立天风琴社，高罗佩也是这个琴社的成员之一。他与徐氏兄弟等琴社中人相与切磋琴艺，过往甚多。后来，徐文镜曾造“松风寒”古琴，请高罗佩为之题写琴名。施晔在其专著《荷兰汉学家高罗佩研究》中，附录有《高罗佩在渝期间交游考》一文，对此考证甚详，这里就不赘述了。

说完吟诗，再说作对。对联是具有中国民族特色、体现汉语言文字优势的文学艺术形式，源远流长，传播极广，对高罗佩也有很大的吸引力。高罗佩在重庆之时，被称为“当代草圣”的著名书法家于右任曾以草书对联“看山爱竹了公事；焚香挂画似神仙”相赠，这副对联至今仍为高罗佩家族所保存。高罗佩家族还收藏有一副由著名音乐家甘涛撰书的对联：“凤凰于飞，梧叶秋风喜顾曲；琴瑟协律，高山流水缔知音。”甘涛字汉波，出身于南京戏曲世家甘氏，是甘贡三次子。这副贺喜对联的上款是“罗佩先生、永芳女士结婚志喜”，下款是“弟甘汉波敬贺”，可见这是 1943 年高罗佩与水永芳结婚之时甘涛所送的贺礼。“高山流水”一词暗藏夫妻双方姓氏，妙不可言。高罗佩夫妇回国之时，重庆友人赠别所送的诗画作品不一而足，其中也有对联佳作。比如洪陆东所题之联为：“云影汇方塘，鱼游天上；竹荫浮短榻，人卧雪中。”对联可以贺喜，可以赠别，可以表情寄意，左右逢源，用途甚广，高罗佩早就领略其中的妙处了。

据戴自中所编《沈尹默年谱》，1944年，高罗佩曾亲书自撰对联向著名学者和书法家沈尹默请教。这副对联现今应该仍悬挂在沈氏故居之内：“窗前蕉叶映金井，盆里兰花落朱栏。”上款题“尹默先生大方家教正”，下款题“甲申九月六日偶得新句，荷兰高罗佩书”，后面还钤了两方高罗佩的印章。此联对偶工整，堪称佳作。

十八年后的1962年，马来西亚马六甲青云亭重修完工，当时，高罗佩正任职荷兰驻马来亚联邦大使。这一特殊场合，正需要这个特殊人才施展身手。他应邀自撰自书一副对联，献为贺礼：

无事度溪桥，洗钵归来云袖湿；
有缘修法果，谈经空处雨花飞。

字写得有多少功力先不说，至少看得出是训练有素；说到对联本身，则不但工稳切题，而且相当有文采。

《荷兰汉学家高罗佩研究》书前插页还附了一张高罗佩书法作品，书写的是一首七律诗：

旧时楼阁旧时门，人影重来认夕曛。
红豆庭前留别我，碧桃花下记逢君。

蛾眉半蹙弯如月，蝉鬓轻笼薄似云。
忆否层层帘幕处，名香甲煎手曾熏。

此诗没有题写上下款，原书也没有交代此件书法的出处或来历。查考《大汉学家高罗佩传》[（荷兰）C.D. 巴克曼、（荷兰）H. 德弗里斯著，施辉业译，海南出版社，2011 年]，作者注明此诗作者是樊山（1846—1931）。所谓樊山，就是晚清民国的著名诗人樊增祥，樊山是他的字。这首诗虽然不是高罗佩的作品，但从书写来看，他对毛笔的掌握也是足够娴熟的了。

2008 年初稿，2021 年改写

# 欧美汉学家的汉名印章

萧公权（1897—1981）先生早年以论文《政治多元论》获得美国康奈尔大学博士学位，壮年以一部《中国政治思想史》享誉学林，晚年应聘到西雅图华盛顿大学任教，又以专著《中国乡村》和《康有为变法与大同思想研究》奠定在美国汉学界的地位。1968年，他自华盛顿大学退休后，开始撰作回忆录《问学谏往录——萧公权治学漫忆》。这部回忆录的最后两章是《万里寄踪：华盛顿大学十九年》。

以“万里寄踪”命题，是有深意的，如果不注意萧公权在回忆录的“结语”中写的一段话，就不可能理解：

> 民国二十七年我只身到成都，寄居异母弟晖人的家里。一天晚上继母与晖人、弟妇，和我谈起三十年前的旧事。她说：“你父亲早年也有出国留学的意思，为环境所限，不能成行。他自己刻了一颗‘万里寄踪’四个字的

小石章来表示他的志愿。你能够到美国去求学，可以说完成了你父亲自己未遂的志愿。他如果在世，看见你回家来，一定会十分欢喜。这颗图章我保藏了多年，现在可以交给你了。”两年之后，继母因病下世。这颗浅黄色寿山石小印我慎重收藏，不敢有失。先父手泽至可宝贵，更不敢有负继母的付托。我不能说果能善继先志，但学生时代留美六年，再度到美，一住便二十年，“万里寄踪”的意思，我总算实行了。

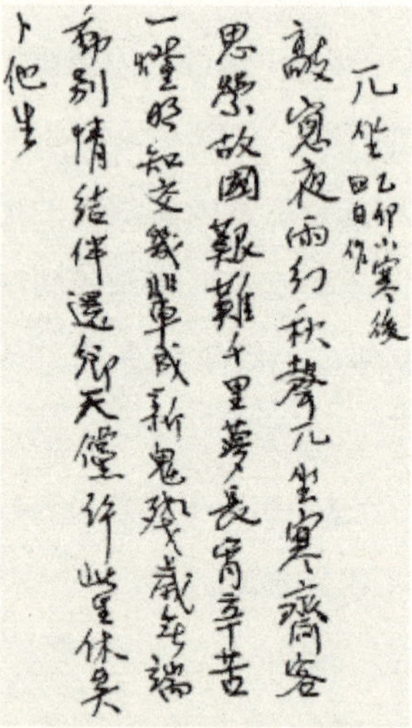

萧公权先生诗作手迹

“万里寄踪”印章

在这段文字之后，萧公权还附了印章的影像。这个印章不大，但是可想而知，它在萧公权心中的分量是很重的。

2006年，我到华盛顿大学访学，在美丽的西雅图呆了差不多一年。这一年的大多数时间，我徜徉于华盛顿大学图书馆的书架间，偶尔也会碰到一些萧公权的著作，以及其他与萧公权相关的书目，比如其他人题赠萧公权的书，或者萧公权赠给其他人的著作，也见到过萧公权的诗作手迹。至于“万里寄踪”印，则只在《问学谏往录》中见到过。

萧公权虽然留学并任教于美国，他毕竟是在清末民初的中国接受的基础教育。这方印虽为其所用，其实是其父遗物，上面也留有其父的手泽。父子两代通过这一方印章，有了跨越时空的连接。对其他非华裔汉学家来说，他们使用汉名以及汉名印章，从某种意义上说，也是要跨越时空乃至文化的界限，实现与中国文化传统的连接。

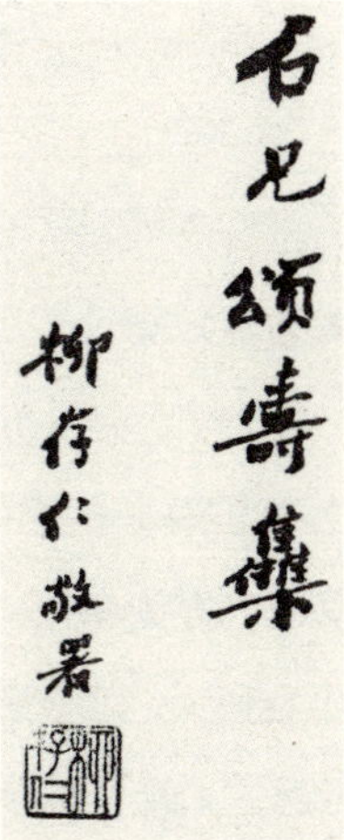


柳存仁手迹和名章

比萧公权年辈略晚一些的华裔汉学家，如杨联陞（1914—1990）和柳存仁（1917—2009），有着与萧公权相似的学术经历，也是在中国接受了大学教育之后，再到英美接受研究生教育，然后任教于西方大学。杨、柳二先生的书法作品（包括钤印）我都见过。大致讲来，他们这一代人还比较习惯于用毛笔书写，也习惯于钤盖自己的姓名章，不足为奇。

我所见到的非华裔欧美汉学家的汉名印章，时代最早的是法国汉学家雷暮萨（Jean-Pierre Abel-Remusat, 1788—1832）的印章。1822 年，雷暮萨出版了《汉语语法基础知识》（*Elements de la Grammaire Chinoise*），亦名“汉文启蒙”。我所看到的是 1857 年刊印的版本，其封面上印有这样几行汉字：

> 咸丰丁巳年镌
>
> 阿伯儿辑
>
> 汉文启蒙
>
> 巴理城 墨颂讷佛书肆发客

这里所谓“阿伯儿”是雷暮萨的名字 Abel 的汉译。此书前言之后，还钤有两方印章，一方为小篆“阿伯儿印”，一方为九叠篆“秀想楼”，不知道出自何人之手，总体来说，篆字不太高明。我曾在《早期法国汉学四题》（载《国际汉学研究通讯》第 4 辑，中华书局，2011 年）上讨论过这个问题。在这里我想强调的是，

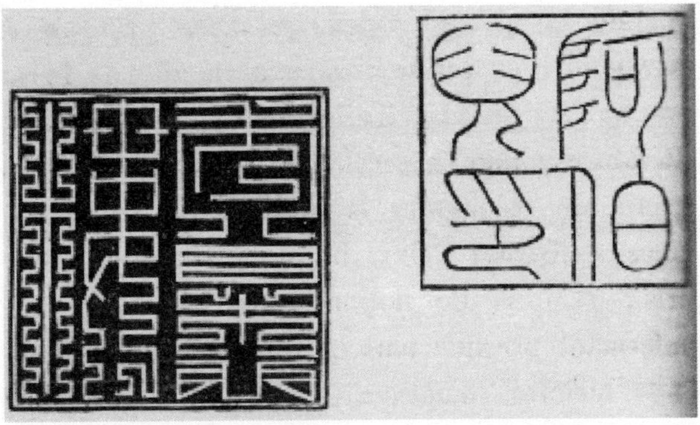

九叠篆印“秀想楼”、小篆印“阿伯儿印”

19 世纪法国汉学家已经认识到，印章不仅是中国文艺的一个特色品种，也是中国文化的一个特色符号。

李敦礼（Daniel Nelson，1902—1948）是从美国来华的传教士。1948 年 7 月 16 日，他和家人登上澳门航空运输公司租用的一架水陆两用客机“澳门小姐”（Miss Macau）号，不幸遭遇劫机，全家遇难。如果不是英年早逝，他应该会在汉学方面作出更大的贡献。他曾出版《重庆之旅》（*Journey to Chungking*，Augsburg Publishing House, 1945）等书。1944 年，他编撰的《英汉国语字典》（*An English-Chinese Romanized Dictionary*, Augsburg Publishing House,1944）出版，此书扉页在英文署名“Daniel Nelson，Ph.D.”之下，端端正正地钤着“李敦礼章”，篆字，朱文；封底又有“好学悦神”四个汉字。这部字典的封面设计中最具中国文化色彩的就是这两处了。

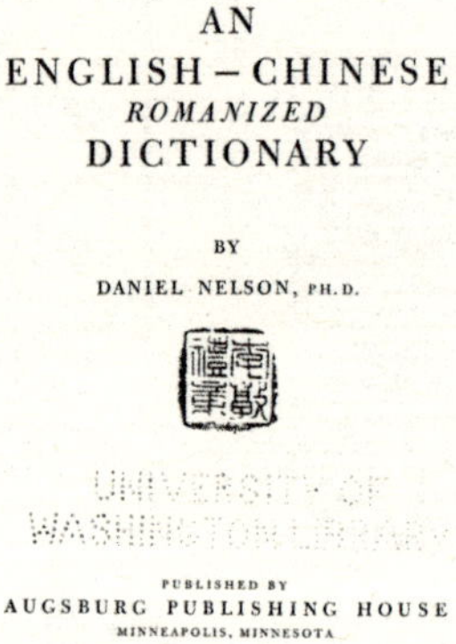
AN
ENGLISH – CHINESE
*ROMANIZED*
DICTIONARY

BY

DANIEL NELSON, PH.D.



PUBLISHED BY
AUGSBURG PUBLISHING HOUSE
MINNEAPOLIS, MINNESOTA

钤有“李敦礼章”的《英汉国语字典》
（李敦礼编纂，奥古斯堡出版公司1944年出版）

顾立雅（Herrlee G. Creel, 1905—1994），毕业于芝加哥大学，曾任芝加哥大学东方语文系主任、美国东方学会会长，一生著述甚多，译为中文的有《孔子与中国之道》（修订本，高专诚译，大象出版社，2014 年）、《申不害：公元前四世纪中国的政治哲学家》（马腾译，江苏人民出版社，2019 年）。1957 年，他的专著 *Chinese Writing* 出版。此书封面设计与李敦礼《英汉国语字典》异曲同工。首先，封面上也是先列作者英文姓名，再钤汉名印章“顾立雅”，朱文方印，风格古雅。其次，封面左上方列英文书名，右下方则是汉字书名“汉文考”，隶书，竖排，中英双语融为一体，疏朗大方。

铃有“顾立雅”汉文印章的《汉文考》
（芝加哥大学出版社1957年版）

加拿大多伦多大学东亚系教授杜百胜（W.A.C.H.Dobson）是古代汉语的研究专家，撰有《晚期上古汉语语法研究》等论著，在西方汉语学界产生了较大学术影响。他也有一方汉文印章，“杜”字阳刻（朱文），“百胜”二字阴刻（白文），阴阳结合，笔画流美，布局妥帖，应是出自名家之手。

荷兰汉学家高罗佩（Robert Hans van Gulik，1910—1967）对中国诗词对联、书法绘画有深厚的兴趣。书画艺术离不开篆刻，所以，他对篆刻也有所用心。他曾到北京拜访齐白石，请白石老人将自己用过的印章钤盖于一个立轴之上，以便典藏和欣赏。高罗佩一生用过多个斋号，比如集义斋、中和琴室、犹存斋、吟月庵、尊明阁等等。他在自传稿中写道：“我非常喜欢手工活，并学会了雕刻中国印章，这样，我篆刻了这些不同名称的印章。”上图就是他为自己雕刻的三方印章，印文分别是“荷兰高罗佩图书”“吟月庵”和“中和琴室”。

这三方印章，从布局和刀法来看，都可以说是中规中矩。无论如何，高罗佩是我所知道的亲自操刀刻印的第一个欧美汉学家。

牛津大学教授 David Hawkes（1923—2009）是英国著名汉学家，以翻译《红楼梦》《楚辞》等闻名于国际汉学界，堪称一代翻译巨匠，是我非常景仰的老先生。2001 年我在牛津大学访学的时候，曾多次拜访这位老先生。有一次，他拿出一本《杜诗初阶》（*A Little Primer of Tu Fu*, The Chinese University of Hong Kong, 1994）送我，扉页上已经盖好他的私章“霍克思印”，可见他的郑重。这份郑重之中，透出他对中国文化传统的娴习。据我所知，他的汉名，也有人写作“霍克斯”。按照中国传统算法，2002 年适逢霍老先生八十大寿，饶宗颐先生为之作画祝寿，所画是一棵苍松，题为“如松之盛”，并有落款云：“霍克斯教授八十大寿，

（英）蕾切尔·梅、闵德福编《石兄颂寿集：霍克思80岁华诞祝寿文集》，香港中文大学出版社2003年

A LITTLE PRIMER
OF TU FU
*by*
DAVID HAWKES

A *RENDITIONS* Paperback

（英）霍克思《杜诗初阶》，香港中文大学出版社1994年

壬午选堂写贺。”后面钤有朱文、白文章各一。遵照名从主人的习惯，也许，“霍克斯”写作“霍克思”更好一些。

2021 年 10 月

# 燕园每到忆洪公

哈佛燕京图书馆的参考工具书阅览室很宽敞，书架上摆放着一套哈佛燕京引得编纂处编纂的《汉学引得丛刊》64 种 81 册，皇皇大观，墙上悬挂着洪业先生的画像。洪业（1893—1980），谱名正继，字鹿苓，号煨莲，福建侯官（今福州）人，幼受庭训，长而就读于福州英华书院，后留学美国，获哥伦比亚大学硕士学位。1923 年起，他执教于燕京大学，任历史系教授，兼任教务长、历史系主任、图书馆主任等，主持《燕京学报》和引得编纂处。1946 年后，他客居美国马萨诸塞州的剑桥，在哈佛燕京学社教书、研究，著书立说。1995 年 8 月，我受邀为哈佛燕京学社访问学者，此后一年光景，常常坐在这个阅览室里看书，有这位乡贤前辈的目光从墙上俯视着我，原本异国他乡的环境，对我来说就有了一种特别的亲切与温暖之感。

我最早知道洪业，是在北京大学历史系读书的时候。今日北京大学校园的主体，就是当年燕京大学的校园，就像燕园这个名字一样，校园里处处留有燕京大学的痕迹。20世纪20年代，燕京大学在北京西郊海淀中关村一带购地，新建校园。洪业当年参与了燕京大学校园的规划和建设。他早年的论文中，有两篇是与燕园历史相关的：一篇是《明吕乾斋吕宇衡祖孙二墓志铭考》，原载1928年出版的《燕京学报》第3期，后收入《洪业论学集》（中华书局，1981年）；一篇是《勺园图录考》，北平哈佛燕京学社1933年出版。读过这两篇文章，再行走于燕园之中，不仅可以得访古之指引，发思古之幽情，而且会收获实在的历史地理知识。

我是1979年入学北大的。刚入学时，宿舍被安排在32楼，第二年春天就迁往38楼，一直住到毕业。当时历史系的办公室是在二院，凡是地址上写了“北京大学历史系”的信件都送到二院。我们上课的地方，多半是在文史楼、生物楼、一教等，都在燕南园的北面。图书馆更是在燕南园的正北边。所以，以宿舍为原点，不管是去系里取信、去上课、去图书馆，还是去未名湖闲逛，最常走的一条捷径便是穿过燕南园。四年之中，穿行燕南园的次数多到无法统计。我知道，燕南园从前住过很多燕京大学的名师，当时也还住着北京大学的不少著名学者。我也知道，燕南园54号曾经是洪业的故居，而洪业不仅是历史学界的前辈，而且是我的同乡先贤。80年代的北大历史系名师中，不乏当年燕京大学的毕业生，他们大都是洪业的门生。

据1930年至1932年间曾在燕京大学任教的萧公权回忆，那时燕大教职员住宅和宿舍共有三种：一是在校园以内的燕东园和燕南园新建的西式住宅，二是朗润园里清末建造的中式房屋，三是学校购置或租赁的、散在学校附近的民房。第一种住宅的“洋味”最足，第二种的环境最美，第三种最为方便（《问学谏往录——萧公权治学漫忆》），各有千秋。洪业来得早，可以说是燕大的元老，他就住在燕大“洋味”最足的燕南园里。据《洪业传》说，这座房子是洪业自己设计的，屋外有园子，种了紫藤，屋内有壁炉可以御寒。书房另设门户，以方便宾客进出。洪业为人好客，接待来访的同事友生多半是在书房里。

洪业在燕京大学兼任引得编纂处主任，组织人员编纂索引，是他的重要工作之一。直到今天，在很多大学图书馆参考工具书的架子上，还能够看到哈佛燕京引得编纂处的这套引得丛书。20世纪80年代，文史典籍方面的工具书相当少，哈佛燕京社的这套引得，就是最好用的工具书了。我在南京大学做硕士论文和博士论文时，还经常使用这套工具书。我的硕士论文题目是“刘克庄年谱”，要查宋代的文献，常需翻检《四十七种宋人传记综合引得》。此书1939年由哈佛燕京引得编纂处初版，1959年中华书局、1986年上海古籍出版社都有重印，可见其影响力之持久。

洪业对这一套引得丛书的贡献是多方面的。除了井然有序的人员组织、精心选择的典籍书目与版本、富有学术含量的长篇序言之外，洪业的贡献还体现在他自创了一套检索方法——中国字庋撷。中国古籍浩如烟海，再强大的人脑也不可能全部记忆，为便于检索利用，就必须对典籍实行科学整理，实现“数目字管理”。洪业自幼熟读古书，深切体会到读书而不知利用工具书之弊，传统典籍中类似引得的工具书数量既少，又往往不够严密，不便于利用。洪业认为，重要典籍都要编制引得，特别重要的经典更要编制逐字引得，后者他又称为“堪靠灯”（concordance）。

为了改变国人轻视引得编纂、忽视引得使用的传统观念，他撰写了一篇专书规模的长篇论文《引得说》，对引得的必要性与重要性做了详细的阐述，对编制引得的技术问题也做了具体的说明。引得编纂技术所涉及的首要问题，就是检字法问题。已有的各种检字法，都存在这样那样的不足。拼音检字法固然简单，但当时中国并未推广普通话，各地方言读音差别很大，何况有些生僻字很多人并不知道读音，不便利用。部首检字法涉及部首太多，隶属不易确定。笔画检字法存在笔画计算出入，也不简单。王岫庐（云五）发明的四角号码检字法，当时才开始推广，后来渐推渐广，但记住四角号码并非易事，使用不便的问题仍然存在。在洪业看来，上述诸种检字法都不理想。

1930年，引得编纂处开始试办，洪业在聂崇岐、李书春、田继综等人的帮助下，推出了一套新的检字法：“中国字庋擷就是这个新检字法的名称：而所包括的五字，亦即代表我们所强分的五种字体。‘庋擷’二字，原有‘放入’‘取出’之义，我们借来说明‘编入’‘检出’之法。‘编入’是我们编引得的人怎样把‘文’变成‘录’，把‘录’编入引得。‘检出’是用引得的人怎样被引到该录所在之处而能检出。”中国字庋撷检字法将汉字分为五种字体：单体（中）、包托体（国）、上下体（字）、左壳体（庋）、左右体（撷），五种字体分别以1、2、3、4、5为代号，然后每字各取四角的笔画，以号码按次序排列之，其号码小者在前，大者在后。这个检字法在四角笔画取号方面，参考了四角号码检字法，但至少有三个方面的创新。首先是将汉字分为五种字体，依字体编为类别号，是为此字的第一个号码。其次是笔画编号方面，根据“庋撷”二字的笔画顺序，将十种笔画及其类似笔画依次编号：丶（0）、一（1）、丿（2）、十（3）、又（4）、扌（5）、糸（6）、厂（7）、目（8）、八（9）。再次是四角号码既得之后，再计算字内共包含多少方格，而附其数于后，若无方格则计为0。这样，每个汉字都有一个6位编码，重码较少，易记易检。这套检字法将汉字分为五种字体结构，体现了对汉字字形结构的独创性理解，很有自己的特色，与四角号码检字法相比，亦各有千秋。可惜的是，这套检字法只在哈佛燕京引得丛书中使用，没有更多地推广用于字典的检字，因此没有四角号码检字法流行。但它通过哈佛燕京引得丛书的推广，仍然取得了很大的影响，与引得丛书一起推动了古典文献整理的科学化，推动了20世纪传统文史研究的进展。

1980年，洪业病逝于美国麻省剑桥。次年，他的门生弟子编成《洪业论学集》一书在中华书局出版，以此表达对洪业的纪念。1996年，河北教育出版社出版“中国现代学术经典”丛书，首批书目中就有《洪业·杨联陞卷》。顾名思义，这是对洪业于中国现代学术贡献的充分肯定。从此卷所附《洪业先生著述要目》来看，洪业一生专著甚少，除了《引得说》（北平引得编纂处，1930年）、《勺园图录考》（北平哈佛燕京学社，1933年）、《清画传辑佚三种》（北平哈佛燕京学社，1933年）、《中国最伟大的诗人——杜甫》（美国哈佛大学出版社，1952年）四种之外，其余皆为单篇论文。但是，这些单篇论文无一空泛之论，且多为长篇，学术分量厚重，正是洪业一生学力凝聚之处。例如，他的论文《考利玛窦的世界地图》，长达七八万言，相当于一本专著。《春秋经传引得序》及《杜诗引得序》皆长达近十万言。《礼记引得序》亦有八九万言，"是一篇精心结构的两汉礼学源流考，阐明了两千年来有关礼在中国历代经典的与非经典的文献记载中长期争论不休的疑难问题，考证了《礼记》及其他三种礼经《士礼》《礼古经》《周官》传授编订的史料问题"，洪业"由于《礼记引得序》先发表和出版多种引得荣获了1937年法国巴黎铭文学院茹理安（Stanislas Julien，一作儒莲）奖金"。（王钟翰《洪业先生小传》）儒莲奖在欧美汉学界具有很高的声誉，洪业是第二位荣获此奖的华裔学者。1936年，中国学者王静如首获此奖，比洪业早一年。

作为一位学者，洪业的经历与别人颇有不同。他早年先在国内接受过中国传统家塾教育，继而考入新式中学，又入教会办的鹤龄英华书院学习，其间皈依基督教。中学毕业以后，他赴美留学，先后获得文学学士和文学硕士学位，其后又获得神学士的学位。洪业一生站在新与旧、中与西的交界点上，从教育背景来看，他接受的教育是中西合璧的，他的学术研究方法与风格也具有中西兼容的特点。这不仅体现在他的论著选题上，也体现在他对引得编纂的一套思想观念上。他喜欢采取专著规模的长篇论文形式，攻坚克难，为现代中国史学引入了一种新的范式，这是特别值得推重的。他在燕京大学执教期间，专心投入，培育了一批史学英才，其中很多人成为20世纪中国史学界的翘楚。可惜由于他去国日久，国内知道他名字的人越来越少了。

1995年春天，《洪业传》的作者陈毓贤女士和其夫君艾朗诺（Ronald Egan）教授到南京大学讲学。艾朗诺教授曾应邀在南大文学院做学术讲座，陈毓贤也陪同在场。我由此认识了两位教授。在讲座结束后闲聊的时候，我从陈毓贤那里得知，她撰写的《洪业传》中文简体版即将由北京大学出版社出版。其后不久，我即出国，赴哈佛燕京学社访学一年。出入哈佛燕京学社和哈佛燕京图书馆时，我经常听人提起洪业的名字，也经常听到有关他的轶事。那时，洪业已经辞世十五年了。听着关于他的回忆，只能一面遥想前贤的光辉，一面频兴我生也晚的慨叹。

时任哈佛燕京学社主任的韩南教授对我说，20世纪30年代，燕京大学图书馆在北平购书时，经常同时替哈佛大学汉和图书馆（就是后来的哈佛燕京图书馆）购书，彼此资源共享。这一说法在《洪业传》中可以得到印证。《洪业传》中写道，洪业任燕京大学图书馆主任的时候，“不但对燕京图书馆藏书出力甚多，对

（美）陈毓贤《洪业传》，北京大学出版社1996年版

哈佛大学的东亚藏书也很有贡献。他请负责哈佛大学东亚藏书的裘开明到燕大整顿图书。以后替燕大图书馆买中文、日文或韩文的书时，也替哈佛买一份。碰上善本书，因为哈佛钱比较多，便替哈佛买了，而影印一份给燕大收藏。有研究价值而市上买不到的书，他则千方百计借来影印，一份给燕大，一份给哈佛”。有一次，我在哈佛燕京图书馆的书架上，发现了一册晚清福州学者林昌彝的笔记《砚耕绪录》的稿本。也许，这部稿本入藏哈佛燕京图书馆，就与洪业有关系。

1996 年秋天，我结束访学回国，不久便买到了是年初出版的《洪业传》。寒假返乡省亲，坐火车旅行，我带了《洪业传》在途中阅读。读到洪业临终神志昏迷时向身边孙辈讲福州话的一段，我不禁为之动容。邻座见我一路上看书入迷，一副津津有味的样子，趁我休息的间歇，向我借去此书，没翻几页，就还给了我。这本书为什么那样吸引我，看来他是无法理解的。

原载《文汇报》2022年1月13日第10版

# 迎神与打鬼

## ——洪业的杜诗学

1952年，洪业的《杜甫：中国最伟大的诗人》上下二册在哈佛大学出版社出版，算是了却他藏在心中十年的一桩夙愿。十年前的1942年，他被关押在日军监狱时，曾许愿“再做一种关于杜诗的著作”，此愿终于得偿。此书出版十年后，他专门撰写了一篇《我怎样写杜甫》，在《南洋商报》1962年元旦特刊上刊发。在这篇文章中，他纵谈家事、国事、天下事，详细陈述了自己撰作此书的心路历程，堪称作者的夫子自道。香港《人生》杂志、台北《中华杂志》等报刊先后予以转载。1968年，香港南天书业公司还出版了陈广湘（Charles K.H.Chen）的笺注本《我怎样写杜甫》，可见此文在当时就产生了较大的影响。2011年，上海古籍出版社出版了曾祥波的中译本《杜甫：中国最伟大的诗人》，也在书后附录此文。显然，此文对于理解洪业其人及其杜诗学是十分重要的。

《我怎样写杜甫》应该是根据讲稿整理而成的，全篇娓娓道来，流畅生动，特别好读，虽然时过境迁，仍然能给人一种如临讲演现场的感觉。《洪业传》作者陈毓贤对洪业的讲演水平赞不绝口，而对我这样无缘一见洪业，更没有机会领略其讲课或讲演风采的晚辈来说，读过此文，好比旁听了洪业的一场讲座，馀音绕梁，三日不绝。在这场讲演中，洪业对《杜甫：中国最伟大的诗人》一书有这样言简意赅的描述："上册是本文，下册是子注。在上册里，我选译杜诗三百七十四首来描写杜甫的生平，说明其时代之背景与史实的意义 。在下册里，我注明各诗文的出处、中外人士的翻译、历代注家的讨论，时常也插入我的驳辩。再概括来说，上册说杜甫是这样的，下册说杜甫不是那样；上册迎神，下册打鬼。"这是对此书内容与主旨最简洁生动也最提纲挈领的概括。

在这里，我要特别揭出"迎神"与"打鬼"这两个词，它们不仅突出地呈现了洪业的语言表达风格，而且体现了洪氏杜诗学的特点。所谓"迎神"，就是正面塑造杜甫的形象，确立杜甫的历史地位。这一方面，历来治杜诗学者用力良多，成就显著，无论是历史上的"诗史"之称，还是洪业在本书标题上所标举的"中国最伟大的诗人"称号，皆是"迎神"的功绩。所谓"打鬼"，就是对历来加于杜甫、杜诗或杜集之上的谣言、误说、讹传以及各种不实之词进行考辨、订正、洗汰，力图肃清其影响。这一方面，历来学者也煞费苦心，成绩虽然不少，问题依然很多。最值得重视的是，在杜诗流传过程中，有些旧“鬼”尚未驱走，仍在以讹传讹，而新“鬼”又从而滋生。

洪业在《我怎样写杜甫》中说：“鬼有中外大小之分别，打有轻重疾徐之别。”只要是“鬼”，不分中外古今，他一概都打，视其危害性之大小，打法有轻重疾徐之别。我对洪业打外国“鬼”特别感兴趣。毕竟其他杜诗学者罕有这一方面的条件，更少有这一方面的功绩。这是洪业杜诗学的重要业绩之一。在《我怎样写杜甫》中，他举了几个离奇有趣的例子，其中一个：“乾隆年间，在北京，有一位饱学多才、著作等身的西洋传教士，汉名为钱德明，字若瑟。他老先生有一篇用法文写的《杜甫传》，可算是最早介绍杜甫的专文。他写到离开史实愈远愈妙。”譬如钱德明写到安禄山的队伍在道上捉住了杜甫，几个军官报告给目不识丁的安禄山，问他要不要将诗人带来供他消遣云云，真是不知有何根据。诸如此类的例子很多，总之，“钱德明把杜甫写成一个很有趣而甚无用，忠君爱国而遁世逃名的诗人，写得有声有色，淋漓尽致”，这当然与真实的杜甫有很大的距离。钱德明（Joseph-Marie Amiot，1718—1793）是法国耶稣会士，来华后深受乾隆皇帝信任，在北京生活了四十二年，在18世纪来华传教士中算是汉学水平很高的，当代学者或称其为“18世纪中法间的文化使者”（龙云著《钱德明：18世纪中法间的文化使者》，北京大学出版社，2015年），但是，他文章中对于杜甫的诸多异想天开的描写，亟应予以澄清。

洪业还举了一个例子。在杜甫身后一千多年，居然出来一个外国女诗人，冒充他写作。这些诗见于一本用法文翻译的中国诗选，书名汉译过来叫作“白玉诗书”，亦称“玉书”。“这是法国一位有名的青年女诗人在她23岁的时候，用假名发表的。书中选有杜诗十四首，二首是别人翻译的真杜诗，而此女为改头换面，遂与原译不同。十二首全由这位女郎为杜甫捉刀，无论题目、字句、意义、神态，全与杜诗无涉。此书于1867年出版，流行甚广。”法文版问世以来，已经重版了四次，后来又出了英语、德语、意大利语、葡萄牙语、丹麦语等多种语言版本，抄袭仿作也不少。这些“洋装的假杜甫，登台表演”，误导读者，特别是外国读者，让洪业慨叹不已。

这两段故事可以说是杜甫接受史和杜诗传播史上的“今古奇观”，但是，洪业叙述时的语气，仍是一如既往地温柔敦厚。《白玉诗书》的法文原名是“Le Livre de Jade”，其作者是朱迪特（Judith Gautier），一开始化名为“Judith Walter”。此书号称翻译，其实很多是诗人的创作。洪业在文中不提这个作者（译者）的名字，是有意替她藏拙。这种嫁名中国最伟大诗人的诗歌创作，作为文化挪用或者文学误读来看，也许是不无趣味的个案，但是，从杜诗传播接受史来看，在喜欢把考据当作侦探办案的洪业眼里，朱迪特小姐就不免被看成一个嫌疑犯了。

《杜甫：中国最伟大的诗人》实际上就是一部《杜甫传》。在我看来，洪业以英文撰著此书，主要面向国外读者，其目的在于把杜甫这个中国的诗神迎到英语世界去，当然不能不在书名中标举杜甫“中国最伟大的诗人”的历史地位。现在译回汉语，为了忠实于原文，尊重洪业书名原意，直译其名，自然无可厚非，但如果灵活一点，更多地尊重中国著述命名的传统习惯，完全可以译为“杜甫传”，或者“杜甫评传”“杜甫诗传”，至少更简洁一些。当然，书名可以中式，亦可以西式，这是见仁见智的事。

20世纪以来，致力于杜甫研究或者杜集整理笺注的学者可谓多矣，举其名家，则有闻一多、刘文典、岑仲勉、郭沫若、程千帆、叶嘉莹、谢思炜等先生；为杜甫作传者也不乏耆宿名家，比如冯至有《杜甫传》，朱东润有《杜甫叙论》，陈贻焮和莫砺锋皆著有《杜甫评传》。与上述诸多名家相比，洪业的杜诗学有什么特点呢？

洪业的杜诗学，可以远溯至他的少年时代，在他14岁的时候，在父亲的指导下，他开始圈读清人杨伦的《杜诗镜铨》，并由此逐步形成了对杜甫和杜诗的理解。随着人生阅历的加深，尤其是40岁以后，目睹卢沟桥事变和华北沦亡的时势和国势，他对杜甫和杜诗的理解也逐步深入。他越来越深刻地理解父亲当年说的话，杜诗是学诗的典范，杜甫则是做人的典范。他在《杜甫：中国最伟大的诗人》书中最后一段话是：

他（杜甫）是孝子，是慈父，是慷慨的兄长，是忠诚的丈夫，是可信的朋友，是守职的官员，是心系家邦

> 的国民。他不但秉性善良，而且心存智慧。他对文学和历史有着深入的研习，得以理解人类本性的力量和脆弱，领会政治的正大光明与肮脏龌龊。他所观察到的8世纪大唐帝国的某些情形仍然存在于现代中国，而且，也存在于其他国度。

最后这句话曲终奏雅，画龙点睛，指出了杜甫的当代意义和世界意义。而当代性和世界性，我以为，正是洪业杜诗学最为着力之点，也是其显著特色之所在。

1940年，《杜诗引得》出版。这是哈佛燕京引得编纂处编纂的第一部诗集引得。洪业撰写了六万多字的长篇序言，文中说：

> 昔在宋时，已有麻沙传孙觌《杜诗押韵》，元时有曾巽申《韵编杜诗》十卷，皆学者寻检杜诗之工具也。其书皆早佚，不可知其详。清康熙时练溪汪文柏编《杜韩集韵》二卷，仅可检知杜诗曾否押此韵、是否有此句耳，不能得其题，不能知其在集中之卷第也。朝鲜摛文院编有《杜律分韵》五卷，仅录律诗，以韵编次，非可以检《杜集》某本中之某诗者也。近日本饭岛忠夫、福田福一郎合编《杜诗索引》，先以仇氏《详注》目录逐题编号，然后以杜句之末字，按五十音顺编入《索引》，下注见某卷第几题，凡知《杜诗》全句者，用之甚便。唯学者之于《杜诗》，

> 有仅知句中二三字而欲检其全诗者矣，有欲知其诗中之习用字眼所曾道之名物者矣，此《索引》不足以应用也。按西人于其重要之诗人，辄为编一字不漏之“堪靠灯”（concordance），极检寻应用之便，今编杜诗索引，盖师此意也。（《杜诗引得序》，附载《杜甫：中国最伟大的诗人》，第 342—343 页）

这篇序文是迄止 1940 年的关于杜集编纂流传史的最新、最全面的成果，而上面这段文字，可以说是一篇简短的杜诗索引编制史。作者的目光，不仅上溯宋代，而且及于东亚汉文化圈内的朝鲜、日本，更远至于西洋。在洪业眼中，《杜诗引得》的编撰，不仅要超越古人，更要超越外国人，此书一出，便能在世界汉学史上成为最实用、最方便的检寻工具和学术参考。从这篇序言中可以看出，洪业致力于杜诗学研究，一开始就有当代性和世界性的自觉。

1945 年 11 月 6 日，洪业写信给他多年的师友，哈佛燕京学社托管委员会的埃里克·诺斯，表示希望到美国讲学：“我觉得自己与外界隔离了四年，对这四年学术界有什么进展都不知道，很急于知悉哈佛燕京学社在美国和自由中国的汉学活动。”（《洪业传》，第 245 页）实事求是地说，这四年（1941—1945）美国汉学界虽然有些新的进展，但并没有出现与杜甫研究直接相关的重要成果。不过，在哈佛大学讲学，显然方便利用哈佛大学的藏书，也方便请教相关的文献专家，这是1940—1952年间的燕京大学所无法比拟的。不妨将《杜诗引得》与《杜甫：中国最伟大的诗人》做一比较。《杜诗引得序》除了评述日本学者近编《杜诗索引》之外，只引用并评述了艾思柯（Florence Ayscough）的英译杜诗以及德国学者萨克（Erwin von Zach）的杜诗德译本。英译本和德译本皆出版于1929—1938年期间，离序文撰写之时很近。而在撰写《杜甫：中国最伟大的诗人》的时候，洪业利用西方汉学文献的条件今非昔比。他在书的《引论》中说："撰有中国典籍译本书目的玛莎·戴维斯（森）（Martha Davidson）女史，惠我以大量杜诗译本书目。"戴维森编撰有 *A List of Published Translations from Chinese into English, French, and German*，是名副其实的书目专家。洪业在她的帮助下获得了各种杜诗译本，并对钱德明、朱迪特（Judith Gautier）、安德伍德（Edna Worthley Underwood）、朱其璜（Chi-Hwang Chu）、艾思柯、洛威尔（Amy Lowell）、萨克、魏理（Arthur Waley）等人的杜诗译本一一检视。1971年，澳大利亚悉尼大学教授戴维斯（A.R.Davis）以英文出版其新著《杜甫》，洪业次年即在《哈佛亚洲学报》发表书评，又于1974年在《清华学报》（新十卷第二期）上发表《再说杜甫》一文，那一年他已经81岁，尽管垂垂老矣，还一直在关注世界汉学界有关杜甫研究的最新成果。

洪业在《杜甫：中国最伟大的诗人》中最为自矜的一个发现是，杜甫并没有像传统杜诗学者所认为的那样不爱长子，而偏爱次子。

“为何这件事对洪业来说感情负荷那么重？”陈毓贤在《洪业传》中用心理学分析的眼光，做了如下推测：“莫非他潜意识里把杜甫当作（他的父亲）洪曦，把杜甫长子当作自己，而把杜甫次子当为（他的弟弟）洪端？”（第271页）这当然只是一种推测。无论如何，这里体现出洪业对于杜甫的深厚感情，这种感情是他“迎神”工作的一部分。在他崇拜的神面前，他是谦卑的。

陈毓贤的推测中含有一种比拟，将洪业比作杜甫之长子，这与另外一种比拟形成了有趣的对照。在哈佛、耶鲁等地讲授杜诗，以及专著《杜甫：中国最伟大的诗人》的出版，为洪业进一步奠定了杜甫研究权威的地位。不仅如此，很多与晚年洪业有往来的友生也以杜甫来比喻他。1955年2月10日，杨联陞作有《呈洪先生》七律一首，从诗中“朗咏新句追秋兴，细写长编注史通”两句可以看出，洪业《剑桥岁暮八首》此时已经写成，同时，他也已经着手注释《史通》（《哈佛遗墨：杨联陞诗文简》，第242页）的工程。1956年12月26日圣诞节，洪业在家里招待周策纵等友生，周策纵有诗致谢，其中也写道：“乱离老杜情何限，书卷飘零又岁寒。”（《圣诞日洪煨莲先生招宴有作》，载《周策纵旧诗存》，第75页）1963年，洪业寿登七秩，程曦作《寿洪煨莲教授七十》表示祝贺，其中有“杜陵漂泊诗犹在，庾信栖迟赋可成”二句。洪业为被日军逮捕入狱的六位燕大同人作《六君子歌》，诗体模拟的是杜甫的《饮中八仙歌》，其晚年诗作精华《剑桥岁暮八首》更是拟学《秋兴八首》。杜甫的声音与身影，时刻盘旋在他的生命中。总之，杜甫是洪业的神，给 40 岁以后的洪业带来了莫大的慰藉。

洪业是一个诗人，自幼接受庭训，在中国古典诗学方面奠定了坚实的基础。邓之诚在《送洪煨莲赴美讲学序》中，肯定洪业“于学无所不窥，尤专精于史，著书满家，他若《左氏传》《史通》《杜诗》，皆有撰造。最为人称道者，成群书引得逾数十种，又思创为《目录学大辞典》，谓之工具书，所以省翻检之劳也”，又评论洪业之为学“有西人之密，兼乾嘉诸儒之矜慎，实事求是，取材博，断案谨，无穿凿附会之蔽、扬己抑人之习”。（《邓之诚文史札记》修订本第 363—365 页）洪业治杜诗，既迎神，又打鬼，其视野与手法正是兼容中西的。

原载《书城》2022 年 1 月号

# 剑桥岁暮问藤花

## ——洪业与邓之诚

洪业晚年居住在美国麻州剑桥，回首平生，用杜甫《秋兴》八首韵，作《剑桥岁暮八首》。这组诗堪称他平生诗歌的力作。其中第六首写道：

> 燕市当时老侣俦，最思赵邓陆孙刘。
> 酒虽怯饮杯杯好，山为同看处处幽。
> 万里无从探消息，九年几已惯离愁。
> 文如诗问藤花会，此愿终天恐不酬。

这首诗中所谓“赵邓陆孙刘”，指的是赵紫宸、邓之诚、陆志韦、孙冰如、刘石荪。这五位是洪业燕京大学时代同人友好中最重要的几位，在他的晚年记忆中占据了重要的地位。这五位中，最值得一谈的是邓之诚。

邓之诚与洪业同为燕京大学历史系教授。邓之诚（1887—1960），字文如，号明斋、五石斋，祖籍江苏江宁（今南京）。邓之诚原先专任北京大学史学系教授，“（20世纪）20年代后期因北大经费短绌，教职员薪水一欠就是几个月，燕京大学趁机会拉拢到不少北大教授，邓之诚也到燕大来了”（《洪业传》，第177页）。从此，邓之诚成为燕京大学历史系专任教授。

邓之诚博学多闻，文史兼通，著有《中华二千年史》《骨董琐记全编》《清诗纪事初编》等。从教育背景与学术背景来看，他是典型的旧学一派，与留学美国又信基督教的洪业迥然不同。但是，两人却相处莫逆，最为投契。《洪业传》中写道，“洪业这时期来往最频的朋友反而是个不肯在20世纪落根的人——邓之诚（字文如）。……他（邓之诚）很瞧不起留学生，说他们中国的灵魂没有了。他最讨厌胡适……有人问他：‘洪煨莲也是留学生，你怎么总跟他在一起？’邓之诚答说他是‘例外’”，“每个星期五早上，邓之诚便乘自备包车到洪寓。他身穿长袍，手携着拐杖，觉得自己是读书人身份，虽家离洪寓才五分钟路，也不屑走路来。在洪家吃过午饭后，又与洪业谈到吃晚饭前才走。……洪业与他交谈吸收了不少宝贵的学问”（《洪业传》，第177—178页）。《洪业传》大体上是根据洪业与陈毓贤的访谈所述整理而成的，上面这段叙述，代表的是洪业晚年记忆中对洪、邓二人交游的印象。也许在陈毓贤所保留的访谈录音中，有更多更详细的有关洪、邓交往的叙述，《洪业传》的叙述是比较简要的。

幸运的是，邓之诚的日记（1933—1959）保存至今，后来被整理出版，这就是《邓之诚文史札记》（邓瑞整理，凤凰出版社，2012年初版，2016年修订版）。翻阅此书，可以更具体地追寻洪、邓二先生当日交往之踪迹，弥补《洪业传》之不足。尤其是关于洪、邓二人诗歌往来的记载，日记中所在多有。

洪业名字最早一次出现于《邓之诚文史札记》之中，就与诗歌往来有关。那是1933年5月24日，“孟劬和昨诗为五律二首极佳。写昨诗示洪煨莲，下午访孟劬昆弟闲谈”。张孟劬即史学名家张尔田，其弟张东荪是哲学名家，张氏兄弟当时同在燕京大学任教，与邓之诚唱酬很多。2015年，泰和嘉成拍卖有限公司印行《邓之诚诗集三种》，其中《五石斋吟草》《闭关吟》二种都有与张尔田唱和之作，《槐居唱和》更是癸酉（1933年）之夏张、邓二先生同居海甸成府槐树街的唱酬诗集。邓之诚在燕京大学的诗歌唱酬对象，除了张尔田兄弟，最重要的就数洪业了。5月24日这一天邓之诚抄示洪业的三首七绝，是他头一天所作的有感于日军进逼平津的纪事诗，载于《邓之诚文史札记》修订本第5页：

十万横磨挑战易，五千甲楯事仇难。
包羞忍耻非男子，只有山民泪不干。

大言岂但王昭远，降表还输谢道清。
亡虏降臣齐俯首，妖星应不向东横。

自古和戎无善策，从来弃甲有于思。
那堪人尽抛家日，亲见称儿割地时。

此诗感慨时局，愤恨不已，爱国忠忱溢于言表。邓之诚将此诗抄示洪业，足见二人对时事的看法是同声相应、同气相求的。

洪业和诗载于《槐居唱和》：

望途可鉴前车覆，论战曾知后甲难。
最限驽骀充上乘，周旋进退误中乾。

奈何流矢惊文举，奚望挥锄效子清。
试问江南如鲫士，他年可忍祭田横。

谋国厌闻名士论，救亡动剧匹夫思。
敢期击鼓其镗日，不是裴公久病时。

1941 年岁末，洪、邓二先生同时被日本宪兵拘捕，被关押一百四十馀日。面临日寇的强暴，洪、邓二先生坚贞不屈、大义凛然，表现出中国传统士大夫威武不能屈的爱国气节。颇具戏剧性的是，被捕之时，这对难兄难弟恰好在一起。《洪业传》叙述此事经过如下：

> （1941年）圣诞节过后三天，邓之诚正在洪寓吃早饭，日本宪兵进来把洪业和邓之诚带到司徒雷登办公室里。他们在等候时，邓用手指在他的裤管上描了个“囚”字，洪业无言点头。宪兵回来时，带了燕大的总务长蔡一谔同来，将他们三人一起领到北京大学文学院行政大楼，即当时日本宪兵司令部。宪兵替他们盖了手印，把他们口袋的东西都搜了出来，东西一一检查了记下，分别放进信封里，然后把他们关进地牢里，在那儿前后一个半月。（《洪业传》，第216页）

其后，洪、邓二先生又被关入日本陆军监狱。当时还有一批燕京大学师生被捕，包括赵紫宸、张东荪、陆志韦等十馀人。邓之诚在狱中忧国忧民，吟诗自遣，得腹稿百馀首。次年出狱后，他将这些诗编成《闭关吟》一卷，存诗一百零五首，再附一序跋。此集对邓之诚及燕大难友的狱中生活及心理多有描写，颇为珍贵。《闭关吟》中有赠同室狱友赵紫宸、张东荪的诗作，也有赠洪业的诗。当然，这只是心中默默地关切而已，因为狱中严禁交谈，更不允许写诗交流。有一次，狱中安排注射伤寒针，邓之诚恰巧碰到洪业，看到洪业身体瘦弱的样子，他十分担心，暗暗吟了一首诗，可惜不能像以往那样写出来送给洪业看：

慷慨洪夫子，怜予被难同。

劫成猿鹤化，事等马牛风。
秦霸谋真狡，周衰道未穷。
愿君勤自卫，天意待人通。

天意待通，吾道未穷，老朋友要多多保重，诗中表现出对老友诚挚而恳切的关怀。另一次，邓之诚生病了，其他狱友也以各种方式表达关心。洪业为他祷告，陆志韦为他折纸痰盂，陆志韦和张东荪借给他毛袜，这令邓之诚感动不已。

《闭关吟》编好之后，邓之诚送给洪业看。洪业在扉页上题诗一首，又附题记云：

庾信文章老更成，凌云健笔意纵横。
恶风白浪何嗟及，拟绝天骄拔汉旌。

> 文如先生与业同日为日军所执，同日得释，难中知其有诗百馀首，后写作一卷相示，且命作序。业不知诗，不能文，然又不能方命，遂乞醯于少陵，得四句，姑作题词耳。
>
> 壬午（1942）七月二十日洪业拜题。（《邓之诚诗集三种》下册《闭关吟》五石斋印本扉页）

“乞醯”二字典出《论语·公冶长》，其原意是讨借一点醋，这里是借用之意。这首诗头两句出自杜甫《戏为六绝句》，第三句出自杜甫《渼陂行》，第四句出自杜甫《诸将》，总之，四句皆出自杜诗，是一首集杜绝句。被日寇系于狱中的时候，洪业很想效法文天祥于元人狱中集杜句成诗二百章的做法，要求狱吏允许家人给他送一本杜甫诗集来，终未获允。刚一出狱，他就集杜诗句题邓之诚的《闭关吟》，这说明一直以来，“杜诗日夜萦绕在他心头”（《洪业传》，第 254 页）。1946 年洪业到哈佛讲学，马上就开了一门杜诗课程，并花了很多时间整理杜诗，终于在 1952 年在哈佛大学出版社出版了他的专著 *Tu Fu: China's Greatest Poet*。

出狱后，洪业移居东单新开路，邓之诚仍住在成府街。洪、邓二先生住处虽然离得远了，但诗歌往来仍不断绝。1944 年 5 月 10 日，邓之诚将前一天所作《寄怀洪煨莲》七律一首寄给洪业。六天后，5 月 16 日，他又到新开路洪宅拜访，并在洪家用饭，洪业以和作七律一首见示，显然是和六天前邓氏的那首律诗。邓诗如下：

徒步常寻隐士居，经旬不见便为疏。
衣粗食淡平生愿，力果思精几卷书。
老去心情怜我拙，年来愁困赖君舒。
殷勤相忆觅长句，绿叶成阴又夏初。

出狱以后，邓之诚失业，邓家食指较多，生活艰难，只能靠变卖与典当书物度日，洪业总是尽可能给予接济。二人以诗歌唱酬的方式解忧遣怀。诗末句“绿叶成阴又夏初”让人想起持续六年的藤花会。乙酉年（1945）正月初一，邓之诚又寄洪业七绝四首，其中一首将洪业夫妇比作雪里梅花，“世间夫妇如君少，冷淡生涯未是名”，一首将洪业比作隐士陶渊明，“东头行过新开路，便是渊明栗里庄”。

抗战胜利后，燕京大学于1945年10月10日在北京复校。58岁的邓之诚曾有引退还山之意，因作《燕京大学复开欲遂谢教柬洪煨莲》寄示洪业。在洪业的挽留之下，邓之诚最终同意留任。复校之时，邓之诚有一首《次煨莲过临湖轩韵》值得注意：

胜地三年别，银灯此夜张。
多情寻石友，无恙问宫墙。
壁月翻澜碧，秋花照影黄。
剧怜松挺秀，知历几星霜。

在经历三年艰难岁月、饱经风霜考验之后，燕大师生终于重聚，宫墙无恙，青松挺秀，这是令人欣慰的。从诗题可以看出，洪业先有一首押七阳韵的五律之作，这就是见于《燕大双周刊》第二期（1945年12月8日）的《过临湖轩》，可见复校之时洪业的欣喜之情：

不意收京后，梁园偃盖张。
苍松摇碧水，红叶掩高墙。
补阙婆娑绿，更生灿烂黄。
总因秋色好，翻欲谢寒霜。

除此之外，洪、邓之间还经常互赠礼物、交换图书，谈诗论学、结伴同游更是常有的事。邓之诚喜爱收藏骨董，他收藏的一方背上刻有苏东坡像的歙砚，是罕见的珍品。1936 年 10 月 29 日，邓之诚将此砚赠送洪业，祝贺他的 43 岁生日。1941 年 4 月 27 日，洪业与邓之诚、齐思和、萧正谊等人入城游广济寺，然后一起在有名的砂锅居吃饭。这次出游也见载于邓之诚的日记。

太平洋战争爆发之后，洪业困守燕京，与外界隔绝四年，对国外学界进展不甚了解。待燕京大学复校工作就绪之后，他就申请赴美讲学，想利用这一机会补补课。1946 年 1 月 28 日，洪业告诉邓之诚，他“即将赴美国哈佛大学讲学，以半年为期，俟在重庆取得出国护照，即将乘飞机前往”。2 月 15 日，邓之诚专门抽出时间，草成《送洪煨莲赴美讲学序》，为洪业送行。这是一次郑重的送别，只有道义之交间才会有这样的送别之礼。在这篇赠序中，邓之诚对洪业的为人、功业做了全面的评价。他首先称赞洪业“少承庭训，读儒书，及长，服习愈勤”，是一个“孝弟人”。具体表现为：“父命勿仕，遂终不仕，是其孝也。教诸弟学成，仲书行、叔正绶、季思齐，皆有声名于世，叔不幸早卒，赡其妻子，虽甚困竭，必加厚焉，是其弟也。”在邓之诚看来，洪业虽然曾负笈美国，但在根本思想上，他还是一个儒者，读儒书，习儒行，遵循儒家的孝弟之道。这是邓之诚最为认同的，这一点也是理解洪、邓二人缔交的基础。“之诚九州求友，晚乃得洪子。自谓不学，独洪子奖许之；自伤贫老，独洪子振恤之；衍尤丛集，独洪子宽假之。因与纳交，重其学，尤重其人。见其持躬之严，取予不苟，笃实践履，过于宋儒。”古人有三不朽之说，邓之诚认为，洪业学足以立言，行足以立功，但本质上洪业属于立德者。这篇赠序写得诚挚而有深情，足见邓、洪二人交谊之醇厚。赠序全文载于《邓之诚文史札记》（修订本）第 363—365 页，是可传之文，值得阅读。

洪业赴美前，很多朋友“相率为诗歌，以赠其行”，这些朋友中自然有邓之诚。邓之诚的赠诗题为“奉送洪煨莲之美国讲学”，见于《邓之诚文史札记》（修订本）第 369 页：

真向天河泛去桡，全凭忠信涉波涛。
云中应奏凌霄赋，泽畔方歌变楚骚。
握手知交惊渐老，将雏爱女喜能娇。
莫因绝国添离思，开遍春风报木桃。

从“莫因绝国添离思”来看，这是一首欢送之诗。这时，邓之诚对故人赴美讲学还是充满欣喜之情的。

1947 年春天，邓之诚从多个渠道得知，哈佛决定再聘洪业一年，洪夫人不太愿意回国，洪业有可能回不来了。1949 年 7 月 4 日，邓之诚作《寄洪煨莲美洲》，见《邓之诚文史札记》（修订本）第 477 页：

迢迢海国百程多，皂帽苍颜近若何？
栗里旧曾书甲子，杜陵今又老兵戈。
惊心世态云还谲，屈指归期岁每讹。
身计从来须早决，有人相待理渔蓑。

“君问归期未有期”，将此诗与前诗相比，明显可以看出，洪业的归期越来越渺茫，邓之诚诗中一方面是期待，一方面是明知不可而劝之。1956 年 7 月 15 日，聂崇岐上门告诉邓之诚，他托将要到巴黎参加欧洲汉学会议的张芝联带信劝洪业回国（《邓之诚文史札记》修订本，第 954 页）。这两次劝洪之举，或许与新形势下有关方面的授意不无关系。

1946 年以后，邓、洪之间通信往来还有一个渠道，那就是邓之诚住在纽约的三女邓瑛。寄信之外，也常寄书、寄相片。1954 年 2 月 5 日（甲午正月初三），邓之诚写了封短信寄邓瑛，内附照片三张，其中一张请邓瑛转赠洪业。5 月 21 日，他收到邓瑛 5 月 10 日的回信，看信中附来的洪业照片，“亦老矣，不胜感慨”（《邓之诚文史札记》修订本，第 803 页）。1956 年 2 月 28 日，王钟翰上门，告诉邓之诚，洪业近作《元秘史译文年代考》得到日本学人的盛誉，邓之诚“闻之感喟”，不禁为老友取得的新成就而高兴（同上，929页）。1958年8月22日，邓之诚收到邓瓆寄来的洪业相片，附一诗，十分感慨。此“一诗”有可能就是《剑桥岁暮八首》。在此后的两三天里，邓之诚二易其稿，才草成致洪业的信，之所以如此大费周章，可能是在涉及洪业归留的问题上不易措辞吧。邓之诚在晚年寄洪业的一首诗中，提到了“藤花会”，可惜洪业没有披露此诗，不知诗稿尚存天壤之间否。

在洪、邓二先生的暮年交往中，“藤花会”成为一个重要的记忆符号。《洪业传》写道：“洪家在燕南园五十四号的住宅是洪业自己设计的，他的书房另设门户，以便来访的学生不必经过客厅。……外面园子里有一个亭子，亭前栽了两棵藤萝，每年五月藤萝花盛开时，洪业与邓之诚请了些喜欢吟诗赋句的老先生来一起开藤萝花会，饮酒做诗，延续着中国读书人自古以来爱好的雅事。”（《洪业传》，第178页）洪业《剑桥岁暮八首》之六特别提到：“文如诗问藤花会，此愿终天恐不酬。”诗中所谓“藤花会”，就是《洪业传》中所谓“藤萝花会”，这不仅是邓之诚晚年记忆中的惦念，也是洪业晚年回首往事时的伤心。

在邓之诚1941年5月4日的日记中，有关于藤花会的具体记述：“午赴洪煨莲邀饮，看藤萝花，一年一度，今已六年矣。今日同座有陈公穆、鸟居（龙藏）、吴雷川、杨啸谷、陈曲江、张东荪、萧正谊、王钟翰及予。邀而未至者张孟劬，饭后照相，复谈至六时始散。”（《邓之诚文史札记》修订本，第 118 页）七个多月后，太平洋战争爆发，燕京大学被迫停办，北平局势今非昔比，藤花会也就难以为继了。

将近四十年之后的 1980 年 12 月 28 日，当时与会者中最为年轻的王钟翰撰文回忆藤花会的情况，推测藤花会始于 1936 年，列举与会人员名字，皆与邓之诚在日记中的记述相符。藤花会的主人当然是洪业，饭菜由洪夫人江安真亲自操办，洪业的两个女儿洪爱莲和洪爱梅有时也会充当侍者，桌上给客人提供的是法国葡萄酒。王钟翰回忆：“我当时还是个学生，之所以叨陪末座，乃是因为卢沟桥事变以后，北平四郊多垒，交通极其不便，所以每次都是由我负责去接送校外几位老先生的。”（王钟翰《藤花会逸事》，《邓之诚诗集三种》下册附，泰和嘉成拍卖有限公司，2015 年）1941 年 5 月 4 日这次聚会，是邓之诚日记中记载最为详细的一次雅集，它大概可以说是藤花会的巅峰，也可以说是绝响。

1960 年，邓之诚因病去世。远在剑桥的洪业得此噩耗，非常悲痛，作了一首长达八十句的五古长诗《哭邓之诚文如》以悼念之。长诗分为两大段，前四十句写邓之诚的生平经历以及对其学问的高度评价，后四十句先写邓之诚在燕大教学深受学生捧戴、富于藏书、勤于著述，接着写到二人之间的交谊以及对邓之诚的怀念：

生平严取予，品藻时显晦。昔贤未轻许，时流更自郤。素厌留学生，顾我为例外。每逢星期五，过舍欢晤对。嗟我谫陋者，剩残亦沾丐。别来十馀载，入梦疑暧睫。清诗寄万里，犹问藤花会。人间与天上，此意不相悖。但若念斯文，何能免怨憝（怼）。暗雾蒙乾坤，洪涛灭华岱。只馀一骨董，洒泪空怀爱。

据上引《邓之诚文史札记》，燕京大学共事时期，洪、邓二人是颇有唱和的。可惜邓之诚在日记中只录自作，而没有过录洪业的和诗，洪业也没有以别的方式发表这些诗作。从洪业这首诗中可以看出，即使在洪业赴美之后，邓之诚也依然会将自己的诗作远寄故人，而且希望有朝一日可以重开当年的藤花之会。可惜，这永远只能存于梦想之中了。

1995 年 6 月，《洪业传》的作者陈毓贤与其夫君艾朗诺教授在侯仁之、张玮英夫妇的陪同下，来到燕南园 54 号的洪业故居，可惜洪业心心念念地惦记着的藤萝架子，已经没有踪影了。在近年出版的《邓之诚诗集三种》下册的诸页插图中，有一张相片正是邓之诚在洪业故居藤萝架前拍摄的：邓之诚坐在一把椅子上，面前摆着茶几，院子里的藤萝花开得正盛。镜头前，邓之诚一个人静静地坐着，仿佛在等候主人洪业的出现。

原载“文汇学人”网络公号版 2021 年 12 月 28 日

邓之诚在燕南园54号洪业宅紫藤萝架前

# 洪煨莲先生诗辑存

1996年，刘梦溪主编的"中国现代学术经典"丛书在河北教育出版社出版，其中的《洪业·杨联陞卷》是由王钟翰、姚念慈、达力扎布编校的。王钟翰是洪业爱重信任的学生，洪业晚年曾委托他处理留京藏书等后事。《洪业·杨联陞卷》除了收录洪业的9篇重要论文，另附的《洪业先生学术年表》《洪业先生著述要目》和《洪业先生小传》，都是由王钟翰撰写的。无论是小传、学术年表还是著述要目，都没有提到洪业有诗集，也没有特别提到洪业的诗歌创作。

事实上，洪业诗作传世者不多。1968年，中国香港南天书业公司出版了由陈湘广（Charles K.H.Chen）笺注的洪业《我怎样写杜甫》。陈广湘（1912—？）字澄之，江苏扬州江都人，曾任美国达特茅斯大学教授、东方图书馆主任。这个笺注本是作为他主编的"东方研究丛书"之一出版的。陈广湘在前言中说："兹篇《我怎样写杜甫》，尤为深入浅出，于文学研究启发至大。为先生笺注斯篇，每有所疑，即驰赴剑桥面乞教益。”可见他与洪业的关系颇为密切，这个笺注是得到洪业授权的。书末附有洪业《诗存》，实际上只有三题，即《剑桥岁暮八首》《茂矣》《哭邓之诚文如》。新版《洪业传》也附录了洪业《剑桥岁暮八首》，对读者了解洪业的诗心人格都很有帮助。

我以为，洪业先生的诗作是值得珍视的，因将所见其诗作抄存如下，大致以年代先后为序。但个人见闻有限，挂一漏万，在所难免。并世博雅君子，倘有指点补充者，不胜感荷焉。

## 一、诗钟减、妍七唱

花未开完香不减，春虽老去色犹妍。

按：此洪业少年时所作，见《洪业传》第32页。

## 二、奉和文如先生句

望途可鉴前车覆，论战曾知后甲难。
最限驽骀充上乘，周旋进退误中乾。

奈何流矢惊文举，奚望挥锄效子清。
试问江南如鲫士，他年可忍祭田横。

谋国厌闻名士论，救亡动剧匹夫思。
敢期击鼓其镗日，不是裴公久病时。

按：洪业和诗载于《槐居唱和》，作于1933年。

## 三、题邓之诚《闭关吟》

庾信文章老更成，凌云健笔意纵横。
恶风白浪何嗟及，拟绝天骄拔汉旌。

文如先生与业同日为日军所执，同日得释，难中知其有诗百馀首，后写作一卷相示，且命作序。业不知诗，不能文，然又不能方命，遂乞醯于少陵，得四句，姑作题词耳。

壬午七月二十日洪业拜题

按：录自《闭关吟》（五石斋印本）扉页，见《邓之诚诗集三种》下册（泰和嘉成拍卖有限公司，2015）。此壬午为1942年。

## 四、六君子歌

张公谩骂如癫狂，溷厕败帚执为鞭，佩剑虎贲孰敢前。
陈侯静寂若寒蝉，解衣扑虱数盈千。
蔡郎病热日长眠，低唤妻儿梦连绵。

林子食箪著四篇，画饼充饥口垂涎。
诗家赵无无桀铅，长爪能传厕上笺，刻画南冠惨态全。
侯生短视独泰然，偏谓西牢居处便。
毕竟吉人相有天，斯文未丧秦坑边。
凄凉往事等云烟，偶尔回头已二年。

按：六君子指1941年底被日寇抓捕，最后被判刑的张东荪、陈其田、蔡一谔、林嘉通、赵紫宸、侯仁之，1942年6月18日出狱。赵紫宸狱中作有《南冠集》。诗云“偶尔回头已二年”，则当作于1944年。此诗洪业曾手书一本，赠予侯仁之。参见侯仁之《忆洪业师兼为〈六君子歌〉作注》，载侯仁之著《唯有书香留岁痕》（生活·读书·新知三联书店，2019年，第468—469页）。又按：此诗诗体仿杜甫《饮中八仙歌》。

## 五、卢丈慎之以《湖北先正遗书》及《节庵先生遗诗》寄赐，率成一律，用报拜领

四部垂千卷，三馀百遍宜。
诸生勤送致，长者赐难辞。
云树神交远，风檐古色滋。
讵能观大略，惭愧仲舒帷。

此诗手稿见雅昌2019年拍卖目录，诗后署“世侄洪业拜稿”。

按：卢弼（1876—1967），字慎之，学者、藏书家，撰有《三国志集解》。其与兄卢靖编刊之《湖北先正遗书》，约成于1923年。

## 六、过临海轩

不意收京后，梁园偃盖张。
苍松摇碧水，红叶掩高墙。
补阙婆娑绿，更生灿烂黄。
总因秋色好，翻欲谢寒霜。

按：载《燕大双周刊》第二期（1945年12月8日）。诗前有洪业序曰："校难纪念特刊记者来索陈述复课情绪之稿件。十月中有《过临湖轩》一首，简薛吟白、赵紫宸、邓文如、陆志韦诸公者，因录以应之。"

## 七、茂矣（卅六年五月卅一日）

檀山东海东，奇岛名茂矣。茂矣夹两山，东西相对峙。
西山自耸秀，高临下都市。东山罩晴云，远望才丘坻。
主人邀登车，东行直奔驶。蔗田过万顷，冈峦乃渐起。
长途萦一带，互折而层累。行行入翠微，园林何旖旎。
地高气候殊，云可种桃李。盘纡复前上，飞雾斗游晷。

举头向清光，豁然见岌嶬。天体果穹窿，蔚蓝净无比。
夏阳故炎热，今忽吐秋泚。白云都河去，俯视足可指。
西山无处寻，翻在云之底。磊柯更百仞，列嶂相连缅。
初眺若缺盆，逼观如败簋。跼步凌垠塄，引领瞰其里。
深可数百丈，广可数十里。火山孰为大，嗟夫此遗址。
巨凹藏群阜，低昂排迤逦。彬驳各峰头，微涡留赪紫。
想昔爆发时，岩岫为披靡。洪炉溶地骨，大鼎沸石髓。
烟黑欲污天，火烈如焚纸。崇墉既崩决，奔泻压郊鄙。
于今存坑谷，空阔徒尔尔。火井久息烟，劫灰已万纪。
众籁寂无声，浮云自远迩。异卉曰银刀，参差生崺㠍。
缟叶环皓干，亭亭捧素蕊。此山本无泉，燥地那有水。
餐云复饮露，惨淡营生理。处境虽艰危，天恩固可恃。
俯仰眸绝色，徘徊叹观止。

按：此诗作于1947年洪业应聘往夏威夷讲学之时，茂矣（Maui）是夏威夷群岛中的第二大岛。

## 八、剑桥岁暮八首

### 其　一

剑桥岁暮叹年侵，胜地风光久陆沉。
自分闻钟羁客耳，犹惭览镜丈夫心。

国因丰大从多故，民苦流亡岂只今。
炳烛差堪窥典籍，瓣香乡往顾亭林。

### 其 二

哈佛诸生困棘围，五经博士好夸威。
出题不惜兼难易，射策犹期中隐微。
教学原无中外例，图书故是国家非。
旧校桑沧浑意表，西望正能永日归。

### 其 三

燕京大学对西山，华表亭亭贤士关。
儒雅师资尊孔孟，英才教育乐甘颜。
如何礼让多年后，顿尽风流一旦间。
市虎才谈人变色，令威飞去不飞还。

### 其 四

辛巳年除在系累，南冠十一共凄其。
敌骄方谓驱羊易，士弱宁知捋虎威。
要为彝伦留气节，誓将生死托希夷。
伤哉战克和戎矣，于国翻无毫发裨。

## 其　五

吾家今日亦三洪，但愧功名远不同。
也好读书求义训，究嫌用世短包蒙。
忧危海淀春风里，喜捷申江谷雨中。
肥瘦提携曾几月？天涯散处又西东。

## 其　六

燕市当时老侣俦，最思赵邓陆孙刘。
酒虽怯饮杯杯好，山为同看处处幽。
万里无从探消息，九年几已惯离愁。
文如诗问藤花会，此愿终天恐不酬。

## 其　七

叠叠藤萝紫气赊，南园半角廿年家。
一窗山景应如故，万卷尘书尚在耶？
点点倾囊今再置，篇篇插架慢增加。
海滨集内多佳作，细读只嫌老眼花。

## 其　八

人文宗匠复宗师，友悌城中着鹿皮。
事业非同糊口计，传邮再发解颜诗。
力悭未克全酬和，腹俭还容出遁辞。

那可生灵涂炭日，雕虫小技壮夫为？

按：《诗存》本《剑桥岁暮八首》题下有自注云：“奉顾一樵先生命，用少陵《秋兴》诸韵。”可见这首诗用的是杜甫《秋兴》八首诗韵。顾一樵，即顾毓琇，著名学者和教育家。第七首诗中提到的“海滨集内多佳作”，指的就是顾氏选译的各国诗歌合集，收入《顾一樵全集》第八册。第六首有云：“万里无从探消息，九年几已惯离愁。”洪业 1946 年去国，由此推算，此诗应作于 1955 年。

## 九、和周策纵游唐人街戏<br>和李白《登金陵凤凰台》诗并用原韵

海外娜嬛幸共游，诗家锦思出如流。
妙辞好笑谈新味，丽句先将写旧丘。
老去栖迟孤树屋，春来顷刻百花洲。
那堪世变沧桑里，更读旧生万古愁。

按：见《周策纵旧诗存》第 81 页，作于 1957 年。同页又有周策纵诗作，题曰“洪煨莲先生命作前诗，既成奉览，复蒙和作，因再步原韵奉答”，并附录洪氏和诗如上。“旧生”疑是“书生”之讹。

## 十、哭邓之诚文如（生于一八八七，卒于一九六〇）

清修与众殊，难用因材大。邓公度外人，生长滇云内。
民初抱壮志，幡然下烟霭。沪滨诸遗老，一见惊风概。
北大编国史，礼聘延耆艾。公时独年少，周旋屠张辈[1]。
淹岁竟无成，筑室道谋碍。政局数迍邅，学府随狼狈。
投笔奔国事，南北疲行駃。党伐生纵横，割据任军队。
金钱买廉耻，苟且相迁代。公谓解纷乱，去兵为要最。
与其争虚言，曷若息凶害。世方轻孔丘，谁复识郭泰。
吾谋适不用，废然返无奈。史学教授席，坐期餐沆瀣。
俸常欠不给，贫直分无贝。君子自固穷，儿女奚所赖。
燕京虽私立，可就资粗粝。辛勤共甘苦，阳纪忽过再。
寂寞槐树街，到门非褦襶。僚侪犹寡合，诸生则捧戴。
窗外竹菁菁，斋中人蔼蔼。插架三万轴，指顾供商兑。
好学斯可教，忠焉能无诲。茶烟待客来，著述须宾退。
笔削二千年，百家存沙汰。制度求其通，名物略其碎。
才学识三长，岂徒掉书袋。[2]生平严取予，品藻时显晦。
昔贤未轻许，时流更自郐。素厌留学生，顾我为例外。
每逢星期五，过舍欢晤对。嗟我谫陋者，剩残亦沾丐。

① 原注：屠寄敬山，张相文蔚西。

② 原注：公编著大小十馀种，而最专心致力于《中华二千年史》，初印为燕大讲义，中为商务印书馆大学丛书之一种。最后完本以一九五六年由中华书局出版，皇皇巨制，都二百万言，其以正史纠稗野之诬，以稗野补正史之阙，犹万斯同季野之遗意。

别来十馀载，入梦疑暧曃。清诗寄万里，犹问藤花会。
人间与天上，此意不相悖。但若念斯文，何能免怨怼。
暗雾蒙乾坤，洪涛灭华岱。只馀一骨董，洒泪空怀爱。[1]

## 十一、题陶门柳

靖节门前柳，千载传不朽。
树腰自顽固，柔枝任折走。

按：《周策纵旧诗存》第101页周氏《洪煨莲先生赠诗四首并序》附。其序云："海燕先生写示陶门柳，有七（五）言绝句一首，佳会风雅，善翻诗案。夜半咏读，油然技痒，戏草六言四章奉和，效颦之愧，不足当诗人一笑也。"周氏和作作于1962年7月，洪诗当作于此前不久。

## 十二、敝舍小园诗（存佚句）

寒花晚照残犹惜，落叶秋风扫更多。

① 原注：一九四一年冬，在日本宪兵队狱，初与杜髯叟同拘一室中。忽夜半潜笑不已，低声问之，则曰："笑日军将领之无识耳。捉我老杜，破了四年以来用无线电暗通国际消息的机关，也算有点本领。但如今捉了一批薄弱书生，已甚可笑，又捉了先生和邓文如，搬这一对老骨董到监狱里，岂不更荒唐之至！"

1965年元旦次日，周策纵《与洪煨莲先生书》中写道：“拜读大作《敝舍小园诗》，弥增怀旧之感。‘寒花晚照残犹惜，落叶秋风扫更多。’名句也，岂可多得！既词客之哀时，实诗人之悲天。低回讽诵，爱不能释。《卜算子》意境深邈，本欲得夸父追落日于虞渊，乃觉多事矣。奈纵年过二毛，蹉跎海外，读公‘惆怅流光泻’句，意且不能平，复成拙句，无以为怀矣。前作‘惯骑耶作马’，祈代改‘作’为‘当’，避重也。蒙公过誉，知在鼓励后进而已。”（《周策纵诗存》第108—109页）

## 十三、卜算子（存佚句）

惆怅流光泻。

按：见上段引《周策纵诗存》。

## 十四、读郭沫若《李白与杜甫》有感

少陵不作河西尉，总为凄凉恶榜笞。
何把近畿移远地，遽挥刀笔肆诛夷。
半生卓立辟雍外，一语难将驷马追。
奉告先生诗有教，温柔敦厚莫更疑。

按：此诗见于新版《洪业传》第287页。郭沫若《李白与杜甫》出版于1971年，据此推测，此诗当作于1971年至1979年之间。诗中对郭氏扬李抑杜颇为不满。

## 十五、一至七字令寄胡秀英博士

唉，
韭菜，
韭菜薹，
良友亲摘，
洗净整整排，
又复亲自送来，
如此亲情真可爱。

她，
来啦。
飞到那？
澳大利亚。
几时才回家？
为她洗尘好吗？
预备一点酒和茶。

所谓“一至七字令”，亦称“宝塔诗”，始于唐代。洪业以白话为之，可谓推陈出新。此诗承陈毓贤先生提示，见其《洪业忆故友：胡适、顾颉刚、赵元任》一文，载香港《明报月刊》1987年12月。据陈毓贤先生言，此诗作于1978年，洪业先生八十五岁生日前不久。谨此致谢。

## 附：纪念洪业诗二首

### 一、程曦《寿洪煨莲教授七十》（作于癸卯即1963年）

论史他年有定评，五洲桃李献新声。
杜陵漂泊诗犹在，庾信栖迟赋可成。
危难贵能存大节，乱离偏足见高情。
古稀尽世称耆宿，指引生徒看太平。

（见程曦《灵潮轩诗集》）

### 二、杨联陞《纪念洪煨莲先生》（1981年5月14日）

康桥岁暮诗重咏，夫子音容尚俨然。
东布春风西化雨，量如巨海德长川。

子玄子美功臣并，八十八年福寿全。

文史洪门多健者，先生含笑住钧天。

（杨联陞著、蒋力编《哈佛遗墨：杨联陞诗文简》，商务印书馆，2004年，第271—272页）

原载《中华读书报》2022年5月18日第15版

# 杂技诗人周策纵

被他的海内外友朋弟子尊称为“周公”的周策纵先生（1916—2007），一生颇具传奇色彩。他早岁毕业于中央军政大学，供职于侍从室，1948年乃负笈北美，后获密歇根大学政治学博士学位。1965年起，他长期执教于美国威斯康辛大学东亚语言文学系，治学涵盖文学、史学、哲学等领域，以兴趣广泛和学问渊博著称。他一生滋兰树蕙，桃李满天下，我虽非周策纵先生的门人弟子，但作为晚辈后学，曾多次向他问学请益，并蒙他赐予教导。1993年，我着手翻译周公大作《诗字古义考》［*The Early History of the Chinese Word Shih*（*Poetry*）］，其间碰到一些拿不准的地方，曾写信向他请教。他不弃愚钝，耐心地给我以指点。久而久之，我也习惯以周公相称。

周公以教授为业，在一般人心目中，他的身份就是学者，而在我看来，周公首先是一个诗人。他从年轻时代起，就诗兴甚高，诗癖极深。2006年，友人陈致教授编成《周策纵旧诗存》，并在中国香港汇智出版有限公司出版，周公平生所为韵语凡千馀篇，俱录入此编。书末附录有周公所撰《弃园自传》之一，题为“初中点滴：初离家乡和卷入反日运动”，可知他自初中时代开始，就对诗歌产生了浓厚的兴趣。他热衷于读诗、谈诗，对“贴诗”（从书上抄下一句旧诗来，把句前句后或句中某一个字不抄出，让大家来猜一个适当的字）、诗钟之类的游戏，也乐此不疲，并有诗作发表于上海《学生文艺丛刊》等报刊之上。少年时代形成的诗歌兴趣，伴随了他的一生。成年以后，他对诗歌的兴趣更大，从对联、诗钟、集句以及各种旧诗体裁，到新诗和新诗集句，他都乐于尝试，并陶然忘忧于其中。

陈致编《周策纵旧诗存》，汇智公司2006年版

1995年秋天我在哈佛燕京学社访学之时，曾集李义山诗成七绝五首，并寄呈周公请教。周公在颇有肯定之馀，也对我的习作指瑕引导。他在回信中说，他早年也曾集过李义山诗："三十年前，萧公权先生寄示其1938年所集义山诗，我当即集了《草下》一首作答。"信中抄示此诗全文如下：

草下阴虫叶上霜，何劳荆棘始堪伤。
西园碧树今谁主？玉殿秋来夜正长。
永忆江湖归白发，未妨惆怅是清狂。
天荒地变心虽折，不信年华有断肠。

据周公说，此诗是他1965年秋在威斯康辛大学所在的陌地生（Madison）集的，是整整三十年前的事了。他谦称此诗"集得不工，仅纾个人所感耳"，但我知道，周公集成的是一首七律，而集一首七律的难度，要远远大于集一篇七绝，因为七律中二联要求对偶，对集句的要求更高。周公所集七律中二联对偶严整，"永忆江湖归白发，未妨惆怅是清狂"一联尤其令我击节赞叹。此篇集句今编入《教栖草（一九六三——一九七二）》（《周策纵旧诗存》第110页）。

周公对集句诗的兴趣，不是心血来潮，偶一为之，而是呼朋啸侣，经常以此消遣。北美人的日常生活中，每逢圣诞节或新年，都要互寄卡片，以示祝贺。在圣诞节或新年贺卡中，以集句抒怀，与友好通问，大概可以说是周公的发明。1960 年岁末，周公时在哈佛，曾集谭嗣同诗句为《岁暮书怀》七律六首，并抄寄友好。1962 年圣诞节，他集鲁迅诗句为七绝四首，也寄送海外诸友。1963 年圣诞节，他又集杜甫诗句寄洪业、杨联陞、蒋彝等友好。他那本很有个性的小书《续梁启超〈苦痛中的小玩意儿〉——兼论对联与集句》（求自出版社，1964 年），是在 1960 年撰成初稿，1963 年定稿于波士顿之弃园，1964 年在香港印刷出版的。

1923 年，梁启超遭遇了人生中的许多苦痛：夫人卧床半年，终于病逝；爱子远行，令他思念不已；国家内战不止，变乱如麻。除了与爱女相对，梁启超只能天天读词，集词句为对联，以此安抚自己的苦痛。12 月 3 日，他在《晨报》纪念增刊上发表了一篇《苦痛中的小玩意儿》，登载了他集唐宋词句而成的对联四十八幅。1960 年前后，周策纵步梁启超之后尘，集成五代宋词联一百多副，并从中选出七十一副，录入《续梁启超〈苦痛中的小玩意儿〉——兼论对联与集句》之中。可以说，他对集句兴致最高的时候就是 1960 年。

对联和集句，是旧诗的根基或组成部分。周公的旧诗创作，有兴观群怨之用，其“群”之用尤大。他常将自作寄赠友好，相互唱酬，活跃在北美汉学界的华裔学者，如前文提到的萧公权、洪业、杨联陞、蒋彝等人，与他的互动尤多。他们不仅了解中国传统旧诗的各种形式，而且往往擅长此道。如洪业先生对集句情有独钟，在燕京被日寇拘押时，颇欲集杜句抒怀明志。诗联这些韵文形式，是周公与同道友好交往对话的重要方式，所谓“以文会友，以友辅仁”。

程曦（1919—1997）就是他的同道友好之一。程曦，字仲炎，原籍河北文安，早年师从吴宓，颇受器重。陈寅恪先生执教岭南大学时，吴宓推荐程曦任陈先生助手。后来，程曦辗转执教于香港大学、剑桥大学、伦敦大学、马来亚大学、爱荷华州立大学、华盛顿大学等校。程曦为人好古博学，兼通文史，精善书画，可谓多才多艺。他对诗词曲学造诣尤深，著有《灵潮轩杂剧三种》《灵潮轩诗集》等。1971 年，程曦将自己的诗词曲集寄呈周公，周公读后，称赏其中的“野田蔓草逢春密，废雉闲花对客娇”“涧外危峰阴翠石，岭头皓月冷青松”“风烟上下连渔艇，岭路高低出画楼”等诗句，对《香江客感》及《美潮轩日咏》《寿港公七十》等篇，也赞为胜作。（1971 年 8 月 7 日周公致程曦信，见陈致、孟飞、黎汉杰整理《周策纵论学书信集》，中华书局，2016 年，第 94 页）周公敏锐地发现，“靈潮軒詩詞曲合集”这个书名中，含有“口”字部件特别多，遂作《戏用口字体题程曦教授〈灵潮轩诗词曲合集〉》，以为戏笑。诗前有作者小序云：“共得六十四口，合《周易》之数也。原书名多口字，故用此体。陈沈炯有和蔡黄门口字咏绝句，得三十九口。”其诗云：

磊磊謳謌哭，區區嘻罵高。
靈詞器謳謳，品藻鑰囂囂。

此诗五言四句，二十个字，共计含有六十四个口字，与《周易》六十四卦之数正合。诗后还有一句题跋：“仲炎吾兄哂正哈哈，弟周策纵未是稿。”这句跋语中也含有十个“口”。此诗 1971 年 10 月作于陌地生（Madison），周公虽然多年客居于此，仍然称之为“陌地”，是看中这两个字的字面比较有诗意。此诗编入《周策纵旧诗存》第 155 页。其形式颇类六朝诗中的地名诗、药名诗、建除诗一类，由此可见周公诗歌受六朝诗学的影响，也可以看出他为人滑稽通脱的六朝品格。

这首游戏之作小序中提到的沈炯，是南朝陈朝人。沈炯一生遭遇离乱，读过六朝文学史的人，大多知道他有一篇《归魂赋》，却未必知道他早年还写了不少杂体诗，包括八音诗、十二生肖诗、离合诗之类，和蔡黄门的那一首《口字咏》绝句也属于这一类：

嚚嚚宫閤路，靁靁谷口閭。
誰知名器品，語哩各崎嶇。

从表意的醒豁自然来说，周公之作显然已占上风。再对比双方句中所有的“口”数，也是周公更胜一筹。一古一今，两位诗家都是为“口”而造辞，意在戏谑，属于游戏文字。

程曦与周公交往多年，关系颇为密切，所以可以这样戏谑玩笑，不拘形迹。1997 年 7 月，程曦去世，周公为撰挽联云：

教学艰难，可惜与人、势、时多相凿枘；
遭逢离乱，宁愿从画、诗、曲独畅胸怀。

上联慨伤程曦的平生，下联赞叹程曦的才学，言简意赅，词外之旨，颇有千古文章未尽才的叹惜之意。程曦传世著作不甚多，1993年10月，他手书自印了一册《海外汉学兴衰管见》，印量不多，流行也不广。我在哈佛燕京图书馆的书架上见过此书，翻读一过，当时留下的印象，与现在读周公所撰挽联的盖棺之评颇能相互印证。挽联之外，周公还写了一首悼诗，抄写两份，并吩咐其家属在程曦墓前焚化。可惜，现在知道程曦的人恐怕不多了。

这首“口字体”诗，可以归入杂体诗的范畴，还让人联想到杜甫诗歌中的名篇《饮中八仙歌》。诗中写到盛唐时代八个好酒成癖的名人：贺知章、李适之、李琎、崔宗之、苏晋、李白、张旭、焦遂。世上凡是饮酒的人，凡是爱诗的人，没有不爱诵读这首诗的。若是在饮酒的场合诵读这首诗，自然特别切题，还有特殊的意味。即使酒桌上有不爱酒的人，抬出这八位酒仙，也足以让他们哑口无言，有口莫辩。据《檀几丛书》记载，清人张潮曾以《饮中八仙歌》为酒令，号为《饮中八仙令》：“逢口则饮，口穿破者不算；逢钩便转，顺行起令……在座宾朋未必尽记此诗，不妨以片纸写每句首一字，共二十二字，存监令处，以免错误。”座中每人依次诵读诗中一字，逢句中字有“口”者饮，饮之多少，随字之口数多少而定。如诵第一句“知章骑马似乘船”，遇“知”“骑”“船”

诸字者，皆须饮酒。从酒令的角度来说，《饮中八仙歌》也可以看作诗中的“口字体”，便于行令时诵读使用。如果要把饮酒气氛炒得更热闹一些，建议直接用沈炯和周公的两首口字体诗为酒令。

周公自幼喜欢诗钟，无情对原属诗钟中的一类，他一直跃跃欲试。1958 年 6 月某日，在马萨诸塞州剑桥杨联陞教授府上的宴席间，刘子健教授以“太空时代摆摇舞”为题，命周公作无情对，周公即席成《无情对》，全诗如下：

子健命作无情对，姑且生凑没趣谈。
太空时代摆摇舞，月色分明别散关。

无情对一般就是一联对句，周公在这里凑了两副无情对，又将其拼合为七绝一首。他还附了一段长篇解释，读后令人忍俊不禁：

二句中以“子”对“姑”，至为明显。古人有为（以）“且”为“疽”者。“病且死”乃成“病疽死”，故此以“健”对“且”。以“生”对“命”，乃连词为对。末二句首字乃以“太阳”对“月亮”，次字以“色”对“空”，乃佛家语。“时”（hour）对“分”（minute）。“明”“代”以连词为对。陆放翁诗句有“铁马秋风大散关”，

“散关”乃地名，但“别”“散”“关”三字皆可用动词，故可与“摆”“摇”“舞”为对也。（《周策纵旧诗存》，第 85 页）

这段文字引经据典，侃侃而谈，拜读之后，我眼前浮现出杨府席上诸公戏谑谈笑的欢乐情景。周公一本正经的语气，滔滔不绝的辞风，也让我联想到他的大著《古巫医与六诗考：中国浪漫文学探源》中的广征博引和左右逢源。严格地说，这首诗并不是典型的无情对，也不是优秀的无情对作品，只是聪明人的游戏而已。周公千方百计，要论证上下两句之间虽无情而仍为对偶的道理，其意不在于逞才炫智，只是与友朋分享文字游戏的乐趣而已。

周公还喜欢回文诗。据说回文起源于十六国时窦滔妻苏蕙的《璇玑图》诗。此图八百多字，无论正读、反读、横读、斜读、交互读，退一字读，迭一字读，均可成诗，可以读出三言、四言、五言、六言、七言诗一千多首，形式巧妙，令人叹为观止。如果此说可信，那么，回文诗也可以说是六朝时代文艺美学的产物。周公曾作《星岛纪游用字字回文体（寄王醉六先生）》：

星淡月华艳，岛幽椰树芳。
晴岸白沙乱，绕舟斜渡荒。

诗人为此篇加了自注，以使读者能够体会他的苦心：“写成一圆圈，可从任一字起，从任一方向读，可得五、六、七言绝句，又隔字读，可得长短句词，共可得千首左右。”（《周策纵旧诗存》，第139—140页）窦滔妻的《璇玑图》毕竟有八百多字，周公的回文诗只有寥寥二十个字，却蕴含五、六、七言绝句及不同词牌词作千首左右，其变化之多端、衍生力之充沛，神奇莫测，出人意料。照此说来，这首“字字回文体”诗较之《璇玑图》可谓青出于蓝而胜于蓝。周公不无得意地将这种“字字回文体”称为“汉诗轮回”，常与友人以此道聚会玩乐。

无论是诗钟、无情对，还是集句诗、回文诗，都讲究文字的巧妙安排，运用之妙，存乎一心。用一个譬喻来说，这就是一种文字杂技，拼的是技艺，惯者为师，熟能生巧。因为酷爱此道，周公乐此不疲，几十年下来，将自己训练成全能的高手。因为酷爱此道，他特别重视这些文艺形式，评价也特别高。他那本小书《续梁启超〈苦痛中的小玩意儿〉——兼论对联与集句》（求自出版社，1964年），对此有明白详细的阐述，兹不赘论。

这么说来，周公确实可以说是一个偏爱文字杂技的诗坛高手。不过，我有点担心：我在这里强调周公的诗人身份，强调他的文字杂技水平，会不会遮蔽周公在正统诗体创作上的成就，会不会遮蔽他在其他领域严肃研究上的多重贡献？实际上，周公于诗，对纪游、论诗、题画、唱和、赠答等题材皆颇为擅长，小令、长调皆有风韵。他在汉学（他认为应该改名为“华学”）研究方面的成就也是很丰厚的。他的《五四运动：现代中国的思想革命》

早已产生广泛影响，1996年，由江苏人民出版社引进在大陆出版，堪称这一领域的经典之作。他精研《红楼梦》，著有《玉玺·婚姻·红楼梦——曹雪芹家世政治关系溯源》等一系列红学论文，又组织国际红学研讨会，推动了西方汉学界红学研究的拓展。他的专著《古巫医与六诗考——中国浪漫文学探源》等书也蜚声学界。他多次回国讲学，开展学术交流，增强了国内外学术界的互动，也是众所周知的。

最后，我还要特别提到他的两篇长篇论文。1970年12月，周公在维尔京群岛圣瓦克举办的“传统中国文学批评讨论会”上宣读了一篇重要论文《文道探原》，原载 *Chinese Literature: Essays, Articles, Reviews*, VI, Jan.1979。学姐钱南秀教授曾将此篇译为中文，译文长达三万字，最早刊载于南京大学古典文献研究所主办的《古典文献研究》（1988），1989年由南京大学出版社出版，后来收入赵益、程章灿编《借石他山：〈古典文献研究〉三十年译文精粹集》（商务印书馆，2019年）。在中国诗学方面，周公也有诸多引人注目的成果。2014年，世界图书出版公司出版《周策纵作品集》，其中包括《弃园诗话》一卷，选取了周公论诗评词方面的经典文章十六篇，其中 *The Early History of the Chinese Word Shih*（*Poetry*）一篇，经周公确认，中文篇名为“诗字古义考”。《诗字古义考》初刊于1968年，是周公诗学研究的重要创获，我曾于1993年译为汉语，译文长达四万字，最早刊载于南京大学古典文献研究所主办的《古典文献研究》（1991—

1992），南京大学出版社 1994 年出版，后来亦收入《借石他山：〈古典文献研究〉三十年译文精粹集》。这两篇论文都是周公上古文史研究的扛鼎之作，《诗字古义考》对于上古诗史研究的意义尤其重大，虽然发表至今已经超过半个世纪，仍然有着重要的学术参考价值。可惜，这两篇论文尤其是中译本流传不广，我顺便在这里做个推介。

原载《南方周末》2022 年 4 月 28 日“阅读”版

# 第四辑

# 费城不眠夜

夜里 11 点多的费城 Chinatown，看上去是另外一种模样。白天熙熙攘攘的街巷，现在空无一人，没有车声，也没有人语，四周静悄悄的，这座城市大半已经进入了梦乡。这是 1998 年 7 月 29 日，我第二次来到费城的日子。

经过两个多小时的行驶，载着我的大型轿车（limousine）停了下来，司机终于说出我盼了好久的那一声："到了。"没等他拉开车后盖搬取行李，旁边停的一辆小轿车的车门开了，一个高高瘦瘦的人从驾驶座上站了起来，一边用英文问"是程教授吗"，一边伸着手朝我走了过来。我知道他就是 James Green，我此次行程的主要联络人，也迈开大步迎了上去，握手，寒暄。

两个多小时前，我从纽约肯尼迪机场出来，刚走出到达口，就看到有人举着一块纸板，上面写着"JFK–PHL"字样和我的中英文名字。他就是来接我的司机。然后，他就开着这部车，披星戴月，把我载到费城 Chinatown。这一切都是 James Green 安排的。

其实，我应该叫他 Jim，在此次见面之前，我们已经通过好多次电邮，在通信中，他早就让我称呼他 Jim，这样不显得生分。文字往返，一来二去，虽然没有见过面，但心里已将彼此当作熟人了。

四个月前，我接到由费城图书馆公司（The Library Company of Philadelphia）馆长 John. C. Van Horne 签发的来信，通知我的访问学者申请已经获得批准。这意味着，我成为这家古老的图书馆历史上第一位来自亚洲的访问学者。接下来的具体事务，包括行程安排、寻找短租房等等，都由负责学术交流的副馆长 Jim 与我接洽。这些事说起来简单，实际上很琐碎烦人，有时还不好解决。比如旅行费用问题，就很不容易。为了发挥馆藏资源的作用，扩大自身的影响，费城图书馆公司设立多项研究基金，每年邀请十馀位学者包括研究生到馆研究，已经进行了很多年。图书馆除了负责学者的旅行费用，还提供一笔生活补贴。在我之前，大多数访问学者和研究生都来自美国本土，少数来自欧洲的，就算比较远的了。对他们中的大多数人来说，一张机票，五百美元就绰绰有馀了，但是，从上海飞到费城的机票，五百美元显然是不够的。Jim 跟基金会说明了这个情况，基金会马上同意实报实销，工作效率之高出人意料。

又比如行程安排问题。我家住南京，那时还没有往返美国的国际航班，我得先从南京到上海，再从上海飞美国。在浦东机场投入使用之前，从上海进出港的国际航班，都是从虹桥国际机场起降的。当年飞美国的国际航班，当然没有今天这么多，虹桥机场的条件也不如浦东机场，但比浦东机场近一些，对像我这样拖着行李从南京过来的人，交通算是方便的。费城虽然算得上美国的大城市，却没有直飞上海的航班，我只能先飞到纽约，再转车到费城。从纽约到费城的距离，相当于从南京到上海，总之，这个行程的头尾两段，不免有一些周折，不那么平顺。

我选择利用暑期时间赴美访学，出发时间定在7月底到8月初，这样不会影响秋季学期的课程。大多数留学生或访问学者，都喜欢在这个时间段赴美。那时的航班不多，所以，7月初的时候，这条航线的机票就有点紧张，要当机立断，否则越拖越不好买，越拖机票越贵。Jim跟我商量之后，很果断地选定了7月29日从上海到纽约的航班。航班到达纽约的时间是晚上7点多，再过个海关，就差不多8点了。从纽约到费城，还有一百多公里的距离，怎么走又是一个问题。理论上，可以坐飞机，可以坐火车，还可以坐“灰狗”或其他巴士，有多种选择，但都不现实。所谓其他巴士，比如纽约中国城就有直达费城中国城的专线巴士，看上去很便捷，但是从肯尼迪机场到纽约中国城，对人生地不熟的我来说，太费周折了，不合适。转火车吧，火车开得并不快；转飞机，也要飞一个小时，班次时间都未必凑巧，况且到了费城机场或费城火车站，还有一个接站的问题。我此前到过费城机场，也去过费城火车站，但只是匆匆过客，总体上是陌生的，黑灯瞎火中摸索，实在让我惶恐。Jim与图书馆同事商量之后，找到一个不错的方案。帮他们订票的旅行社New Asia America Group就在费城

Chinatown，这家公司在北京和上海都有分公司，可以通过分公司将机票快递给我，还提供往返费城—纽约的接送服务。接送司机是中国人，跟我交流起来比较方便。Jim 在电邮中说了他的安排，跟我细细交代了接机车辆和司机的情况。那个年代的国际旅行，允许带很多行李，免费行李重量高达 64 公斤。我是短期访学，又孤身一人，行李并不多，不过，旅行社还是派了一部 limo（limousine）来接。说来惭愧，limousine 这个词我还是跟 Jim 学来的，真是孤陋寡闻。那时还没有手机，没办法互留手机号码，更没有其他即时联系方式。Jim 也跟司机简单交代了我的情况，以及在费城 Chinatown 的交接地点。这样，我从南京出发时，心里就比较踏实了。

从南京到上海，现如今可以坐沪宁城际高铁，也可以坐京沪高铁，风驰电掣，最快一个小时就到虹桥，再方便不过了。可在 1998 年，既没有动车，也没有高铁，火车虽然提过速，还是比较慢的，虽然与 20 世纪 80 年代相比，已经好多了。1983 年我到南京读书，寒假从南京到杭州，早上 9 点多出发，下午 6 点多到，花费了八九个小时，就是开到上海，也要五六个钟头，几乎整个白天都花在路上了。今天乘宁沪、宁杭高铁，都只要个把小时，便可以通勤，倒退二十多年，真是难以想象。南京没有美国使领馆，签证都要到上海领事馆办理，1998 年的时候，要提前一天到上海，过个夜，第二天一早去领馆前排队，下午拿了签证，回南京多半天已经黑了。现在当天来回，还优哉游哉，从容得很。1996 年沪宁高速开通，号称中国第一条高速公路，拉近了南京与上海的距离，也缩短了沪宁间长途车的行驶时间。我了解到，1998 年已经有一条专线班车，从南京直达虹桥机场，只消三个多钟头，省时省力。我的航班是下午 2:50 起飞，正好赶得及。

吃过中饭，从虹桥国际机场登机，一路向着东北，第一站就飞到美国阿拉斯加的安克雷奇（Anchorage），在那里入境转机。等到抵达纽约的时候，已经在路上奔波了二十多个小时。国际航班上往往有些好看的电影，我不舍得放过，睡觉的时间就少一些。在纽约下飞机时已是晚上，我一身疲倦，还拖着一箱行李，如果没有专车接送，不知还要增加多少周折，平添多少疲惫。按照事先的约定，司机把车开到他的公司门口，Jim 就在那里等我。总体来说，Jim 的安排是很妥当的，除了在安克雷奇入境。

这次旅行是我的第二次国际旅行，跟第一次隔了三年。三年前，作为哈佛燕京访问学者的我第一次来到美国，并在这里呆了整整一年。那次旅行也是从上海出发，不过到东京转机，从洛杉矶入境美国，最终目的地是波士顿。有朋友来接机，从机场到住处，一切都很顺利。这次走的路线不一样，最大的不同是在安克雷奇入境。安克雷奇这个地方，顾名思义，是下锚、停泊的地方。它位于阿拉斯加中南部，是该州最大的城市和最重要的港口。与洛杉矶、旧金山、西雅图、纽约相比，由此地入境的中国旅客不多，移民局官员饶有兴致地、慢吞吞地查看着每个旅客的证件。轮到我时，我出示了宾夕法尼亚大学和费城图书馆公司的两份邀请函，我是这两家单位联合邀请的。没有想到的是，移民局官员居然按邀请函上的电话号码，给宾大和费城图书馆公司打电话核实。我心里想，他们也许没听说过费城图书馆公司，但是，大名鼎鼎的宾夕法尼亚大学，难道他们也信不过吗？好在时间不久，电话打通了，电话那头确认我是他们的客人，我就顺利入境了。入境后的航线，便算美国国内航线，不会再有这类麻烦了。见到Jim的时候，我还有点耿耿于怀，向Jim抱怨了几句。我说，亏得今天是星期三，如果碰上周末，图书馆不开门，没人接听电话，他们会怎么办？须知那个年代还没有手机，邀请函上留的公家电话都是座机，周末座机无人应答，是很常见的事。Jim宽慰我说，不会有事的。

虽然是盛夏时节，毕竟已到深夜，风吹过来，我感觉到了一阵阵凉意。Jim帮我把行李放到他的车上，我们跟司机说了再见，Jim就载我直奔住处而去。我的住处也是他找的，在1725 Spruce St.，是个一居室的Studio，有独立的卫生间、厨房、起居室、卧室，有电话，有空调，麻雀虽小，五脏俱全。比较另类的是，卧室隐藏在挑高的一层，需要爬梯子上去，相对独立而隐蔽，不留心简直发现不了。房子的位置很好，图书馆在Locust St.，Spruce St.就在其南边紧挨着，从住处往东走三条街，就是图书馆了。更巧的是，这套房子里的原租客，是宾夕法尼亚大学东亚系的一名博士生，暑期回家去了，这房子是短期的sublet，因此租金也比较便宜。主人把房子整理得很整齐，还留了一张纸条，把卫生间和厨房使用的注意事项，交代得清清楚楚。房间里有一个书架，书架上错落地插着一些有关亚洲历史文化的书，还有不少 CD。书架主人表示，欢迎翻看架上的书和 CD。在随后的日子中，这一堆 CD 为我的夜读营造了美好的音声环境，成为我宅居的最佳陪伴。我特别高兴的是，从中发现了我最爱的歌手 Judy Collins，据说时任美国总统的克林顿也是她的“粉丝”，称赞她有一副紫水晶的嗓子。后来，我到处搜罗，终于买到了她的音乐 CD。直到今天，Judy 歌曲的熟悉旋律，瞬间就能将我带回在费城读书的日日夜夜。

进了房间，放下行李，Jim 又向我简单交代了几句，说明天中午再来看我，一是给我带个小电视来，二是带我去图书馆报到。让他在 Chinatown 等到半夜，我很过意不去，好在他的家跟我的住处就隔两条街，回家路上不需要再花多少时间。我从行李箱中取出从南京带来的礼品，送给 Jim，聊表心意。我郑重道过谢，就请他赶紧回家歇息。Jim 走后，我把行李箱中的衣服取出挂起来，然后抓紧冲个澡，就爬上挑高层的床去，让自己躺平。疲倦的肢体终于得到放松，旅途中悬着的心也可以放下来了。但是，新环境的刺激一时半会儿平息不了，我躺在床上，尽量抑制飞越的神思。

重到费城的第一夜，注定是个难眠之夜。

2021 年 10 月

# 海外集

## 一、乙亥中秋集义山诗遣怀四首

万里南云滞所思。故教迢递作佳期。
几时心绪浑无事，雨落月明俱不知。

年少因何有旅愁。远书归梦两悠悠。
水亭暮雨寒犹在，怀古思乡共白头。

西来双燕信休通。倚座欹眠日已中。
目断故园人不至，九秋霜月五更风。

东方过此几微尘。月里依稀更有人。
若道团圆是明月，浮云一片是吾身。

1995 年

## 二、又感事集句一首

几年始得逢秋闰，四海于今是一家。
欲问孤鸿向何处，不教容易损年华。

1995 年

## 三、波城大雪歌

乙亥冬丙子春波士顿大雪突破历史纪录，歌以记之。

波城大雪雪卷风。狂飙巨龙搅寒空。
巨龙何事来天外，一夕千里走美东。
天苍地白神灵号。鬼手冷湿舞大纛。
沟堑阶砌失须臾，白屋纷纷戴雪帽。
商肆官衙寂无声。门闭积雪筑冰城。
我客波城方数月，皓情素谊使我惊。
殷勤飞雪不胜扫。长夜飘飘直到蚤。
朝来翻腾恣意态，旋扫旋生若春草。
春草薄梦覆厚巾。雪底衣裳簇簇新。
谁道春心不可见，已种来春不了因。
来春梦断发新绿。原草萋萋系芳躅。
昨夜西风吹梨花，朵朵飞成枝上玉。
翩翩柳絮乱离枝。因风吹起谢女诗。

胡儿撒沙复撒盐[1]，今人机巧古人痴。
山阴访戴最痴绝。兴来乘舟夜皎洁。
故国迢遥三万里，我寄乡心与白雪。
鸿爪雪泥留一行。高低深浅费周章。
诗客蹇驴行不得[2]，回头灯火已昏黄。
冬夜寒灯照东壁。坐拥书卷帷寂寂。
暖气催入黑甜乡，梦里关河清历历。
梦魂岂得无拘牵。夜半惊醒雪满天。
铲车楼下轰隆过，明朝休假且安眠。
儿童户外欢声动。年少岂觉有冰冻。
红颜笑展雪添色，追逐抛掷恣戏弄。
危枝松鼠向人窥。急驰还顾意迟迟。
如此风雪如此夜，何处堂前有暖枝？
居近通衢少车马。有人雪橇弄潇洒。
鸽群比翼更悠然，白云一片依依下。
闻道去年旱夏长。城中绿草或枯亡。
化雪为雨冬济夏，我愿天公重估量。

1996 年

① 《世说新语·言语》："谢太傅寒雪日内集，与儿女讲论文义。俄而雪骤，公欣然曰：'白雪纷纷何所似？'兄子胡儿（谢朗）曰：'撒盐空中差可拟。'兄女（谢道蕴）曰：'未若柳絮因风起。'公大笑乐。即公大兄无奕女，左将军王凝之妻也。""胡儿"亦借指"洋人"。雪后撒沙则路不滑，撒盐则助融化。

② 余以自行车往来哈佛，其便不及蹇驴。

## 四、英伦北游歌

2001年5月16日至21日，与马岷、孙普南、孙升亮、方文、王冬美、黄敬闽、周斌诸君北游苏格兰及英格兰湖区等地，远行归来，颇欲作长歌以纪之，而俗事丛集，未果。今晚闲行至院外，有槐树亭亭，落英满目。匝地缤纷，若光阴之粉碎；任天开谢，如世事之往来。中心有感，追成此诗。聊以述怀，且供异日一叹。6月17日。

家山一别换云天。客里乡音意绵绵。
征尘未洗豪兴在，走马北游不列颠。
风驰电掣穿车海。马君神技生光彩。
车前日出车后雨，晴明阴晦须臾改。
依山傍湖路迢迢。穿林越谷涉溪桥。
酒阑不觉山吐月，威廉堡里第一宵。
诘晨长驱上高地。炎凉变幻历四季。
寒风凛冽吹古松，奇石峥嵘姿态异。
深谷古来是疆场。英雄歌哭随风扬。
只今细听风笛曲，犹有泣诉怨慕长。
出谷渡海到小岛。潮退礁出见珍宝。
捞海归来不羡仙，饕餮今宵得一饱。
薄暮蜿蜒尼斯湖。湖怪踪迹何事无。

驿亭喧嚣如市集，此中闻道多登徒。
天意留客不得息。间行山径人攲侧。
隔日来至爱丁堡，满城花木似曾识。
古堡高踞碧山头。云淡风轻听歌讴。
徒倚天街久不去，丹墀青琐使人愁。
磨尽时光留陈迹。山涧无人树自碧。
门外浓荫遮来路，主人远讶日已夕。
空山夜静梦为邻。忽疑身在桃源津。
缘溪不觉入仙境，明朝香花拜诗人。
一树繁花人姣好。落英满地谁不老?
岁月飘飘成齑粉，重寻旧躅无由扫。
诗圣坟茔花草多[①]。远客寻访行踏歌。
去来相隔千万里，门前绿杨仍婆娑。
婆娑柳枝想西子。此湖孰如西湖美。
亦知幽径非禅房，怎奈禅心似湖水。
湛湛春水日欲斜。夜宿湖畔近诗家。
晚风吹得游人醉，相约二三坐晚霞。
天明呼啸来山阁[②]。才命相妨如纸薄。
今日声名满寰中，当时姐妹皆寂寞。
熙攘巷陌古风存。钟声鹤唳来叩门。

---

① 诗圣，指英国诗人华兹华斯。

② 指英国19世纪女作家艾米莉·勃朗特的《呼啸山庄》。

人间正自多痴福，是非善恶共谁论！
莫论是非与善恶。难堪客中更漂泊。
归心似箭箭转急，一路绿原空错落。
草肥原上绿沾衣。且喜车轮疾如飞。
东望神州三万里，山川满目尽朝晖。

2001 年

## 五、山居

乙丑初秋，章灿南来香港浸会大学，客居火炭穗禾路教员宿舍。邝健行先生不弃浅陋，赐以《迎客》二十四韵，高咏雅怀，隆情盛意，不敢或忘。敬步原韵，作《山居》一首，以答长者嘉贶，并献璞社诸君子吟正。

九龙浸深塘①，客居火热地②。高下两穗禾③，盘曲路细腻。
五楼联翩出，翼然天外自。乍别金陵秋，南熏扑我鼻。
更衣还沐浴，重整暑中事。蝉噪破午梦，懵懂似宿醉。
海岛饶润泽，花木争葱翠。岑岭媚睛光，日夕佳山气。
秀色排闼入，旅目不暇洽。倏然枝叶舞，飘风从海至。

① 香港浸会大学在九龙塘。
② 余所住教员宿舍在火炭。
③ 宿舍近有穗禾苑一期与二期。

翻云继覆雨，变幻手相示。入室乱翻书，此风或识字。
风雨一霎那，天地终醇粹。空庭无积潦，归海海不弃。
喧喧缘沟脉，奔如下坡骥。山中濯尘缨，惟此堪寄赐。
清夜仰霁宇，星月俯相侍。山外楼低昂，峰远意相嗣。
远近相映发，明熠各有次。车流行不息，如荧光可异。
应念渣甸山[①]，从今谛交谊。立久秋凉生，如水起乡思。
乡思隔重关，迢递一百二。遵路愿年丰，龙国同兹瑞。

2005 年

## 六、客中迎客

前诗既成，后数日，忽接中学同窗刘君来电，告以来港公干，遂约一聚，茶酒相待，叙谈甚乐。因再步邝先生原韵，作《客中迎客》一首。

越海听乡音，千里缩无地。颜容隔经年，笑语故柔腻。
殷勤约故人，问君来何自。少年结兰契，馨香可养鼻。
江湖不相忘，小聚即盛事。茶酽不伤多，酒淡莫辞醉。
虽无珍馐荐，乡蔬爱青翠。秋景似中年，林壑有佳气。
欢言引杯长，肴核共整治。昔别君未婚，哀乐堂堂至。

① 宿舍所在山名渣甸。

少陵卫八诗，一一如预示。童稚无忧愁，糊涂识文字。
七年废书卷，一朝攻深粹。敢望膺时选[1]，恐为世所弃。
相约二十年[2]，飞腾如奔骥。运命人不同，造物所颁赐。
羡君椿萱茂，高堂得善侍。玉树初长成，门风喜可嗣。
夜阑语渐多，欷歔满胸次。升沉皆前定，离合何足异。
万缘凑此会，所重在旧谊。清风扫浮云，荡涤羁旅思。
愁思去复还，相看鬓毛二。矧乃依山居，空庭少鹊瑞。

2005 年

## 附：邝健行先生原玉《迎客》

一九九一年以后，余数至南京，因赋旧游，并迎嘉客。

已非少年游，南朝佳丽地。秦淮起秋烟，孰云脂粉腻。
水潴泛垢光，笙歌无所自。我来遂寂寞，夜凉时酸鼻。
弹指逾一纪，眼前历历事。江国忽改妆，天地原非醉。
垂柳浴阳和，夹岸长行翠。钟山未仓皇，蓊郁饶佳气。
之子话兴衰，上庠究乱治。一夕决图南，飘然海隅至。
登坛论高深，迷蒙每迪示。其年嗟岂及，学林传姓字。

---

① 指高考。

② 20世纪80年代有一首流行歌曲《年轻的朋友来相会》，其中有两句歌词："再过二十年，我们重相会。"

璞琢既光芒，方壮知精粹。我昔上闲堂[①]，微躬不嗤弃。
惭托蕲春脉[②]，伤明拟良骥。注茗宿交谈，挥毫横幅赐。
莫张游夏徒[③]，肃肃堂下侍。俊才数七八，后先硕师嗣。
绿鬓始风华，先生列稍次。光景逝沉沉，大匠阴阳异。
承教钦雅怀，展卷感厚谊。杖履悲难谒，何以止永思。
敬接传衣人，如在或一二。况复扬清芬，芝兰闽海瑞[④]。

## 七、乙酉岁末璞社雅集以广式茶楼为题限五律尤韵

无须牧童指，自在此淹留。
活水斟还续，嘉盘荐未休。
一杯分厚薄，数语解沉浮。
怪道茶中客，何从得白头。

2005年

## 八、既成意有未尽别韵再赋一首

何事登楼去，吹襟粤海风。
升沉添淡定，荤素各玲珑。

---

① 原注：程千帆先生。

② 原注：黄季刚先生。

③ 原注：莫砺锋、张宏生诸位。

④ 原注：先生福州人。

世味珍堪嚼，流光逐易穷。

把杯当久坐，功业太匆匆。

2005 年

## 九、丙戌仲秋西雅图作

不见衔枚走万兵。忽闻夏国失千城。

风吹湛碧云无迹，叶踏红黄地有声。

鸥鸟翔湖疑大海，琅嬛筑室作飞甍。

天涯差可追贤圣，一霎韶华未许轻。

2006 年

## 十、再别西雅图

作于岁末回国旅次太平洋上空。

从此飞云向九州。几曾小别未曾愁。

最怜冬草罗裙绿，爱踏深林曲径幽。

一枕雨声敲梦湿，半城湖影接天浮。

图经地志藏归箧，他日摩挲认旧游。

2006 年

## 十一、日南绝句九首

远游归来，冯子示绝句九首，依韵和之。

其一　初到南宁

鹏翼图南高九万，白云芍药对窗翻。
何人岭外乡情切，拇指音书慰客魂。

其二　赴下龙湾道中

轻寒乍至著轻裘。嘉树团团荫道周。
一路店招欺我笑，葛卢何处问因由[①]。

其三　下龙湾溶洞

洞天未辨假同真。好事依然认鬼神。
一笑恩仇成往事，相逢向导踏青春。

其四　下龙湾列岛

风烟碧落鼓曾挝，掷下南溟万朵花。
千岛蓬瀛秦客到，苍茫何地觅仙家。

---

① 《世说新语·文学》："王仲祖闻蛮语不解，茫然曰：'若使介葛卢来朝，故当不昧此语。'"

其五　斗鸡石

崖岸曾经日月颓。沧波如镜翠成堆。
清池看罢娵隅跃[①]，忽见双鸡踏浪来。

其六　胡志明陵

简册纷纷说骨青。前朝神庙尚婷婷。
嵩呼枉费斯民力，无语云山似画屏。

其七　还剑湖

百岁江流不复西。岂期久旱出云蜺。
灵龟收剑通天意，花映清澜绿暗堤。

其八　边境山路

旧冢新房接道边。死生恩怨几重天。
虚经腐史炫空愿，当日谁知薄圣贤。

其九　越游归来

乘兴迎春浪漫游。不知春已满南州。
偶然说到兴亡事，添得行囊万斛愁。

2006年

---

① 《世说新语·排调》："郝隆为桓公南蛮参军，三月三日会作诗，不能者罚酒三升。隆初以不能受罚，既饮，揽笔便作一句云：'娵隅跃清池。'桓问娵隅是何物，答曰：'蛮名鱼为娵隅。'桓公曰：'作诗何以作蛮语？'隆曰：'千里投公，始得蛮府参军，那得不作蛮语也？'"

## 十二、榕树八首

己丑岁暮客居中坜感赋。

### 其 一

排窗绿影到书轩。叶动枝摇意若言。
客在天涯堪作侣，木经冷暖自知温。
美名故国传嘉锡，散质人间绝斧痕。
立久任他风雨骤，千年厚地结深根。

### 其 二

当衢应得号将军。老干能经野火焚。
树树落霞飞彩鹜，团团静气对浮云。
雨中叶密张青盖，日下风清灭暑氛。
何必深宫名刹外，一身自合受香熏。

### 其 三

立地端庄树影圆。绕身笑语剧堪怜。
依依离叶如行客，绺绺垂须证岁年。
枝剪旁杈云路阔，薪供寒灶火温传。
萧萧入耳真天籁，伴我还家万里眠。

其　四

易逝年光岁又穷。那堪海外对葱茏。
朝酣渴饮连宵雨，夜舞狂驱四面风。
拳曲骨筋惊鼠雀，贲张根脉看鸡虫。
凭谁寄语攀条客，应植扶疏满宇中。

其　五

苍苍树叶想罗裙。重见鲲瀛惜暂分。
风冽蓝天寒彻骨，雪消冠盖绿如云。
仆尘脉远盘成结，倒地根深立作筋。
后土皇天应有意，徒迷颜色太纷纭。

其　六

狭室观书丙夜深。西风叩户叶萧森。
寒流肃杀青冥气，冷透离披碧海心。
壮岁柔条老枯树，成排墓木浸愁霖。
天连两岸谁能断，一色云烟共霁阴。

其　七

树木曾经几度霜。浓阴百丈赛甘棠。
青依井堞催城老，赋见道心知岁长。
收雨转听声淅沥，随风变态意悠扬。

此身既惯无拘检，种向逍遥广莫乡。

其　八

亭亭翠盖遍南州。阅尽千冬复百秋。
叶拂春云飞燕翼，枝迎荡子系骅骝。
飘风地异旌旗色，度劫人同破浪舟。
衣带渐宽终有悔[①]，何时得见海西流。

2010 年

## 十三、东游绝句甲稿十二首

其一　冲绳三首

乘云驭气向瀛州。始作扶桑汗漫游。
首里三山遗迹在，坚城累石自琉球。

暑路熬波海气蒸。炎天幸自有盐冰。
当风无限披襟意，冒热登高又一层。

试唤貔貅久不应。危然西撒立高甍[②]。
重逢土市如相识，咧嘴朝天正卖萌。

① 兼用一衣带水之典。
② 冲绳神兽名西撒。

其二　京都车站

蓦然平地起坡陀。逭得登高客几多。
夜幕千灯陈舞列，穹苍谁记有星河。

其三　鸭川夜坐

旧年鬓影映金钗。水岸轩窗一字排。
花照清流灯照树，依稀风景似秦淮。

其四　伏见稻荷大社

济济山林尽鸟居。万千心愿总难如。
临行更向狐狸拜，御守求来手自书。

其五　嵯峨野竹林

竹径阴阴变夏冬。苍苔古木隐天龙。
每疑他日寻嵇阮，会向嵯峨月下逢。

其六　雨中访宇治

川原蟠曲走龙蛇。宇治撩人有物华。
夏雨倏来山色变，闲听檐滴细分茶。

其七　奈良春日大社神鹿

山名若草社名春。千百灯笼识要津。

啮我导游图半纸，呦呦神鹿不含羞。

其八　唐招提寺鉴真墓

故国琼花故相栽。旧碑寥落拱高台。
若非海路风涛急，能使空庭少客来？

其九　芦屋谷崎润一郎纪念馆

有缘万里拜文豪。乘兴寻来日正高。
记取园庭阴翳影，凉生大暑海生涛。

其十　大阪天神祭

斜阳犹挂火云端。天满桥头进退难。
渡御神船杂游客，人间难得一宵欢。

2015年

## 十四、东游绝句乙稿十八首

其一　西条雨后

溪声雨韵共潺湲。一抹轻烟起远山。
过路秋风真好事，枝枝梳得色斑斓。

其二　东本愿寺前所见

荷叶依依褪绿裳。短松落落立风凉。
天公不忍秋容淡，故遣枫红配杏黄。

其三　常寂光寺东福寺红叶二首

寂寂山林少客过。故栽嘉树遍山阿。
赚来攘攘人相讶，眼见胜花红叶多。

非关运命与穷通。樱暖枫寒自适同。
莫叹枝头不长久，红颜犹及嫁秋风。

其四　访二条城适逢银杏黄叶烂然二首

莺啼剩供后人哀。玉树园庭各自栽。
霸业尽随流水去，年年黄叶照谁来？

晴光树影日沉浮。三百年飞没白鸥。
谁与韶华共摇落，一番黄叶一番秋。

其五　西条镜山古城遗址

天开秋霁海茫茫。城掩枯枝落叶黄。
井废垣颓人尽去，空山可爱是苍凉。

其六 西条酒藏通散策

龟鹤能传酒德名[①]。山阳应自有刘伶。
牡丹花白樱吹雪[②]，懒向人间辩醉醒。

其七 西条八幡神社

风停铃索直空悬。镇日无人奉赛钱。
唯有门前双石柱，犹留镌字记当年[③]。

其八 西条三城古坟

千辛万苦垒方圆[④]。后墓前台事两全。
若向堪舆求指点，定夸矩地又规天。

其九 过皇居外苑

皇居一水二重桥。御苑秋风落叶飘。
世事高低何足叹，晴光只合暂逍遥。

其十 日暮雨中过六义园

微雨池塘淡淡风。半园瑟瑟半园红。
燃灯不为来时路，远照寒林近照枫。

---

① 酒厂有名龟龄、西条鹤、山阳鹤、贺茂鹤者。

② 酒厂名白牡丹，酒名樱吹雪。

③ 柱镌“克忠克孝国体精华，亿兆一心世济厥美”，据说是明治维新时的口号。

④ 此坟形制前方后圆。

其十一　暮访浅草寺

掘地心知有劫灰[1]。空闻郁垒号风雷。
潇潇雨后生寒寂，火速垆边饮几杯。

其十二　阴雨游台场海滨公园

神女昂天炬火红。飞龙长臂挽西东。
重阴豁目来秋叶，微雨沾衣到海风。

其十三　雨霁过明治神宫

红黄蓝绿斗新晴。墨点书空字纵横。
只染秋林成五色，怨天鸦噪一声声。

其十四　广岛原爆圆屋顶

覆巢何计别贤愚。一弹名成万骨枯。
审雨堂倾秋梦破，人间忽忽换舆图。

其十五　宫岛海上鸟居

神山蓬岛或非虚。海上飘摇有鸟居[2]。
潮落分明前路出，桃源此去可耕渔。

---

① 此寺历经火灾、地震、战火。
② 传说鸟居为人神分界之处。

其十六　登宫岛弥山

神山绝顶数青螺[①]。岁月茫茫浸海波。
巨石仰天如有待，凉风千里浴星河。

2015年

## 十五、丙申夏日日本行六首

其一　洞爷湖

山环湖水水环山。山雨湖风意态闲。
湖照青山是明镜，山梳碧树作青鬟。

其二　北海道大学

绿树亭亭不落尘。一回雨后一回新。
不知夏季归何处，北国秋前只有春。

其三　薰衣草花田

风薰草紫日晴和。谱出花田一曲歌。
林莽丘原少才艺，只知起伏作波陀。

① 弥山自来号称神山，有原始林。

其四　镰仓

山川佳气郁葱茏。人杰镰仓第一雄。
鼻翼开张恣呼吸，氤氲入海变清风。

其五　长谷寺预备鹅卵石，信众人书《心经》一字，一字一石，集为石经

喧传一字即功名。千手须臾数卷成。
若入东京灵帝眼，笑他规矩乱熹平。

其六　新宿银歌舞伎町

辉光万丈月应羞。歌舞喧天地欲浮。
繁盛如今难着笔，几多灯火失重楼。

2016 年

## 十六、密西根东兰辛湖畔

雨过郊原满地金。停车何事一沉吟。
飘摇叶落秋容瘦，澹淡波寒野水深。
芳草绿遮应惜足，长天蓝透合披襟。
浓云风卷三千里，明日无人赋苦霖。

2016 年

## 十七、过故李珍华教授庄园

两行车辄印莓苔。久闭紫扉始一开。
雨洗深林添翠色，秋高爽气绝尘埃。
看湖欲近蒹葭岸，怀旧思登木末台。
日暮丘园声影寂，时闻野鹿挟风来。

2016 年

## 十八、访流水别墅

岩壑田园好结庐。宛然东晋陶谢居。
密林绕屋青无极，水韵澄心静有馀。

2018 年

## 十九、自叠一首

人境陶公咏结庐。山林谢客赋幽居。
豪家一晌归田梦，流水于今意有馀。

2018 年

## 二十、访阿米什人不遇

丘原无事弄坡陀。草色粘天野径多。
寻到桃源人不见，白云自在远山阿。

2018 年

## 二十一、往伯克利机上作

云气迷蒙一径开。身随青鸟到蓬莱。
风烟相逐翻筋斗，不见齐天大圣来。

2018 年

## 二十二、自伯克利归国机上作

微雨初晴淡淡风。天涯萍聚又西东。
故人相送丹心见，万里云霞出海红。

2018 年